Husch Josten

Die Gleichzeitigkeit der Dinge

Husch Josten

DIE GLEICHZEITIGKEIT DER DINGE

Roman

BERLIN VERLAG

Mehr über unsere Autorinnen, Autoren und Bücher:
www.berlinverlag.de

Von Husch Josten liegen im Piper Verlag vor:
Hier sind Drachen
Land sehen
Das Glück von Frau Pfeiffer
Der tadellose Herr Taft
In Sachen Joseph
Fragen Sie nach Fritz
Eine redliche Lüge

ISBN 978-3-8270-1513-6
3. Auflage 2024

Lektorat: Christian Döring und Andreas Paschedag
Satz: Satz für Satz, Wangen im Allgäu
Gesetzt aus der Bembo MT Pro
Druck und Bindung: GGP Media GmbH, Pößneck
Printed in Germany

Für Doc Stechel und für Monika

»Der Tod interessiert mich.«

Stéphane Hessel

Sourie freute sich auf den Tod. Davon erzählte er – mein durchaus lebensfroher junger Stammgast – Tessa an dem hellblauen Septembertag, als die beiden in meinem Restaurant auftauchten. Sie miteinander zu sehen, war so verwirrend wie die zufällige Begegnung mit Menschen, die man sonst nur in einer bestimmten Umgebung trifft und in jeder anderen nicht zuordnen kann. Ich wusste nicht, dass sie sich kannten, und da sie derart unterschiedlichen Bereichen meiner Welt angehörten, kam ihr Zusammentreffen für mich der Kollision zweier Planeten gleich. Bezeichnenderweise fiel ihre Begegnung in das Jahr, in dem der heißeste Sommer seit Beginn der Messungen verzeichnet wurde, die Weltbevölkerung erstmals die Acht-Milliarden-Marke überschritt und sich allerorten eine diffuse Unruhe ausbreitete. Es war das Jahr, in dem das kollektive Empfinden, dass sich die Dinge ändern mussten, zur alarmierenden Gewissheit wurde, worauf alle politischen Lager in sämtliche Himmelsrichtungen losstürmten. Und jeder und jede Einzelne stürmte schließlich auch noch irgendwohin, erschrocken, überrumpelt, ratlos.

Erst als Sourie mich darüber aufklärte, dass sie einander im Pflegeheim begegnet waren, wo er als Pförtner arbeitete, fiel mir wieder ein, dass Tessa zwei oder drei Jahre zuvor von Sorgen um ihre Eltern erzählt hatte. Ich hatte es vergessen, wollte zu einer Entschuldigung anheben, aber sie wehrte ab. Vor zwei Tagen war im Augustinus-Haus nur vier Monate nach ihrer Mutter auch ihr Vater gestorben. Eben hatte sie seine Sachen gepackt und abgeholt, sein Bett wurde benötigt. Sie hatte erwogen, seine Pyjamas, Hemden, Strickjacken, die Lieblingsdecke, Rasierapparat und Aftershave dort zu lassen und nie wieder anzufassen, zu riechen, anzusehen. Aber das war ihr pietätlos erschienen. Gerade erst, so wenigstens kam es ihr vor, hatte sie die Habseligkeiten ihrer Mutter aus den Schränken geräumt, Kleider, Röcke und Nachthemden gefaltet und in einen Koffer gelegt, ohne zu wissen, warum und für wen, es verreiste ja niemand. Damals war ihr Mann Hans bei ihr gewesen, um zu helfen, aber sein Mitleid hatte es nur schlimmer gemacht. Die weichen Blicke, seine hilflose Besorgtheit bei jedem Kleidungsstück, die Ehrfurcht vor dem Nageletui ihrer Mutter. So hatte sich Tessa geschworen, nie wieder einen Koffer im Heim zu packen und schon gar nicht im Beisein von Hans, der es gut meinte, das wusste sie natürlich.

»Aber Gutmeinende kann ich derzeit am allerwenigsten vertragen«, gab sie zu. »Ich habe es doch selbst als Fledderei empfunden, alles zu durchwühlen und mitzunehmen. Jeder einzelne Gegenstand tat weh. Ich hab mir gewünscht, Hans würde mich anbrüllen: Alles nur Krempel! Das hätte geholfen. Stattdessen hatte er Tränen in den Augen, als ein Pfleger ihm eine Papiertüte mit der Brille und dem Portemonnaie meiner Mutter überreichte. Deswegen bin ich heute allein ins Heim gegangen. Und an der Pforte hat er«, sie zeigte auf Sourie, »mich netterweise zum Essen eingeladen. Erst auf dem Weg über die Brücke ist mir klar geworden, dass *sein* Restaurant das Tobelmann ist, Johannes. Es ist schön, dich zu sehen. Schön, gerade heute jemanden zu sehen, der meine Eltern gekannt hat. Früher, meine ich …«

Ich nahm Tessa in die Arme. Sie war eine Freundin, wie es nur Menschen sein können, die schon immer da waren. Die miterlebt hatten, wie man als unbeschriebenes Blatt leichtsinnig genug gewesen war, der Welt unverstellt entgegenzutreten und Träume zu hegen, denen die Erwachsenenwelt bestenfalls skeptisch begegnet war. Sie hatte die ihren vor vierzig Jahren konsequent verfolgt, war Fotografin geworden. Ich hatte meinen Traum vom Schriftsteller-Dasein bald an den Nagel gehängt, was sie taktvoll nie kommentierte. Trafen wir uns, was nicht allzu oft geschah, knüpften wir mühelos an, wo wir aufgehört hatten, gingen unserer Wege, trafen uns wieder. Im Alter von fünfzehn hatte sie mir mit ihren roten Locken und Efeu-Augen zeitweise den Kopf verdreht, aber gegen Hans Blumenkamp war niemand angekommen. Die beiden waren praktisch seit dem Abitur verheiratet, und wie zur Demonstration, dass sich daran nichts änderte, traf allweihnachtlich ein Fotogruß von ihnen ein. Ich ließ ihn alle Jahre wieder unbeantwortet – Weihnachtskarten habe ich noch nie etwas abgewinnen können. Nicht einmal denen von Tessa, die keine glücksposaunende Familienaufstellung, sondern schnörkellose Winterimpressionen schickte.

Ich platzierte die beiden an Souries angestammtem Tisch

nahe der Bar, holte einen leichten Pfälzer Weißwein und setzte mich dazu.

»Wir kennen uns vom Sehen«, erzählte Sourie, der den Zufall unserer Zusammenführung offenbar nicht weiter bemerkenswert fand. »Schon lange. Haben uns nie länger unterhalten, aber ich wusste natürlich, dass ihr Vater vorgestern verstorben ist. So kamen wir ins Gespräch.«

Ich wunderte mich, dass er sich wie ein Schuljunge erklärte.

»Jedenfalls sprachen wir über frühere Zeiten: Kindheit, Jugend.«

»Die Zeit, in der keiner an den Tod denkt«, ergänzte Tessa. »Er hatte keinen Platz. Natürlich war er da. Jeden Tag in den Nachrichten oder in Filmen. Aber er fand ausschließlich woanders und weit weg statt, nicht wahr? Man konnte ihn mit der Fernbedienung ausknipsen. Also haben wir ihn in absurde Theorie gewickelt und für später auf dem Dachboden verstaut.«

Ich nickte nur.

»Als sie das sagte, hatte ich eine Idee«, verkündete Sourie. »Tessa hat mich auf einen Gedanken gebracht, und so habe ich sie zum Essen überredet. Man muss den Tod aus seiner Verpackung wickeln und vom Dachboden herunterholen, verstehst du?«

»Nicht ganz …«, gestand ich, aber seinen Überlegungen war gelegentlich schwer zu folgen. Manchmal kam es dem flüchtigen Lesen von Plakaten oder Werbebannern gleich, wenn das Gehirn in aller Schnelle Buchstaben falsch zusammensetzt. Erst vor wenigen Tagen war im Vorbeifahren für mich aus der Werbung für einen *Firestick* ein Restfick geworden, worauf ich dann doch angehalten und erneut gelesen hatte. Mit Souries rasanten Gedankensplittern, nein, mit ihm selbst verhielt es sich ähnlich. Worte zerbröselten an seinem Wesen, zerfielen in ihre Einzelteile, bezeichneten ein paar seiner Eigenschaften, schlossen jedoch die entgegengesetzten aus, die genauso zu ihm gehörten. Sourie war – anders. Zu alt für seine siebenundzwanzig Jahre. Verblüffend belesen. Zwingend. Immer liebenswürdig. Schrullig. Spielerisch. Er übte eine Anziehungskraft auf mich aus, die ich bis heute kaum erklären kann und der ich mich von Anfang an nicht entziehen konnte, sosehr ich mich generell bemühte, persönliche Kontakte zu meiden. Aber er war die Ausnahme, seit er zweieinhalb Jahre zuvor erstmals zum Essen gekommen war. Da hatte ich als Nachfolger meines Vaters, Groß- und Urgroßvaters gerade das Tobelmann übernommen, und mit der Selbstverständlichkeit zweier Menschen, die es nicht darauf anlegten, waren wir im Laufe der Zeit so etwas wie Freunde geworden. Nicht im herkömmlichen Sinn von Freundschaft. Wir verabredeten uns nicht, gingen nicht gemeinsam zu Konzerten oder ins Kino, unternahmen keine Ausflüge und trafen uns auch nicht in seiner oder meiner Wohnung. Wir sahen uns, so hatte es sich eingespielt, ausschließlich in meinem Restaurant. Wenn alle Gäste gegangen waren, saßen wir zusammen, redeten über alles und nichts, spielten Backgammon, tranken Wein, oder er half mir, wenn ich aufräumte, etwas in der Küche sortierte. Meine Belegschaft wurde nicht müde, uns damit aufzuziehen, was ein junger Kerl wie Sourie an einem doppelt so alten wie mir interessant finden mochte, und vermutlich war es wirklich der Altersunterschied, der mich davon abhielt, ihn meinen Freund zu nennen. Es machte mich verlegen, jemanden so zu bezeichnen, der mein Sohn sein konnte.

»Botschafterin gegen Einsamkeit!«, rief er. »Ist das nicht eine fabelhafte Idee? Viele unserer Bewohner erhalten nie Besuch. Für sie ist es ein Geschenk, wenn jemand kommt und mit ihnen spricht.«

Tessa nahm ein Stück Baguette, aß aber nicht.

»Ich wundere mich, dass ich nicht schon längst darauf gekommen bin«, sprach Sourie weiter. »Denk daran, was ich immer sage: Man muss sich dem Tod nähern. Nicht nur, wenn er einen selbst angeht, sondern man sollte sich frühzeitig mit ihm beschäftigen. Mit seiner Allgegenwart. Damit, dass er jeden, absolut jeden betrifft. Und gleichzeitig macht man alten Leuten eine Freude, die niemanden mehr haben.«

»Er hat mir das vorgeschlagen.« Tessa legte das Brot auf die Serviette. »Also, er hat mir vorgeschlagen, die erste Botschafterin gegen Einsamkeit im Augustinus zu werden. Gemeinsam mit ihm alte Menschen zu besuchen. Und weißt du was, Johannes? Die Vorstellung, mit Blumen und Kuchen wieder ins Heim gehen zu dürfen, ist verstörend tröstlich.« Sie betrachtete das Brotstück. »Trauertherapie für mich. Ehrenamt für ihn. Todannäherungstherapie für weitere, folgende Botschafter.«

Vielleicht lag es an Souries Freimut, seiner unaufdringlichen Verbindlichkeit und diesem kindlich Verspielten, das er ausstrahlte, ich wusste es nicht zu benennen, aber auf einmal erzählte die sonst zurückhaltende Tessa von ihren Eltern. Von den Jahren der Krankheit, von ihrem Sterben. Beherzt und möglichst sachlich schilderte sie uns, wie ihr Vater zwei Tage zuvor gestorben und der Raum mit einem Mal von wuchtiger Leere erfüllt gewesen war. Wie sie das Gesicht des Vaters betrachtet und darin Geschichten gefunden hatte, die sie ohne den Spiegel seines Blicks nie mehr sehen würde. Sie berichtete von unzähligen Nächten in Notaufnahmen, von Intensivstationen, von Ärzten und Patientenverfügungen für Mutter oder Vater und ihren vielmaligen Einwilligungen, im Ernstfall nicht zu reanimieren. Sie erzählte vom Abschiednehmen bei jedem Besuch, weil unwägbar wurde, ob sie ihre Eltern je lebend wiedersehen würde. Wie sie beide schon während ihrer letzten Jahre vermisst hatte, weil Gespräche mit ihnen nicht mehr möglich gewesen und irgendwann auch Stichworte ins Nichts gelaufen waren, die früher verlässlich einen Schwall von Schilderungen oder wenigstens Assoziationen ausgelöst hatten. *Tante Hetti hat als Schneiderin gearbeitet … Onkel Josef ist im Krieg geblieben … Opa hatte einen Schäferhund, weil Hitler einen hatte* … Sie erzählte vom Geruch der Krankheit, von faulen Zähnen, wund gelegener Haut, Blut und Urinbeuteln, Details, von denen sie nicht einmal Hans oder ihren Söhnen berichtet hatte, um Schwieger- und Großeltern nicht zu entwürdigen. Aber es war nicht entwürdigend, stellte sie jetzt fest. Vielmehr war es unmenschlich, nicht davon zu erzählen. Davon. Und von der Zeit. Wie merkwürdig es war, dass man Jahrzehnte existierte, Jahre und Tage und Stunden sammelte und mit Leben füllte, Zielen, Terminen, Erledigungen und Ärgernissen hinterherlief, reiste und staunte, heulte und glücklich war, sich die Zeit oft genug vertrieb, an andere verschenkte. Und dann alles, dieses ganze Dasein, mit einem Schlag beendet war.

»Ich bin erleichtert«, schloss Tessa. »Und es ist grauenhaft, so etwas zu sagen.«

Ich schob die Kartoffelsuppe weg, die ich zwischenzeitlich für beide aus der Küche geholt und die sie kaum angerührt hatte, und nahm ihre Hand. Das Verhältnis zu ihren Eltern war nicht unkompliziert gewesen, das wusste ich, schon aus diesem Grund konnte ich nachvollziehen, dass ein Teil von ihr auch entlastet war. Aber Tessa meinte eine andere Erleichterung. Die Befreiung vom jahrelangen Kampf um den Rest von Leben, den Dispens vom allumfassenden Kümmern, das Ende von Zuständigkeit, Verpflichtung und Disziplin, die ihre Eltern der einzigen Tochter auch abverlangt hatten.

Sourie holte Luft. Mir schwante, was folgen würde.

»Ich werde nicht sagen, dass es mir leidtut«, erklärte er prompt. Ich warf ihm einen Nicht-jetzt-Blick zu, er aber legte den Suppenlöffel ab und sprach weiter. »Ich weiß, man sagt in solchen Fällen etwas anderes. Es wird erwartet, dass man Anteil nimmt, sein Bedauern ausdrückt, und ja: Ich bedauere das Leid, das deine Eltern und du erleben mussten, Tessa. Aber ich werde nicht sagen, dass mir ihr Tod leidtut.«

»Wenn du jetzt von Erlösung sprichst«, antwortete sie müde, »bist du nicht der Erste. Glaub mir: Ich habe einige Erfahrung mit dem Erlösungsmotto, es wurde mir schon beim Tod meiner Mutter gerne nahegelegt. Aber es ist vermessen, von Erlösung zu sprechen, wenn jemand stirbt. Ich bin nicht erleichtert, weil sie von ihrem Leben erlöst sind, von dem sie möglicherweise gar nicht erlöst werden wollten. Ich bin erleichtert, weil *ich* erlöst wurde. Weil ich ihr Leid nicht mehr mit ansehen konnte. Ich weiß nichts über ihre vermeintliche Erlösung. Ich weiß nicht, was sie gefühlt oder nicht gefühlt haben. Ich habe keine gottverdammte Ahnung, was sie mitbekommen und ob sie so lange durchgehalten haben, weil sie unbedingt durchhalten wollten, all das weiß ich nicht. Was ich aber weiß, ist, dass *ich* kaum mehr durchgehalten habe. Meine Erlösung ist eine völlig egoistische, schäbige, furchtbare Erleichterung.«

»Sie ist nicht furchtbar, Tessa, schon gar nicht schäbig.« In Ermangelung einer besseren Idee von Anteilnahme hielt ich immer noch ihre Hand. »Du bist erschöpft.«

»Ich wollte gar nicht von Erlösung sprechen«, stellte Sourie klar. »Ich wollte erzählen, dass der Tod und ich eine besondere Verbindung haben.«

»Also, das ...«, unternahm ich einen weiteren Versuch, »muss jetzt wirklich nicht ...«

»Was bedeutet denn das?«, fiel mir Tessa ins Wort, erleichtert, dass Sourie keine Trostformeln von sich gab oder bedeutungsvoll schwieg, zugleich so perplex, wie ich es gewesen war, als ich diesen Satz zum ersten Mal von ihm gehört hatte.

»Frag nicht!«, sagte ich zu ihr. »Du öffnest die Büchse der Pandora.«

»Auf deren Grund immerhin Hoffnung liegt.« Tessa wandte den Blick nicht von dem jungen Mann ihr gegenüber. »Wir müssen sie nur rechtzeitig wieder schließen. Also, Sourie, was ist das für eine Verbindung zwischen dir und dem Tod?«

»Nun, der Tod lächelt uns an«, legte er los. »Er ist das unlösbare Rätsel, das Wissen, das es nicht gibt. Eine grandiose Zumutung, denn er ist auch die absolute Gewissheit. Niemand kommt an ihm vorbei, doch wir wissen nichts über ihn. Wir wissen vieles über das Sterben, aber nichts über den Tod.«

»Und das findest du grandios?«

»Ich finde es faszinierend«, antwortete er. »All die Theorien, Scharlatanerien, Geschichten, Glaubenssätze ... Seit Menschengedenken nichts als Anker der Ratlosigkeit.«

»Sourie ...« Aber er hörte mich gar nicht.

»Lass ihn«, bat mich Tessa. »Man erlebt nicht alle Tage eine solche Unerschrockenheit vor dem Thema, um das die meisten Menschen einen Bogen machen. Im Allgemeinen, und ich spreche wirklich aus Erfahrung, lassen Krankheit und Tod Gespräche ersterben. Verstockt und verlegen wird herumgedruckst, Rettung in Floskeln gesucht.«

»Und ich begreife nicht, warum«, bestätigte Sourie. »Menschen könnten sich viel Leid ersparen, wenn sie bloß logisch denken würden: Warum finden die meisten einen Sachverhalt, der mit solider Zuverlässigkeit jeden betrifft, düster und deprimierend? Warum reagieren sie mit Ablehnung und Schrecken, als würde sie etwas Kolossales aus dem Nichts anspringen? Der Tod biegt jeden Tag in praller Sonne um die Ecke, damit muss man sich doch auseinandersetzen!«

»Und das tust du«, konstatierte Tessa.

»In der Tat«, bestätigte er.

Halb Franzose, halb Deutscher, war Sourie ein schmaler, kantiger, hochgewachsener Mann mit dunklem Haar, blassen Gesichtszügen und perfekt gerundeten Augenbrauen, die ihn erstaunt und stolz wirken ließen. Irgendwie erinnerte er mich an die Porträts flämischer Meister. Diesseitiger allerdings, auch frecher. Doch in seinem Blick lag etwas ähnlich Flinkes, zugleich Fernes, als würde er wach in die Welt, in Wirklichkeit aber hinter sie schauen und etwas entdeckt haben, das er nicht preisgab. Alle nannten ihn beim Nachnamen – er konnte seinen Vornamen Emmanuel nicht leiden. Manchmal kam er mit dem Fahrrad ins Tobelmann, meist zu Fuß. Schien die Sonne, kam er unter einem weiß-roten Werbeschirm der Sparkasse über die Rheinbrücke spaziert. Regnete es, zog er nicht mal die Kapuze über den Kopf, denn er mochte Regen. Tropfnass kam er an die Bar und bat um ein Handtuch. Das war seine kleinere Marotte. Die größere und irritierende war seine Begeisterung für den Tod, mit der er Zuhörer buchstäblich in die Flucht treiben konnte. Tessa gehörte zu meiner Überraschung nicht dazu, ihre Feststellung forderte ihn vielmehr auf, weiterzusprechen.

»Natürlich: Man kann die Hirnforschung bemühen«, fuhr er also fort. »Man kann anführen, dass Seele und Gedächtnis untrennbar zusammengehören und die Neuronenverbindungen im Gehirn, die für das Gedächtnis zuständig sind, durch den Tod zerstört werden, wodurch auch die Seele nicht weiterleben kann ... Aber weiß man es? Ist die Seele wirklich nur die Summe aller Erinnerungen? Wenn du mich fragst: Es gibt auf keinem anderen Feld eine vergleichbare Ratlosigkeit.«

»Es gibt überall Ratlosigkeit«, widersprach ihm Tessa ruhig. »Nicht nur in Sachen Tod. Zum Beispiel auch, was den Kosmos angeht. Erst kürzlich habe ich dazu einen Artikel gelesen. Lasst mich überlegen ... Ja, genau: Woraus besteht das Universum – außer Planeten, Sternen, Galaxien, Gas, Staub? Gibt es außerirdisches Leben? Oder: Können Maschinen ein Bewusstsein haben? Also, ich widerspreche dir ausdrücklich, Sourie. Es gibt viel Ratlosigkeit in der Welt!«

»Aber nein«, rief er enthusiastisch. »Das sind alles nur *vorläufig* ungelöste Fragen. Auf sie wird es Antworten geben, es ist nur eine Frage der Zeit. Aber um den Tod erklären zu können, muss man sterben. Ich glaube, dass wir Verstorbene vor allem deswegen ehren, weil sie uns diesen Schritt voraus sind: Sie wissen's jetzt und können es uns nicht mehr erzählen.«

»Wir ehren sie für ihr Leben«, korrigierte Tessa entschieden. »Für ihr Dasein. Ihr Vermächtnis. Nicht für ihren transzendentalen Vorsprung.«

Ihr Blick sprach Bände. An wen war sie da geraten? Was war das für ein Pförtner, mit dem sie das Projekt gegen Einsamkeit hatte besprechen wollen, der sich als Philosoph des Todes entpuppte? Aber Sourie nahm ihre Verwunderung nicht zum Anlass, sich zu erklären, von sich zu erzählen. Etwa von dem Philosophie- und Geschichtsstudium, das er drei Jahre zuvor mit Auszeichnung abgeschlossen hatte, um dann Portier im Augustinus zu werden, weil er in der Nähe von Menschen sein wollte, die ihre letzte Adresse bezogen hatten. Oder von dem angenehmen Nebeneffekt dieser Tätigkeit: der Zeit für seine Lektüren zum Thema. Er war in Gedanken ganz bei unserem Gespräch, so sehr in seinem Element, dass ihm derlei Erläuterungen völlig belanglos erschienen.

»Hinterbliebene sind mit Trauer beschäftigt, Sourie«, stimmte ich ihr zu und hoffte, es werde ihn an den Anlass für Tessas heutigen Besuch im Pflegeheim erinnern. »Sie freuen sich wirklich nicht darüber, dass der Verstorbene jetzt Einblick in was auch immer hat. Sie *trauern*.«

Aber Sourie war nicht zu bremsen: »Also, wenn ich mir das Sterben vorstelle, denke ich an die schlimmsten Momente von Krankheit, die ich kenne. Hohes Fieber, Schmerzen. Übelkeit. Ich nehme an, es gibt einen Moment, in dem man sich wünscht, dass es aufhört. Einfach aufhört. Hoffentlich ist dann jemand mit Morphium in der Nähe. Aber danach …« Er machte eine wohlgesetzte Pause. »Danach, das ist der Moment, für den alle Vorstellung versagt. *Danach* liegt außerhalb jeder Vorstellung.«

Tessa sah ihn erwartungsvoll an.

»Es liegt außerhalb jeder Höllenvorstellung von Verdammnis und ewiger Nacht«, führte er seinen Gedanken aus. »Außerhalb jeder gängigen Trostfantasie wie Licht, Frieden, Erlösung, Paradies, Nachleben, Atomismus, Wiedergeburt …« Er nahm einen Schluck Wein. »Und natürlich außerhalb jeder Idee von Nichts. Außerhalb überhaupt jeder denkbaren Vorstellung. Das Unvorstellbare«, erklärte er feierlich. »Versteht ihr? Das wirklich Un-Vorstellbare.«

Tessa und ich warfen uns einen kurzen Blick zu. Und mussten über so viel Pathos lachen.

»Es ist nicht möglich, dass wir dazu irgendeine Vision, irgendein Hirngespinst haben«, ließ sich Sourie davon nicht aus dem Konzept bringen. »Es ist unvorstellbar. Das macht den Menschen solche Angst. Es entzieht sich jeglicher Kontrolle. Man kann sich nicht vorbereiten. Wir wissen nichts. Absolut nichts. Was erwartet uns? Keine Ahnung. Was glauben wir? Na, jedenfalls nichts, was sich vernünftig herleiten ließe. Welche Seligkeit für die, die sich irgendein Bild davon machen. Aber wenn man klaren Verstandes ist? Dann gibt es kein Bild. Und ist es nicht ärgerlich, dass dieses wunderbare Wort *unvorstellbar* meist im Zusammenhang mit Dummheit, Verbrechen, Gräueltaten verwendet wird? Jemand ist unvorstellbar dumm. Ein unvorstellbares Verbrechen. Eine unvorstellbare Gräueltat. Nein! Das ist falsch! Es ist grundfalsch. Denn wozu Menschen imstande sind und wie dumm sie sein können, davon haben wir doch wohl sehr genaue Vorstellungen! Unvorstellbar«, schloss er, »dieses Wort sollte exklusiv dem Tod vorbehalten sein. Es gibt nichts anderes Unvorstellbares. Ich bin allerdings auch der Ansicht, dass man über der Vorstellung des Unvorstellbaren irrewerden kann und

Ungeübte daher besser die Finger davon lassen sollten. Es kommt so oder so auf alle zu.«

Sein Gesicht war über diesen Vortrag ein wenig errötet, sein Haar in Unordnung geraten. Eine Strähne bedeckte sein rechtes Auge und einen Teil seiner jungenhaften Nase. Tessa und ich ließen seine Worte auf uns wirken, die wie ein Gewitter über uns gebraust waren, hier und da Blätter und Äste von den Bäumen gefegt und unsere Gedanken zu Kartenhäusern gemacht hatten, die den nächsten Windstoß fürchteten. Ich konnte es sehen: Tessa war ebenso beeindruckt und verwirrt, wie ich es gewesen war, als Sourie mir zum ersten Mal mit solcher Inbrunst vom Unvorstellbaren erzählt hatte. Ihr Blick trug denselben Zweifel, den er auch mir bei all seiner Lässigkeit nicht hatte ausreden können: dass etwas nicht stimmte.

Natürlich hatte ich ihn gefragt, warum er sich derart mit dem Tod beschäftigte. Er hatte gelacht. Es war nicht das erste Mal gewesen, dass ihm diese Frage gestellt worden war. Ich hatte eine Tragödie erwartet. Eine unheilbare Erkrankung. Den Verlust eines Familienmitglieds. Einen Unfall. Etwas in der Art. Doch seine Antwort war eine pragmatische gewesen, die einleuchtend klang, mich aber nie ganz überzeugte: »Es ist die Unabwendbarkeit. Je eher man sie realisiert, desto weniger niederschmetternd ist die Sache.« Tatsächlich wirkte Sourie weder lebensmüde, noch hing er einer romantischen Todessehnsucht an. Er war mit jedem Akkord gegenwärtig und seine Beschäftigung mit dem Ende so unbefangen, dass sie nichts Beunruhigendes in sich trug. Ich jedenfalls war irgendwann dazu übergegangen, sie als seinen Spleen zu betrachten. So, wie manche Leute eisbaden, Alligatoren halten oder Pokémon-Karten sammeln.

Nie wäre mir damals in den Sinn gekommen, über Sourie zu schreiben, überhaupt noch einmal zu schreiben. Das war Tessas Vorschlag. Sie pflanzte mir diese Idee ein, ohne zu ahnen, dass mich erst die Bemerkung einer Fremden davon überzeugen würde, es wirklich zu tun – anders, als Tessa gedacht hatte. Aber es führt kein Weg daran vorbei, Souries Geschichte festzuhalten, so vermessen es bleibt, das Leben eines anderen zu erzählen. Zu enthüllen oder zu verbergen, zu deuten und zu interpretieren, schließlich die Version zu wählen, die Details und Beobachtungen zur größten Wahrscheinlichkeit, zur Wirklichkeit verdichten. Doch ist alles, was wir für wirklich halten, Erzählung. Wir glauben das ganze verdammte Leben erst, wenn es eine Geschichte darüber gibt.

Tessa dachte laut über seine Worte nach. Über Licht. Wärme. Frieden. Über Nachleben und Un-Vorstellbares. Wie sie es vorgestern getan hatte, wie sie es seit Monaten ständig tat. Wohin? Wohin gingen die Toten oder ihre Seelen? Oder gingen sie nirgendwohin, war auf ihrem Sterbebett, in dieser Sekunde einfach Schluss? Konnte man den Tod *kennen*? War der Anfang – Kosmos, Urknall, schwarze Löcher – nicht ebenso unvorstellbar wie das Ende? Glücklicherweise merkte selbst Sourie, dass sie keine Antworten erwartete. Beide hörten wir ihr einfach zu.

Nach einer Weile nickte sie, die Geste bezog sich auf seine Idee des Projekts gegen Einsamkeit. »Es ist die Endgültigkeit«, sagte sie leise. »Du bist zwar verrückt, Sourie, das steht wohl außer Frage, aber vielleicht ist deine Idee wirklich gut … Nach dem Tod meiner Mutter ging es um meinen Vater. Und jetzt? Um nichts mehr. Es gibt niemanden mehr in diesem Heim, den ich kenne. Es gibt nichts mehr zu tun.

Es ist alles erledigt. Und zugleich nichts. Überhaupt nichts.« Sie wischte sich eine Träne aus dem Gesicht. »Da sind noch so viele andere, und sie alle haben es unmittelbar vor sich.«

Durchs Fenster sahen wir am gegenüberliegenden Rheinufer das Augustinus, in dem auch meine Großmutter ihre letzten Monate verbracht hatte. Ein enorm großer Backsteinbau mit fünf Etagen, der sich hinter dem Fluss und der viel befahrenen Uferstraße erhob. Die hellgrauen Steinsäulen am Eingang wirkten aus der Entfernung noch monumentaler, das Gebäude noch amtlicher. Früher war es Verwaltungssitz eines Braunkohlebergbauunternehmens gewesen, das Kraftwerke, Tagebaue und Brikettfabriken unterhalten hatte. Noch heute erwartete man in der holzvertäfelten Eingangshalle, gleich würde sich eine der verborgenen, in die Vertäfelung eingelassenen Türen zu einem Herrenzimmer voller Zigarrennebel öffnen und Ludwig Erhard säße im Ledersessel am Kamin. In Wirklichkeit erschienen, wenn sie sich öffneten, eine Küchenkraft mit einem Rollwagen voll schmutziger Teller oder nachts der Bestattungsunternehmer samt Bahre. Es war nichts Mysteriöses an diesem Ort. Es war eine Kommune der Todgeweihten, ein Ort, an dem Selbstbestimmung, Individualität, Genuss, Geist unwiederbringlich dahingingen. Nicht planmäßig, sondern beiläufig, weil es in der täglichen Routine und Überlastung der Pflegerinnen und Pfleger anders gar nicht möglich war. Tessas Augen, ausdruckslos wie die übermüdeter Reisender, ruhten auf dem Haus, das sie von hier aus noch nie betrachtet hatte. Es stand da, als wäre nichts geschehen, aufrecht, unbeteiligt. Gab vor, dass all die Alten, die Gebrechen, die Stürze, die Delirien, all diese Lebensenden seinen Mauern nichts anhaben konnten, dass sie nicht einatmeten und speicherten, was sie erlebten, und sich nicht wunderten, dass mitten in ihnen ein Pförtner saß, der den Tod anlachte. Als ich Tessa ein Jahr später bat, mir zu erzählen, wann alles begonnen, wann genau sie sich in Emmanuel Sourie verliebt hatte, nannte sie diesen Moment. »Es war mir nicht bewusst«, antwortete sie, »aber es war der Blick von der anderen Seite. Eine Perspektive, die man nur mit ihm gewinnen konnte.«

Dem Tod folgen Tage erdrückender Leere, und es bleibt eine sonderbare Sache, dass man ihn überwiegend wegzudenken vermag, während er ein so gewissenhafter Begleiter ist. Als meine Großmutter im Alter von dreiundsechzig Jahren starb, war ich fünfzehn und erkannte mit jugendlichem Pragmatismus an, dass es eine neue Weltordnung gab – ohne Oma –, ansonsten aber die Töpfe auf dem Herd im Tobelmann weiter dampften. Meine Großmutter war im Himmel, anderes war meiner katholischen Familie nicht vorstellbar, und damit war sie auch für mich an einem ordentlichen Ort. Inzwischen kann ich Tessas Worte nachvollziehen: *Die Selbstverständlichkeit des Todes ist die größte Zumutung des Lebens.* Tatsächlich geht nichts und alles ungerührt weiter. Telefone klingeln. Kollegen fragen nach Terminen, Kaffee wird gekocht, Post gebracht, Menschen reden übers Wetter, Hunde werden ausgeführt, Handwerker zerklopfen Wände, im Radio dieselben Songs, Politiker dreschen weiter Phrasen, Kriege werden fortgesetzt. Als wäre nichts geschehen, und in der Statistik ist jeder Einzelne ja auch nur einer von täglich 160 000 Toten. Eine Selbstverständlichkeit.

Einen Tag nachdem sie mit Sourie im Tobelmann gewesen war, rief Tessa mich an und entschuldigte sich, uns mit *diesen vielen Details* belastet zu haben, die mich fürwahr die ganze Nacht beschäftigt hatten. Allerdings war ich in bizarrer Weise dankbar dafür. Es war, als hätte Tessa mich geschubst, mir vor Augen geführt, dass mir der Tod meiner Eltern noch bevorstand. Dass ich danach allein sein und – wenn man erst begann, darüber nachzudenken, folgte unausweichlich auch dies – irgendwann einsam sterben würde. Als letzter Tobelmann. Mit mir würde die Familientradition enden, und bislang hatten meine Eltern und ich es sorgfältig vermieden, das konsequent zu Ende zu denken, geschweige denn zu besprechen. Die beiden gehörten nicht zu den Menschen, die todesmutig über ihre Endlichkeit redeten, zu diesen *Wenn Schluss ist, ist Schluss*-Aposteln, die ehrlich oder vorgeblich abgeklärt vorausschauten und auch das Ableben anderer nüchtern beurteilten. Das wäre ihnen nie eingefallen, sie hätten es sich gar nicht getraut: Der Tod war ihnen zu groß. Sie sprachen nicht darüber, stellten aber für jeden ernsthaft Erkrankten aus der Verwandtschaft, Bekanntschaft und Stammgästeschar in der Nische vor der Küche eine Kerze auf. Ich habe nie gefragt, wofür genau dieses Licht eigentlich gut sein sollte, Leben oder Sterben. *Man* machte es so.

Das Restaurant zu übernehmen und Gastronom zu werden, dagegen hatte ich mich lange gewehrt. Doch meine finanziellen Umstände hatten es mit Anfang fünfzig ratsam erscheinen lassen. Nach dem Studium der Literaturwissenschaften, drei Romanversuchen, zwei Jahren in Kenia für die

Hilfsorganisation eines Freundes, der dort Brunnen baute, und verschiedenen Anstellungen als Texter, die allenfalls eine sehr kleine Wohnung für Sanya und mich hätten finanzieren können, war ich eingeknickt und hatte kleinlaut das Familienerbe angetreten. Unser Gasthaus lag auf der *anderen* Rheinseite, auf der der Kölner Dom nicht steht, überblickte den Fluss und das Stadtpanorama von der angeblich richtigen Seite und war für seine gute Küche bekannt. *Feine Hausmannskost.* Bei diesem Erfolgsrezept meines Urgroßvaters war es immer geblieben. Seit dem Bau einer Veranstaltungshalle in der Nähe kamen seit fünfzehn Jahren manchmal sogar Weltstars zu Gulasch oder Krustenbraten vorbei. Ihre Autogrammkarten mit schwärmerischen Widmungen ließ mein Vater rahmen und hängte sie an der Wand zu den Toiletten auf. Zuerst war mir mein Entschluss wie eine von den Ahnen hämisch beklatschte Niederlage vorgekommen. Inzwischen konnte ich der soliden Tätigkeit, die mir seit frühester Kindheit vertraut war, sogar etwas abgewinnen. Es grämte mich nicht mehr, dass die Gäste mich *Jean* riefen wie meinen Vater und den Großvater, die denselben Namen trugen: Johannes Tobelmann. Es störte mich auch nicht mehr, unter familiärer Beobachtung zu stehen und jeden Tag am selben Ort zu sein. Im Restaurant arbeitete ich viel und oft bis so spät in der Nacht, dass ich kaum zum Grübeln darüber kam, warum Sanya nach drei Monaten in der neuen Wohnung mit einem Trampolintrainer ins Saarland gezogen war und mit ihm ein Kind bekommen hatte, was wir uns immer gewünscht hatten. Ich hatte eine exzellente Köchin, ein volles Reservierungsbuch und viele Stammgäste. Ich lernte eine Menge Leute kennen. Nicht so wie auf meinen Reisen, nicht wie vorher, aber immerhin: Wir kamen ins Gespräch.

Allerdings fehlte es mir nach dem Ende der Beziehung zu Sanya an Spannkraft, Verve und Langmut, um mehr als Bekanntschaften zu unterhalten, mich um Freunde oder Frauen zu bemühen und den pulsierenden Schwingungen von Beziehungen standzuhalten. Die Anforderungen gesellschaftlichen Lebens erschienen mir zu hoch, die Wahrscheinlichkeit, noch einmal einer Frau wie ihr zu begegnen – der einzigen Frau, mit der ich hatte alt werden wollen –, hielt ich für zu niedrig. Im Grunde lebte ich im Restaurant. Es fühlte sich behaglich an. Wie früher, als ich dort Hausaufgaben gemacht und mit Lego gespielt hatte. Oder wenn ich im Duft von Rotweinsaucen, Lammrücken und Pilzragouts in einer Küchenecke gelesen hatte, während meine Eltern und mein Großvater Gäste bewirtet hatten. Es hatte sich angefühlt, als könnte nichts Schlimmes geschehen, solange im Tobelmann alles den gewohnten Gang nahm. Was nach mir, so viel hatte mir Tessa vor Augen geführt, nicht mehr der Fall sein würde. Als sich die Dämmerung durch meine Vorhänge geschoben hatte, war ich aufgestanden und zum Fluss gegangen. Blass und reglos hatte die Stadt dagelegen, als existierte sie zu dieser Stunde nur für sich und nicht um der Menschen willen. Das Wasser wie ein fließendes Band von Möglichkeiten auf die Frage *Wie wird es sein?*. Konnte man sich vorbereiten? Sich vornehmen, wie man dem Tod gegenübertreten und alle, wirklich alle seine Angelegenheiten hinterlassen würde?

Tessas Offenheit Sourie und mir gegenüber war in der Tat überraschend gewesen. Wenn sich etwas über sie sagen ließ, dann, dass sie diskret war. Immer schon waren Geheimnisse bei ihr sicher gewesen, niemand hatte penetranter Wissbegier so elegant ausweichen können wie sie. Sie hatte in der

Schule nie zu einer bestimmten Gruppe gehört, sich nicht kollektiven Ansichten und Vorlieben angeschlossen. Sie war weder Anführerin noch Außenseiterin gewesen, sondern stille Beobachterin, ein verlässliches Bindeglied inmitten unseres Kosmos. Doch der Tod ihrer Eltern, stellte ich in den folgenden Tagen fest, hatte etwas verändert. Tessa wollte reden. Nicht mit Hans, der, wie sie sagte, wie auf dünnem Eis um sie schlich, nicht mit ihren Söhnen, die regelmäßig anriefen und vorbeikamen, wenn ihre Arbeit es zuließ. Ihrer Familie gegenüber blieb sie kontrolliert, geschäftig und, ich zitiere Tessa, bisweilen hysterisch gut gelaunt, als gäbe es außer verständlichem Kummer über ihre Verluste keine besonderen Vorkommnisse. Sie wollte mit mir reden, rief an oder besuchte mich in der Küche des Restaurants, suchte die Nähe des alten Freundes, der ihre Erinnerungen, nicht aber ihr Leben teilte. Ich ließ es zu. Denn nicht nur war es schmeichelhaft, es war vor allem schön. Es lag keinerlei Anstrengung in unserer Vertrautheit, die, bis auf die Wochen meiner jugendlichen Schwärmerei für sie, von freundschaftlicher Beständigkeit gewesen war. Sie weckte die Erinnerung an eine Zeit, in der ich mit dem Leben noch etwas vorgehabt hatte. Dass ich diese Zeit zumindest teilweise vermisste, bemerkte ich erst jetzt.

Die Normalität behaupten, das war es, was Tessa wollte. Für das, was zu sagen war, hatte sie noch keine Worte. Ab und zu musste die Trauer an die frische Luft. Tessa nahm eine Kamera mit, ihre *Canon-Tausendkünstlerin*, wie sie sie nannte, fotografierte und filmte. Zwei Mädchen, die auf der Treppe zur U-Bahn TikTok-Videos schauten, bis eines aufsprang und schrie: »Fuck, ich habe meine Unterwäsche vergessen!« Eine

Politesse, die sich in der Spätsommersonne sonnte. Gerade wollte sie nicht aufpassen, aber weil sie in ihrer Uniform an der Ulme lehnte, parkte keiner falsch. Tessa fotografierte vor dem Aquaristik-Geschäft *Tiefsee* mit Schildkröten und Goldfischen im beschlagenen Schaufenster das traurige Stillleben einer zermatschten Pizzaecke auf dem Gehsteig. Fotografierte das Fundbüro namens *Noch ist nichts verloren* und nahm ein Video von zwei Jungs auf dem Spielplatz auf. »Schau, gleich bin ich im Himmel, dann kannst du mich sehen«, rief der kleinere von der Schaukel. Filmte die Obdachlose mit der rosa Fleecedecke mit roten Herzen, die seit Jahren in derselben Hausecke auf Pappen saß und ab und zu losbrüllte: »Da sind diese Dinge. Diese Dinge!« Und sie nahm das Schild auf, das Hans in die Tür seiner Konditorei gehängt hatte: *Wegen Trauerfall geschlossen*. Das Dilemma solcher Phrasen war allgemeiner Natur, sagte sie, als sie mir dieses Bild zeigte: Es ließ sich nicht in Worte fassen, was hinter Worten lag. Ein *Trauerfall*, das klang in ihren Ohren nach Datenanalyse. Tagesschaublauer Himmel. Zerknirschte Luft. Zeitungen berichteten über den Krieg, die Energie- und Demokratiekrise sowie über das Begräbnis der englischen Königin, mit deren Dahinscheiden, schrieben alle, eine Ära zu Ende gegangen sei. Das war historisch bei all den so betitelten Ereignissen ausnahmsweise zutreffend, ließ die Sache aber noch finaler aussehen, als sie ohnehin war, fand Tessa. Im einen Moment fuhr man mit Blumen und Kuchen ins Pflegeheim, im nächsten kam man denselben Weg als Elternlose, als *Waise* mittleren Alters, zurück, derweil die britische Monarchin mitsamt ihrer Epoche begraben wurde, die Grundordnung der westlichen Welt ins Wanken geriet und das Leben weiterging. Die Straßen unverändert, alles in ganz anderem Licht. Tessa kam es dämmriger vor. Als wäre mit jedem Tod, der ihr in ihren siebenundfünfzig Lebensjahren begegnet war, ein Licht ausgegangen, das niemand mehr anknipsen konnte, weil der Mensch, zu dem es gehört hatte, dafür nicht mehr zur Verfügung stand. In regelmäßigen Abständen Umarmungen von Mann, Kindern, Freunden. Dazwischen gute und schlechte Erinnerungen, leichte und quälende Fragen, leiser und lauter Schmerz, tröstliches Gedenken und, es wunderte mich nicht, viele Gedanken an Sourie. Er ging ihr nicht aus dem Kopf, gestand sie. Was ich von seiner Einsamkeitsbeauftragung hielt? »Viel zu früh«, befand ich. Dass sie in ihrer Verfassung, nur Tage nach dem Tod ihres Vaters, wieder ins Pflegeheim gehen sollte, schien mir eher schädlich als heilsam. Denn das Bild, das sie bot, war eines von Desorientierung und Instabilität. Früher voller Lebenslust, wirkte sie, als wäre sie aus ihrer natürlichen Umgebung gestoßen worden, zu Fall gekommen durch Geschehnisse, die elementar, zu erwarten, in den Augen vieler eine Erlösung gewesen waren, jedenfalls dem Lauf aller Dinge entsprachen. Aber diese Sicht entsprach nicht ihrer. Für Tessa stellte der Tod eine Herabwürdigung, eine Zurechtweisung dar, die widerspruchslos hinzunehmen sie nicht willens war. In ihrem Schmerz wollte sie den Tod verstehen und nicht von mir hören, dass dies ein unmögliches Bemühen war: dass man sich dazu selbst als vernichtet denken müsste, was allen Gesetzen der Logik zuwiderlief. Mindestens wollte sie sich einen Reim auf den Tod machen, und der *Mechanismus der Anarchie*, so formulierte sie es mir gegenüber und meinte den Zufall, hatte ihr in Sourie einen unerwarteten Komplizen beschert. »Ich denke, ich sollte es tun«, entschied sie schließlich gegen meinen Rat. »Er hat recht.

Man muss dem Tod einen Platz einräumen, auch dem eigenen, frühzeitig. Dieser *Abschiedlichkeit*, wie er sie nennt. Es muss ja nicht sofort sein«, würdigte sie meine Bedenken, »ich lasse mir Zeit mit dem Heim.« Aber mit Sourie zu reden, fand sie, als sie eines Abends bei mir in der Restaurantküche saß, konnte nicht schaden. Also rief sie ihn an, und aus diesem Gespräch entspann sich eine ganze Kette von Telefonaten, die unerklärliche Eifersucht in mir auslöste. Sie galt weniger den Personen als der Unbefangenheit, mit der die zwei einander begegneten. Der Leichtigkeit, mit der sie sich dem anderen öffneten, dieser Zielstrebigkeit, mit der sie aufeinander zusteuerten, ohne es zu beabsichtigen. Es geschah instinktiv und untergrub die Exklusivität meiner Beziehung zu beiden, wogegen ich nichts unternehmen konnte. Jedes Wort hätte mich zu dem in seiner Eitelkeit verletzten Kleingeist gestempelt, der ich anscheinend war.

Wie mit mir sprach Tessa nun auch täglich mit Sourie. Weil er ihre Trauer nicht verstand, begründete sie es, ganz anderer Ansicht war und es in Sachen Endlichkeit vermutlich keinen kompetenteren Ansprechpartner gab. Für Sourie war der Tod keine Demütigung. Schon gar nicht banal. Für ihn war er das Maß aller Dinge, die Referenz, an der sich alles Leben messen ließ, und dass er Ziel- und Endpunkt allen Lebens war, mache ihn zwar allgemeingültig, aber längst nicht gewöhnlich. Seine Ansichten erfüllten Tessa mit einer mir rätselhaften Zuversicht, deren Implosion vorhersehbar war. Allerdings trat sie völlig anders ein, als ich es angenommen hatte. Die beiden diskutierten endlos und erzählten mir überschwänglich von ihren Telefonaten, was ich entweder gar nicht oder abfällig kommentierte, etwa mit dem betschwesterlichen Hinweis, dass Trauer kein Gedankenspiel sei. Sourie referierte und empfahl Bücher. Tessa analysierte und zitierte Textstellen aus seinen Lese-Empfehlungen. Den immer suchenden Heidegger zur Frage des Sinns etwa, dessen *Heimischwerden in der Nähe des Ursprungs* sie nichts abgewinnen konnte. Sie resignierte über die Ansicht des polnischen Schriftstellers Gombrowicz – *Ich bin eine gewisse Menge von Sekunden, die verronnen sind. Resultat: nichts. Nichts.* – und fand auch Rilkes *Das Wort Tod ohne Negation lesen* nicht hilfreich. Ab und zu, verriet sie mir, setzte sie sich allein und unbeobachtet hin und las Viktor Frankl, *Der Mensch vor der Frage nach dem Sinn*, was Hans für keine gute Idee hielt. Sinnfragen, hatte er zu Tessa gesagt, ergäben im Angesicht des Todes nun wirklich keinen Sinn. Frankls Buch war keine Empfehlung von Sourie, sondern ein Geschenk ihres Vaters gewesen. Sie empfand es als hilfreich. Angesichts des Schicksals von Viktor Frankl, der Auschwitz durchgestanden hatte, weil er sich in analytischer Distanz selbst erzählt hatte, was er erlitt, relativiere sich der eigene Schmerz sofort. Als sie so las, rief einmal ein alter Kollege ihres Vaters an: Er schreibe soeben dem Papst. Seine Heiligkeit möge dafür sorgen, dass die Seelen ihrer Eltern von Gott gut gebettet würden. Da er annahm, dass Tessa dem Heiligen Vater dasselbe ans Herz legen wollte, nannte er ihr die Adresse: Palazzo Apostolico. 00120 Città del Vaticano. Nichts lag Tessa ferner, als einen Brief an den Papst zu schreiben, trotzdem notierte sie wie in Trance die Adresse. An Frankl war nach diesem abenteuerlichen Anruf nicht mehr zu denken. Ihre Gedanken schweiften zum Totenbett der Mutter, dem des Vaters, kein halbes Jahr lag zwischen diesen Momenten, zum Papst und der Frage, ob der einen Briefkastenschlüssel hatte und ihn auch immer verlegte. Sodann, es lag nah, nach Rom, der Stadt des

Papstes *und* des Vaters, zu den ewigen Fassaden, dem schmutzigen Pflaster, die Scalinata di Trinità dei Monti hinauf, unzählige Male hatte sie mit ihm auf ihren blanken, schief gelaufenen Stufen gesessen. Auf welchen genau? Wo wollte er sitzen und die Kuppeln, die Häuser, die Straßen und den Spanischen Platz betrachten, während ihre Mutter glücklich in einem schattigen Café gesessen und gelesen hatte? Vergessen. Sie hatte mit ihm geredet und Eis gegessen, Pistazie natürlich, nicht an diesen Tag gedacht, das Jetzt ohne ihn und sie, in dem sie sich an Stufen erinnerte, um weiterzugehen. Villa Borghese. Geröstete Kastanien geknackt. Im Regen. Auf dem Forum. Zum hundertsten Mal, es musste bei jedem Besuch sein. Einmal hatte Tessa einen Stein vom öffentlichen Kiesweg mitgenommen, einen römischen Kiesel. Jetzt, nur wenige Tage vor der Beerdigung, wusste sie nicht mehr, wo sie ihn hingelegt hatte. Sie rief mich aufgelöst an, erzählte von dem Anruf des Kollegen und den Assoziationen, die er ausgelöst hatte. Der Kiesel müsse auf das Grab ihres Vaters, erklärte sie mir, weil er ihr vom Senat, von den Vestalinnen und von Titus so erzählt hatte, dass sie es schon in jungen Jahren hatte begreifen können: »Alles hängt zusammen. Das Heute ist ohne das Damals nie zu verstehen.« Aus der Geschichte lernen, dass sich Geschichte auf die eine oder andere Art wiederholt, hatte sie ihm einmal entgegengehalten. Er hatte es ihr erwartungsgemäß nicht durchgehen lassen, denn er war auch ein Pedant gewesen, ein Besserwisser. Natürlich wiederhole sich Historie nicht. Es werde kein zweites Waterloo geben, nie einen zweiten Sturm auf die Bastille, nie eine zweite Schlacht um Stalingrad. Aber Friedfertige und Größenwahnsinnige, Genügsame und Herrschsüchtige, Untertanen und Freie, hatte Tessa geantwortet, sie werde es zu allen Zeiten geben, mit allem, was sie jeweils anrichteten. In ihnen lag das Drama der mit Blut geschriebenen Menschheitsgeschichte. In den Neurosen und der Verblendung der einen, der erpressten Ohnmacht oder Willfährigkeit der anderen, träge entschlossen, durch nichts und schon gar keinen vernünftigen Gedanken die pittoreske Ruhe am Lagerfeuer stören zu lassen.

»Aber ja – man sollte Historiker nicht zur Zukunft befragen, darauf konnten wir uns einigen, mein Vater und ich«, beendete sie ihre Erzählung am Telefon, während ich meiner Köchin Ernestine ein Zeichen gab, dass ich wider Erwarten noch mal wegmüsse. Sie hob zur Antwort den Daumen.

»Ich komme gleich vorbei«, versprach ich, »dann suchen wir gemeinsam den römischen Kiesel und schreiben auch gleich an den Papst. Ich hätte dem einiges zu sagen, und die Adresse hast du ja jetzt.«

Man sagt, Menschen finden ihren Frieden, um der Sache etwas Positives abzuringen, auch weil viele Gesichter im Tod gewiss friedlich aussehen. Und das sagten oder schrieben auch viele in ihren Kondolenzbriefen an Tessa. Aber niemand wusste, ob Tote Frieden fanden und was das für ein Friede sein sollte. Keine Religion wusste es mit Sicherheit zu beantworten, kein Nahtoter berichtete wahrhaft von der anderen Seite. An der Schwelle des Todes, so hatte Tessa in einem Magazin gelesen und erzählte Sourie und mir davon, habe der Wiederbelebte nur erfahren, was sich in ihm selbst abspielte. Wärme, Tunnel, Licht, Wohlgefühl, Schweben? Sie zitierte: Physiologische und psychologische Reaktionen, hervorgerufen durch die Ansammlung von Kohlendioxid und eine vermehrte Ausschüttung des Beta-Endorphins. Erfahrungsberichte *von drüben*? Erklärbare Reaktionen des Körpers, nichts Jenseitiges, sondern von entfesselten Gehirnen selbst produziert. Bei der Ewigkeit, prophezeite ihr der Priester, mit dem sie die Beerdigung ihres

Vaters plante, handele es sich nicht um eine Fortsetzung der Zeit. Es handele sich um einen anderen, friedvollen Zustand des Seins. Wer's glaubt, dachte Tessa und berichtete uns davon auf der beheizten Restaurantterrasse bei Apfelkuchen mit Sahne. Mit der Kirche hatte sie, anders als ihre Eltern, längst nichts mehr am Hut, und Sourie pflichtete ihr bei. Deren Daseinsberechtigung fuße auf der irrwitzigen Behauptung, die Wahrheit über das Unvorstellbare zu kennen, was natürlich Blödsinn sei, aber Religion sei nun mal die größte kognitive Verzerrung des menschlichen Geistes. »Seines Todes ist man gewiss«, zitierte er Nietzsche, »warum sollte man nicht heiter sein?« Wobei er so heiter klang, wie man Nietzsches Auffassung nach offenbar sein sollte.

Vor allem aber beschäftigte Tessa in diesen Tagen die merkwürdige Unterscheidung zwischen dem guten und dem schlechten Tod. Wenn der gewaltsame, der Kriegs-, der Unfall-, der Krankheitstod ein schlechter war: Gab es für die Toten keinen Frieden? Ihr Gehirn, erzählte sie, verknüpfte ohne ihr Zutun die Nachrichtenbilder von Opfern gewaltiger Naturkatastrophen, von Kriegen und Verbrechen mit ihren sterbenden Eltern und die Aufnahmen vom Abtransport unbekannter Leichen mit dem Bild des Bestattungsunternehmers, der die Leichname ihrer Eltern abgeholt hatte. Über Stunden hatte sie, das Kind, das sie nun auch amtlich längst nicht mehr war, mit Hans bei ihnen gesessen und sie mit einer Ehrfurcht betrachtet, die nur der Kahlschlag des Lebens hatte mit sich bringen können. Ihre Körper waren zu leeren Umschlägen geworden, die ganze Verwundbarkeit des Menschen vor ihr. Seine Schwäche. Die Stofflichkeit. Sie hatte darauf gewartet, dass auch das Bewusstsein ihrer Eltern gehen würde, nicht gewusst, wie das aussehen sollte.

Sie hatte nicht fortgehen können, weil sie diese, einmal gegangen, nie mehr sehen würde. Weil es vorbei war, wenn sie ging. Weil ihre Gesichter dann nur noch auf Fotos existieren würden. All die Jahre ihrer Krankheit: War ihr Tod ein schlechter gewesen?

»Als man meinen Vater abgeholt hatte, sind Hans und ich gegangen und fanden uns draußen auf der Straße plötzlich mitten in einer Antikriegsdemo wieder. Laute Gesänge. Überall Flaggen und Plakate. Ich war wie vor den Kopf gestoßen. Es ist politisch unkorrekt, ich weiß, aber es hat mich stinkwütend gemacht.«

Ich ahnte, was sie meinte, wartete aber ihre Erklärung ab.

»Ich habe gedacht: Was soll das?«, fuhr sie fort. »Was macht ihr hier? Betroffenheitshysterie? Gewissensberuhigung? Solidaritätsbekundung? Wem hilft das? Macht das irgendwas besser, macht es das Sterben von irgendeinem Kriegsopfer irgendwo auf der Welt *besser*, wenn ihr hier herumrennt und Friedenssymbole schwenkt?«

Sourie betrachtete sie aufmerksam.

»Ich meine: Ich war wie betäubt. Ich kam gerade aus seinem Sterbezimmer ...«, rechtfertigte sie sich. »Es kam mir völlig absurd vor.«

»Das muss einem in einem solchen Moment ja auch absurd vorkommen«, bestätigte ich.

Sie breitete die Arme aus. »Aber es ist noch immer so. Mir erscheint jegliches Tagesgeschehen absurd. Nachrichten. Werbeplakate. Talkshows. Formulare. Es ist alles so dermaßen egal, wenn man mit dem Tod zu tun hat. Ich habe einfach keinen Platz mehr dafür, und das kann nicht richtig sein, ich weiß, es geht ums Leben, um die Gestaltung des Lebens, um den Kampf zwischen Richtig und Falsch *im* Leben.

Aber ich kann nichts dagegen machen: Es ist mir egal. Mir ist alles scheißegal. Ist Gleichgültigkeit das Gegenteil von Interesse?«

»Der Mensch durchbricht als einziger Bestandteil des gleichgültigen Universums die Gleichgültigkeit des Universums«, kommentierte Sourie.

»Und wer wollte dir für diesen Satz kein Fleißkärtchen ausstellen!« Ich warf ihm einen symbolischen Bierdeckel zu.

»Meine Söhne sind ein und drei Jahre jünger als du.« Tessa lachte und warf ihm einen zweiten zu. »Sie sind nicht auf den Kopf gefallen, aber solche Sachen geben sie nicht von sich. Mich irritiert allerdings mehr, dass du es tust, als dass sie es nicht tun!«

»Jeder Jeck ist anders«, konterte Sourie. »Steht in eurem Grundgesetz. Und entschuldigt mal – das ist Camus. *Das Absurde hat nur insoweit einen Sinn, als man sich nicht mit ihm abfindet.* Es geht um Revolte.«

»Nicht zu fassen!« Tessa tippte sich an die Stirn. »Und was willst du mir damit sagen? Dass ich gegen die Absurdität des Moments hätte revoltieren sollen? Oder dass ich als Mensch nicht gleichgültig gegenüber dem Weltgeschehen sein darf?«

»Du darfst alles. Es war keine Handlungsempfehlung, nur die Feststellung, dass du als Mensch – anders als jeder andere Bestandteil des Universums – die Wahl hast.«

Tessa dachte eine Weile darüber nach, bevor sie weitersprach: »Jedenfalls sah ich bei dieser Demo eine Mutter mit Kind. Die beiden gingen langsam an uns vorbei. Die Tochter war vielleicht vierzehn, fünfzehn Jahre alt. Ich konnte nicht hören, worüber die beiden sprachen, aber da war etwas in ihren Augen, in ihrem Miteinander, das mich regelrecht getroffen hat: eine unbeschreibliche Nähe. Nichts Hochentzündliches, das einen Warnaufkleber gebraucht hätte. Keine Schwere, kein Schweigen, keine Gesetze und auch kein Anzeichen von Rebellion, Flucht und vorgetäuschter Gleichgültigkeit. Noch gar nichts von dem, was in den meisten Familien irgendwann passiert, vielleicht passieren muss. Was ich in der unterkühlten Nachkriegsehe meiner Eltern erlebt habe.« Sie überlegte einen Augenblick. »Bei uns waren die Rollen klar verteilt: Mutter – Vater – Kind. Jeder hatte seinen Platz, ohne Möglichkeit zur Grenzüberschreitung. Jeder hat seine Gefühle vor den anderen verborgen, und trotzdem … trotzdem haben wir in der Gemeinschaft Sicherheit gefunden. Keine Chance für Sichtbarkeit, und zugleich war alles durchsichtig – bis hin zu ihrer Liebe, die ich immer gefühlt habe, so wenig sie mich verstanden haben. Ich habe den beiden, Mutter und Tochter auf der Demo, nachgesehen und mit einem Mal noch weniger als ohnehin zu sagen gewusst, was, das große Ganze betrachtet, überhaupt Sinn ergibt. Ich lese und lese und grüble und grüble: Worin liegt der Sinn? Die Welt verbessern, Kinder zeugen – was ist mit all den gewollt oder ungewollt Kinderlosen? –, Liebe, für andere sorgen, das Beste aus seiner Zeit machen?«

Ihre Frage ging mir nach, als wir zwei Tage später am Grab ihres Vaters standen. Als alten Freund hatte Tessa mich zur Beerdigung eingeladen. Das Holzkreuz der Mutter war, so kam es mir vor, gerade erst auf den Erdhügel gesetzt worden. Nun glitt der zweite Sarg in die Grube. Das zweite Holzkreuz obendrauf. Die Daten. So nah beieinander. Es bleibt ein unfassbarer Vorgang. Zu Grabe tragen. Beerdigen. Bestatten. Ein Wort, das vor Hunderten Jahren *an eine Stelle bringen* gemeint hatte. Welche Stelle? Wir lassen einen Körper in die Erde hinab, auf der wir umherlaufen, und versenken mit ihm ein ganzes Leben. Es endet. Es gräbt sich selbst die Grube, in die wir es werfen, und der Priester weist uns darauf hin, dass einer von uns der Nächste sein wird.

Eben noch hatte Tessa die Hände ihrer Eltern gehalten, ihnen ihre Lieblingsmusik vorgespielt, ihnen vorgelesen. Blumen. Blätter. Briefe und ein Exemplar der *Göttlichen Komödie* fielen in die Grube. Blumen. Blätter. Briefe und Noten von Mozart waren es bei der Mutter gewesen. Ich stand auf der Wiese inmitten der anderen Gäste und las an Tessas Rücken ihr Ringen zwischen Trauer und Haltung ab. Es war, als könnte ich ihre Gedanken lesen. Der enorme Aufwand eines Lebens zerrann im Nichts. Im Nichts von entseelten Ausweisen, hinfälligen Diskussionen, Hausrat, Fotos, Korrespondenz, Kleidung, Büchern. Die Salatschüssel aus Sizilien. Das Hochzeitskleid. Die Monografie zur deutschen Geschichte, 1944 während eines Fliegerangriffs in der Buchhandlung abgeholt, die Minuten später in Schutt und Asche lag. Die bestickten Taschentücher. Das Medaillon. All das hatte für die Toten Bedeutung gehabt. Für die Hinterbliebenen waren es bloß Erinnerungsstücke. Überreste eines Lebens, das vom ersten bis zum letzten Atemzug gelebt war. Eines *erfüllten Lebens*, sagten viele auf dem Friedhof, um der Sache wiederum Positives abzuringen. Eines *guten Lebens*. Aber was wusste man schon vom Leben eines anderen? Was man nicht wusste, war unendlich. Die glücklichsten, die schlimmsten, die beschämendsten, die lustvollsten Erinnerungen gehörten den Toten allein, all das, was sie verdrängt und vergessen und verborgen hatten, gehörte ihnen allein. Letzten Endes musste man einsehen, dass man sie nie wirklich gekannt hatte. Viele fügten hinzu, dass die Verstorbenen in Tessa und ihren Kindern weiterleben, immer bei ihnen sein würden. Das klang nach drei Haselnüssen, Wünschen, Hoffnungen und dem letzten Satz eines Märchens, weil dem Tod nichts als Illusionen entgegenzusetzen war.

Etwa drei Wochen darauf kamen Sourie und Tessa unerwartet zum Abendessen. Sie hatten unweit des Restaurants Haus Melchior besichtigt, das einstige Wohnhaus und Atelier Friedrich Melchiors. Es zählte zu Tessas Lieblingsorten in der Stadt. Inzwischen ein Museum, stand das exzentrische Gebäude aus dem 19. Jahrhundert mit seinen Türmchen, Spitzgiebeln und Buntglasfriesen als bleicher Sonderling am anderen Ende des rechtsrheinischen Parks zwischen Skaterbahn und Rosengarten. Es beherbergte symbolistische Werke des Malers, Gemälde, die die Dinge nie direkt, sondern durch Sinnbilder und Metaphern darstellten. Ich hatte es noch nie von innen gesehen, sooft ich mir den Besuch vorgenommen hatte, und bekam an diesem Abend eine erzählerische Führung durch Tessa und Sourie. Auf labyrinthischen Wegen hatten die beiden ausgestopfte Vögel, Pfauenfederkränze, Hieroglyphen und Büsten passiert. Von nervöser Hand gezeichnete Szenen von Lust und Vergänglichkeit, Traum und Wirklichkeit. Goldgerahmte

Öl-Exkursionen ins Seelenleben Melchiors, des von der eigenen Fantasie schwindelerregend verunsicherten Künstlers, wie Sourie es formulierte. Spiegelglatte Wasserbilder, auf denen eine einsame Person entrückt und unheilstill dem Jenseits entgegenzublicken schien. Und sie hatten lange vor der Arabischen Halle gesessen, wo der Maler Kunden und Gäste stets absichtsvoll hatte warten lassen. Diese Halle hatte den Angeber, wie Sourie ihn wegen dieses protzigen Gehabes nannte, mehr gekostet als das gesamte, im Grunde scheußlich verbaute Haus. Sourie erinnerte es mit seiner goldenen Kuppel, den orientalischen Intarsien, Mosaiken und Alabastersäulen an einen Vergnügungspark. Aber Tessa hatte die Arabische Halle mit den samtenen Diwanen schon als Kind bewundert. Ein Wunderland, fand sie, in dem der kindliche König aus *1001 Nacht* gut und gerne weitere tausend Geschichten angehört hätte: eine fernöstliche Verirrung in der rheinischen Tiefebene, die Fata Morgana eines reichen Fantasten.

Es war ein kühler Oktobertag mit Wind und fedrigem Regen, und Sourie bat, während sie vom Museum berichteten, an der Bar um ein Handtuch. Ich wollte ihnen seinen Stammplatz zuweisen, aber die beiden setzten sich an den Tisch im Erker, den Gäste wählen, die ungestört sein möchten. Die Botschaft war unmissverständlich. Die Dinge zwischen ihnen hatten sich verändert. Tessa war wie verwandelt: lebendig, fröhlich. Hingegossen in einem tintenblauen Wollkleid und mit einem breitkrempigen, gleichfarbigen Hut, den sie zum Essen abnahm, saß sie auf der Holzbank und ließ Sourie nicht aus den Augen, der bemüht war, sie zu unterhalten. Die beiden waren vertraut miteinander und, was mir bei ihrem Anblick vor allem auffiel, frei. Die Anziehung zwischen ihnen war unübersehbar, bedurfte keiner Erklärung, fast war ich stolz, dass sie mir gegenüber keinen Hehl daraus machten. Sie saßen in meinem Restaurant, weil ich es wissen sollte, sie spielten kein Theater, wollten mich als ihren Freund teilhaben lassen und verschoben bedenkenlos die tektonischen Platten unseres Dreiecks. So wohlwollend wie neidvoll dachte ich: Was soll's. Dann ist es jetzt so. Ein Abenteuer. Vielleicht ein Experiment. Und ja, das musste ich zugeben, auch ein schönes Paar. Ich gab mich unbeeindruckt. Moralische Bedenken standen mir nicht zu – nicht, dass ich sie gehabt hätte. Fragen verboten sich, ich hätte nicht mal gewusst, welche ich hätte stellen sollen. Die Dinge waren eindeutig und brachen, kaum dass sich Tessa nach dem Essen verabschiedet hatte, von allein aus Sourie heraus.

»Jean, du kannst dir nicht vorstellen, was das in mir auslöst. Sie ist, und das ist nicht so überheblich gemeint, wie es klingt, die erste Frau, die mich nicht langweilt. Zuerst haben wir nur telefoniert. Jeden Tag. Immer länger, schließlich Stunden. Dann haben wir uns getroffen. Haben uns in Cafés gesetzt und geredet. Sie ist umwerfend. Klug. Interessiert. Für sie ist alles Hingabe, nichts geschieht beiläufig. Zuerst dachte ich, das ist natürlich nur eine platonische Verbindung. Sie ist verheiratet. Sie hat Kinder, wenn auch erwachsene. Aber da war von Anfang an … Schon an der Pforte im Augustinus, als ich das erste Mal mehr Worte mit ihr gewechselt habe als *Guten Tag* und *Auf Wiedersehen*. Eine unglaubliche Anziehung. Sie umarmt nicht einfach, weißt du, sie hält mich. Und sie küsst nicht einfach, sie begehrt mich. Wenn sie etwas wissen möchte, dann will sie es wissen. Wenn sie etwas nicht interessiert, dann sagt sie es und hört nicht höflich weiter zu. Sie stellt nie die falschen Fragen. Sie wartet, bis ich etwas erzählen möchte. Sie spielt keine Spielchen, sie *ist*. Und in all ihrer Traurigkeit ist sie zupackend, selbst ihre Trauer nimmt sie in die Hand. Es ist, als würde sie backen – was angesichts ihres Konditor-Gatten ein unpassendes Bild ist, aber sei's drum. Sie vergisst keine Zutat, knetet und walkt die Traurigkeit, damit sie glatt wird, rollt sie aus, ganz flach und brauchbar, um sie zu verarbeiten. Sie idealisiert nicht, betreibt keine Mythenbildung, wie es die meisten Menschen tun, wenn jemand stirbt, den sie lieben. Nein, sie sieht sich ihre Vergangenheit und ihre Eltern genau an. Sie sieht das Gute und das Schlechte und knetet alles zusammen, damit es eins wird – was es ja immer war, wie sie sagt. Die Frauen in meinem Alter ermüden mich. Ich habe es versucht, glaub mir, ich zeige dir gern mein Dating-Profil. Was für ein Basar! Was für ein Schwachsinn! Du kannst unter Tausenden wählen. Sie haben einen Algorithmus, aber nichts erlebt, stattdessen lauter Pläne. Sie sind ehrgeizig oder erwarten Ehrgeiz von ihrem Freund, sie analysieren dich, sprechen mit ihren Therapeuten über dich, sie setzen Parameter, sie verlassen dich, wenn du in die falsche Stadt ziehst, sie haben Zeitpläne und vernunftbasierte Vorstellungen und lassen sich von ihren Armbanduhren an Schritte, Achtsamkeitsübungen und Yoga erinnern. Ihre Zukunft ist therapeutisch wie bausparvertraglich abgesichert: Das und das brauchen sie, das und das brauchen sie nicht, und dabei wissen sie überhaupt nicht, was sie eigentlich fühlen, was sie wollen, was sie wirklich brauchen. Du hast Sex in ihrer Wohnung, und die Kondome liegen schon auf dem Nachttisch bereit, das Ganze so durchorganisiert wie der Wartebereich im Bezirksamt, *ziehen Sie hier Ihre Nummer*. Sie leben nicht, sie fallen nicht, sie projektieren ihr Leben in Zeitachsen. Tessa ist anders. Sie ist berührbar, verstehst du, sie denkt nach, bevor sie redet, sie dreht sich nicht ständig um sich selbst, hinterfragt nicht alles, was sie tut, aber ja: Zugleich hat sie mehr Fragen als Antworten, kluge Fragen. Sie ist scharfsinnig, intensiv, interessiert sich selbst für die ungewöhnlichsten Theorien oder Gedanken, die ich äußere. Und sie fühlt. Sie sieht so viele Dinge, die andere überhaupt nicht sehen. Sie fotografiert Szenen, in denen eine ganze Welt greifbar wird. Ja, ich weiß, dass sie meine Mutter sein könnte – sie betont es oft genug –, sie sagt, ich solle mich unter keinen Umständen in sie verlieben, und gleichzeitig weiß ich, dass sie in mich verliebt ist, ich meine, das merkt man doch. Ich weiß, dass es eigentlich nicht sein soll, nicht sein kann, dass es riskant für sie ist, aber was spielt das alles für eine Rolle? Ich habe zum ersten Mal das Gefühl, zu leben. Verstehst du? Zum ersten Mal das Gefühl, zu *sein* und sein zu *dürfen*. Sex mit ihr ist mit nichts vergleichbar, was ich vorher erlebt habe, entschuldige, sie ist deine Freundin, ich weiß, aber du kannst nicht von mir erwarten, dass ich darüber kein Wort verliere. Sie ist eine Frau, die weiß, was sie will, so verloren sie gerade ist. Sie ist verloren und zugleich unbesiegbar, es ist, als liefe sie durch die Welt und sagte: Du kannst mich nicht verletzen, ich bin es bereits, und vielleicht ist gerade niemand so traurig wie ich, mich trifft nichts mehr. Aber das spricht sie nicht aus. Was sie ausspricht, ist das Gegenteil: Egal, was ich durchmache, es gibt Millionen, die weit Schlimmeres durchmachen. Das Bescheuertste, was sie bislang zu mir gesagt hat, ist, dass ich mich nicht in sie verlieben soll.«

»Was sieht sie in dir?« Es war die einzige Frage, die mir angesichts seiner atemlosen Glücksvergessenheit in den Sinn kam. Die Betonung liegt auf *Frage*, denn in den Sinn kam mir weit mehr. Dass er, verdammt noch mal, nicht sprach wie ein Siebenundzwanzigjähriger und ich mir nicht erklären konnte, wie er so viel vom Leben und der Liebe wissen sollte, während er eben erst das Studium beendet und sich in sein verrücktes Altersheim gesetzt hatte. Dass er den Blick für die Wirklichkeit zu verlieren drohte oder vielmehr, schoss mir durch den Kopf, seine Wirklichkeit schuf, der einzige Mensch war, den ich kannte, der es vermochte, in *seiner* Wirklichkeit zu leben, einer Wirklichkeit, die er aussuchte, formulierte, herstellte, *wirklich* werden ließ. Dass er eine raffinierte Weisheit besaß, die ihn für derlei Wechselfälle des Schicksals eigentlich wappnete, zumindest für ein gesundes Maß an Selbstironie sorgen sollte. Und mein Leben kam mir in den Sinn. Mein risikoloses, vor jeder weiteren Verstrickung abgesichertes Leben. Ohne Sanya. Für mich unvorhersehbar, hatte sie sechs Jahre zuvor auf einem Fest bei gemeinsamen Bekannten meine damalige Affäre mit einer anderen Frau beendet, indem sie mir so überzeugend wie hinreißend darlegte, dass es eine Tragödie wäre, wenn wir beide es nicht miteinander versuchten. Ausgeschlossen, sich der Strahlkraft dieser Provokation, der Anziehungskraft ihrer verführerischen Gewissheit zu entziehen. In allem hatte sich die Behauptung bestätigt, hatte diese kluge und bildschöne, neunzehn Jahre jüngere Frau meine Zweifel an der Existenz vollkommener Liebe widerlegt, meine spöttische Distanz zur Nähe verkürzt und Glück zu einem derart unkomplizierten Grundbefinden erhoben, dass mir nach zweieinhalb Jahren eine Heirat geradezu logisch erschienen war. Das allerdings hatte Sanya völlig anders beurteilt. Die Ehe als Beziehungsmodell war ihr bei Weitem zu verstaubt. Gerade war sie im Onlinemarketing durchgestartet, reiste viel und wollte *ihr* Leben aufbauen. Sie sprach von Freiheit und Unabhängigkeit, ich von Zusagen und Verbindlichkeit. Unsere Gespräche wurden anstrengender, schließlich ganz eingestellt, und dann war sie in den Armen des weniger altmodischen Trampolintrainers gelandet, der mehrere Fitnessstudios besaß und dessen Werbemaßnahmen sie betreute. Das hatte ich nicht kommen sehen. So wenig, wie Sourie jetzt imstande war, das Risiko zu erkennen, das Tessa für ihn bedeutete. Sie würde ihn verlassen. Natürlich. Sie war in einer Ausnahmesituation, in Trauer. Dies war nicht ihr normales Leben. Sie würde in die Weihnachtskartenwelt mit Hans Blumenkamp zurückkehren, der der Wirklichkeit seine und ihre Lebenswelt entgegenstellen konnte. Sie würde Sourie das Herz brechen, wie sie in unserer Schulzeit eine Reihe Herzen gebrochen hatte. Und weil sie das wusste, verbot sie ihm vorsorglich, sich in sie zu verlieben. Mach die Augen auf, Sourie, wollte ich sagen. Schau hin, verflucht, was, denkst du, wird passieren? Jeder Verliebte hält sich für den Entdecker einer neuen Galaxie, aber es gibt schon zweihundert Milliarden, und in unserer ist euer Altersunterschied ein Thema. Heute nicht. Morgen nicht. Aber übermorgen. So, wie er auch bei alten Männern und jungen Frauen Thema wird. Irgendwann. Schau dich um, nenn mich spießig. Mir fiel *Die einzige Geschichte* von Julian Barnes ein, die tragisch endet. Natürlich auch *Harold und Maude*. Und der *Reifeprüfung* war ebenfalls kein gutes Ende beschieden. Doch waren wir weder in England noch in Amerika, nicht beim Film, nicht in der Literatur, wir befanden uns in Köln. Es war Herbst. Der russische Präsident führte Krieg. Politiker versuchten, die Bevölkerung Europas auf einen kalten Winter einzuschwören. Sämtliche Demokratien wurden von rechts angegriffen. Jugendliche klebten sich als *Letzte Generation* auf Fahr- und Rollbahnen, warfen Kartoffelpüree auf Kunstwerke. Alle Welt redete von einer *Zeitenwende*. Und wir befanden uns im Jahr drei meiner selbst gewählten Einsamkeit, die ich mir als sinnvoll verkauft hatte, während sie nichts als Verschleierung war. Sourie zuzuhören, ließ mein Selbstmitleid wie ausgelassene Butter fließen: Seine Leidenschaft für Tessa machte mein sehnsuchtstrunkenes Dasein ohne Sanya zu einem Monument des Versagens. Es war alles ernst und unromantisch genug, also schlicht falsch, ihm die richtigen Fragen zu stellen. Sourie war in jener Phase der Verliebtheit, in der selbst Zyniker dem Schwachsinn erliegen. Als hätte er nie Beglückenderes erlebt als diese Frau, die den Verlust ihrer Eltern zu verwinden suchte. Ihre Trauer hatte sie zu ihm gebracht, dessen Thema der Tod war. Für ihn riskierte sie ihre Ehe und ihre Familie, zumindest nahm ich an, dass auch ihre Söhne nicht begeistert von dem Altersgenossen im Bett ihrer Mutter sein würden. Tessa sah etwas in ihm, das Sourie selbst nicht in sich sah.

»Was sie in mir sieht?«, wiederholte er meine Frage. »Stell dir vor: das Leben! Ausgerechnet in mir sieht sie das Leben!«

Als er nur Monate später in Norwegen beerdigt wurde und Tessa in demselben Kleid und mit demselben dunkelblauen Hut auf dem Nedre Gravlund in Ålesund stand, fiel mir dieses Gespräch ein, ein Hörspiel, dem ich gelauscht, dessen Skript ich mitgelesen, zu dem ich jedoch so gut wie nichts beigetragen hatte. Und ich bin froh, es nicht getan zu haben. Ich hätte einen erbärmlichen Bedenkenträger abgegeben, einen der Liebe und ihrer Unanfechtbarkeit entfremdeten Eremiten. Ich hatte angenommen, Sourie zu kennen. Aber natürlich hatte er mir nur Ausschnitte seines Lebens anvertraut, nach mehr hatte ich nicht verlangt. Erst an seinem Grab kam ich zu dem Schluss, dass es auch die Leerstellen gewesen waren, die mich betört und für ihn eingenommen hatten. Ich hatte sie nicht füllen, seinem Geheimnis nicht auf den Grund gehen wollen, so gewiss ich immer gewesen war, dass es existierte, dass dieses Mysterium irgendwo zwischen Washington, Paris und Oslo lag, den Orten seiner Kindheit und Jugend. Er war oft umgezogen, seine Mutter hatte im deutschen diplomatischen Dienst gearbeitet, sein Vater als Kunsthistoriker. Wochenlang wachte ich nachts auf und erinnerte mich an seine Worte. Daran, dass Tessa Trauer walke, knete und brauchbar mache. Ich wusste nicht, wie das gehen sollte, was er damit überhaupt gemeint hatte. Bestrebt, das Unbekümmerte zwischen uns nicht zu unterwandern, hatte ich das Rätselhafte seines Wesens nicht entschlüsseln wollen und meine Wahrnehmung der Wirklichkeit ausgeschaltet. Ich bezweifle, dass er sein Geheimnis preisgegeben hätte. Es gibt ein Zuviel an Wissen, eine Überdosis von Vertrautheit, die Freundschaften nicht überstehen. Sie können Schaden nehmen, wenn man einander zu gut kennt. Ich bin überzeugt: Darüber war sich Sourie im Klaren. Doch war ich mit ihm nicht mal in die Nähe dieses unbekömmlichen Zustands geraten, und das war mein Versäumnis. Ich beklagte die Zeit, die ich mit Erledigungen, Abrechnungen, allein im Kino oder auf meinen einsamen Fahrradtouren verplempert hatte statt mit ihm. Ich betrauerte die Momente, in denen ich nicht nachgefragt, Gelegenheiten verpasst hatte. In all diesen Nächten versuchte ich nie, wieder einzuschlafen, sondern lief durch die Wohnung, außerstande, meine Gedanken zu lenken. Souries Kindheit in Amerika beschäftigte mich wie die Mystik Norwegens und sein Leben als sechzehn- bis neunzehnjähriger Teenager in Paris. In Norwegen hatte er sich am wohlsten gefühlt. *Ein magisches Land von zutraulicher Verschwiegenheit.* Erst jetzt fiel mir seine seltsame Beschreibung wieder ein. Ich vergegenwärtigte das wenige, was er über seine Eltern erzählt hatte, die – inzwischen pensioniert – wieder in Paris lebten, der Heimatstadt seines Vaters. Sie hatten lange vergeblich auf ein Kind gehofft und, als er dann da war, mit seinem Kindsein nicht umzugehen gewusst, ihn wie einen Erwachsenen behandelt, Vernunft und Umsicht erwartet, als er noch in den Kindergarten ging. Seinem Wunsch nach Geschichten, wie ihn jedes Kind hegt, sobald es über das Stadium hinaus ist, in dem nur Nahrung, Schlaf und Berührung zählen, wussten sie kaum nachzukommen. Sie behalfen sich mit der griechischen Mythologie, für die seine Mutter eine Leidenschaft hegte, die an ihrem einzigen Kind nicht spurlos vorübergegangen war. An einem langen und alkoholreichen Abend in der Küche hatte Sourie mich einmal mit Dionysos verglichen. Nicht wegen des Weins, den wir tranken – von Ekstase waren wir weit entfernt –, sondern weil ich seiner Ansicht nach wie der vor Lykurgos geflüchtete Dionysos tief im Ozean saß und darauf wartete, erwachsen zu werden. Vielleicht hatte er sich erhofft, mit mir auf Bäume zu klettern. Vielleicht hatte er meinen Vater so gerngehabt, weil der nie einen Zweifel an unserer Rollenverteilung gelassen und Sourie in sie eingeschlossen hatte, indem er *mein Junge* zu ihm sagte.

An Sourie zu denken, hatte etwas Elementares, Unausweichliches. Ich rief mir unsere Gespräche in Erinnerung und ging oft, bevor ich das Restaurant öffnete, am Augustinus vorbei, wo aushilfsweise eine hagere Bedienstete am Begrüßungsschalter häkelte. Ich besichtigte endlich Haus Melchior, das Sourie nach seinem Besuch mit Tessa noch zweimal aufgesucht hatte. Jedes Bild, jedes Mosaik, jede Skulptur studierte ich. Ich wollte sehen, was er gesehen, verstehen, was er an diesem aus der Zeit gerutschten, melodramatischen *Vergnügungspark* gefunden hatte. Ich setzte mich vor die Arabische Halle, wo Melchior das Porträt eines hermelinbemantelten Dogen von Tintoretto auf eine schokoladenbraune Wand gehängt hatte. Venedig. Die dem Untergang geweihte Serenissima. Von dort konnte ich auf die Kopie einer Narziss-Statue sehen, deren Original im 19. Jahrhundert in Pompeji ausgegraben worden war, der verlorenen Stadt. Narziss, der sich der Liebe anderer entzog, nur sein Spiegelbild liebte. Gleich dahinter Melchiors *Besuch*: mäanderndes Gewässer vor schwarzen Tannen. Im quecksilbernen Wasser eine Sandbank, auf der eine zarte Nackte liegt, beobachtet von einem Skelett im Schilf. Untergang und Tod lauerten überall. Auch las ich einen Reiseführer über Norwegen, um der Schwäche von Sourie für dieses Land nachzuforschen, mögliche Hinweise zu finden. Waren es die Fjorde, die kargen Höfe auf den Plateaus der Berge, die Wasserfälle, die tiefe Hoffnungslosigkeit der Heldensagen, der *Edda*-Lieder? Und natürlich sprach ich viel mit Tessa, die sich nach seinem Tod zunächst wieder in die sehr viel introvertiertere Freundin zurückverwandelte, als die sie im September mit ihm ins Restaurant gekommen war.

»Um einen Verlust reicher«, bekannte sie, als wir nach Souries Beerdigung nebeneinander im Flugzeug saßen. Sie meinte es so. Reicher. Sein Tod berührte sie anders, als ich es erwartet hatte. Der Schmerz stand ihr ins Gesicht geschrieben, er schnürte sie ein, aber da war keine Haltlosigkeit in ihr, sondern Akzeptanz, von der ich ahnte, was sie ihr abverlangen musste. Ihre Erinnerungen an gestern und vorgestern und die Tage, die sich anreihen ließen, keine Qual. Das Labyrinth der Trauer, so nannte sie es, jagte ihr keine Angst mehr ein, vielmehr wusste sie, dass jeder Versuch, es zu umgehen, vergebens war. Für mich glich ihr Blick auf alles, was geschehen war, dem Kristallwasser des Geirangerfjords, durch den wir morgens gefahren waren. Sie zeigte mir das Foto eines Felsens, das sie vom Boot aus gemacht hatte. *J'existe.* Die augenblickliche, trotzige Graffito-Bestätigung des Seins, die man an Wänden, Brücken, Eisenbahnwaggons in ganz Europa finden konnte. Der Schriftzug war mir im Fjord nicht aufgefallen.

»Schau nur«, sagte sie, »ausgerechnet dort ... mitten im Irgendwo der Natur. Winzig klein, ich konnte es kaum glauben. Aber da war es: *J'existe.* Mir ist klar, dass Trauernde in alles etwas hineinlesen, in einen Bienenstock, in Sterne, in Wolkengebilde oder eine rote Ampel. Ich weiß, es klingt irre, aber glaub mir: Es war, als würde Sourie zu mir sprechen.« Sie legte die Kamera weg, sah mich an und wiederholte, was sie Monate zuvor im Beisein von Sourie schon einmal zu mir gesagt hatte: »Du solltest über ihn schreiben, Johannes.« Nun machte sie es dringlicher. »Schreib über den Tod, den Wahnsinn des Lebens, über Unvorstellbares. Schreib gegen die Angst, die wir alle haben, und den Schrecken, dem man nur Fantasie entgegensetzen kann. Erzähl von ihm. Wer er war. *Wie* er war. Wie besonders er war. Ich meine es ernst.«

Niemals habe ich die Floskel der *stillen Trauer* so plastisch gesehen wie in Tessas Ruhe vor Souries Grab. Wie ein Gemälde stand sie da, ihre Locken unter den Hut gefasst, ihre

Hände gefaltet, keine Träne; ein Bild, das ich Sourie gern gezeigt, das an eine Wand von Haus Melchior gehört hätte. Ich erinnerte mich an die beiden in meinem Restaurant, an den Beginn. Worte und Szenen voller Belanglosigkeit, Überschwang und Hingabe, wie es sie in den meisten Liebesgeschichten gibt. Bilder, die sich ähneln, die wir als Statisten betrachten und die erst im Nachhinein an Gewicht gewinnen. Menschen, die sich kennenlernen und verlieben. Paare, die dreißig, vierzig Jahre zusammen sind und sich noch lieben. Und natürlich Paare, denen die Liebe abhandengekommen ist. Die aus Gewohnheit oder Pragmatismus zusammenbleiben und irgendwann, meist heimlich, ihre eigenen Wege gehen. Jeder weiß es. Wir wittern die Lüge wie verdorbenen Fisch, aber Statisten spielen ihre Rolle. Keiner sagt etwas dazu. Niemand unternimmt etwas dagegen. Denn dazu ist nichts zu sagen, und dagegen ist nichts zu unternehmen. Es geht die Statisten nichts an, die Dinge nehmen ihren Lauf, sie müssen ihn nehmen, weil Menschen sich alles verzeihen bis auf das, was sie verpasst haben. Und das war es, was mich nicht losließ, was mir Sourie in seiner Liebe zu Tessa vorgeführt hatte: dass ich etwas verpasste, während er mit ihr das Leben gewählt hatte. Das Leben, von dem er eigentlich überzeugt war, dass es ihm nicht zustand. Dass ein Teil von mir nicht mehr existierte, während er in ihr noch einmal seine Existenz bejaht hatte – wissend, dass das Fangnetz über ihm lag. Tessa und Sourie. Ich sah diese beiden, vom Tod umgeben, leben. Als wäre ihre gemeinsame Zeit alles, als wäre ihre Verbundenheit, ihr Interesse aneinander, ihre Leidenschaft füreinander das einzig Bedeutsame und nicht der Beginn der Auflösung. Sie verschlangen und akzeptierten das Leben als den willkürlichen Irrsinn, der es war.

Diesen Irrsinn, als den Sourie den Tod beschrieben hatte und mit dem er viel eher noch das Leben hätte meinen können: Es lächelt uns an. Es ist das unlösbare Rätsel, das Wissen, das es nicht gibt. Eine grandiose Zumutung.

Wie in vielen Heimen war ein Projekt gegen Einsamkeit auch im Augustinus bereits in Planung gewesen, weswegen Sourie mit seinem Vorschlag offene Türen einrannte. Zwar gab es Bürokratisches zu erledigen, Einverständniserklärungen, Gesundheitszeugnisse, Formulare, Papierkram, aber da sowohl Sourie als auch Tessa im Heim bekannt waren, ging alles schneller als gedacht. Mitte November nahmen die beiden ihre Tätigkeit auf. Ich verstand, was sie für Tessa bedeutete. Weniger klar war mir, was sich Sourie davon versprach.

»Sieh es als Feldstudie«, antwortete er. »Man muss dem Tod die Tür aufmachen. Binsenweisheit, klar, aber nur, weil alle die Tür verbarrikadieren … Montaigne: *Alle Tage sind zum Tode unterwegs, der letzte – er langt an.*«

»Findest du nicht, dass es auch voyeuristisch ist, was du vorhast?« Ich war schon vor geraumer Zeit dazu übergegangen, seine Zitate zu übergehen. Die Sprüche gingen mir auf die Nerven, so genau ich auch wusste, dass sie bedeutsam für ihn und nicht einfach dahergesagt waren. »Schau, da ist nichts zu entdecken, außer dass jeder mit dem Tod anders umgeht. Die meisten fürchten ihn, andere erwarten ihn gelassen oder wünschen ihn herbei, wieder andere ignorieren ihn. In irgendeine dieser Gruppen gehören alle Menschen. Und das ist alles. Das Ding ist, wenn es dich persönlich angeht, wenn es konkret wird, wenn einer deiner nächsten Menschen krank wird und stirbt, wenn du selbst aufs Ende zugehst, mitten in der Agonie, dann weißt du, in welche Kategorie du gehörst. Alles vorher ist Theorie.«

Sourie war nicht meiner Ansicht. Die Theorie ebne der Praxis den Weg. Ihn interessiere nicht auf schaulustige Weise, wie die Alten lebten, das wisse er zur Genüge. Er wolle verstehen, wie sie ihre Zeit bewerteten, sofern ihr Zustand dies zulasse. Er wolle begreifen, wie sie die ihnen verbleibenden Tage im Widerstreit mit ihrer veräußerlichten Lebenskraft gegen die Welt draußen füllten, denn es gebe ein Drinnen und ein Draußen. Nur durch eine Tür von der anderen Welt getrennt, sei ein Pflegeheim ein Paralleluniversum, von dem man sich kein Bild mache, sofern man nicht damit zu tun habe. Beide Welten seien real, überschnitten sich in zweckmäßigen Bereichen wie Personal, Medizin, Küche, Wäscherei. Doch ansonsten hätten die Menschen draußen allenfalls klischeehafte Ideen vom Dasein drinnen. Und die drinnen hätten oft genug kaum mehr einen Bezug zum Leben draußen.

»Und ich saß bislang dazwischen«, sagte er, »an dieser Tür. Warum eigentlich? Warum sollte ich nicht zu ihnen in die Zimmer gehen, mit ihnen reden, von ihnen lernen, ihnen die Zeit vertreiben? Ich meine, stell dir das vor, Jean: Du entscheidest selbst, oder für dich wird entschieden, dass es jetzt nicht mehr anders geht. So war es bei Tessas Eltern. Es ging nicht mehr anders. Ihre Pflege war zu Hause nicht mehr gewährleistet. Sie brauchten medizinische Unterstützung, und zwar weitaus mehr, als Tessa mit externen Helfern hätte leisten können. Also werden Koffer gepackt, ein, zwei, denn mehr Platz hat dein Leben nicht mehr. Der Rest bleibt zurück in einem unbehausten Domizil, das sinnentleert bestehen bleibt, bis klar ist, dass du wirklich nicht mehr zurückkehren wirst. Basta. Dann wird dein Leben abgewickelt und entsorgt: ins Altpapier, zur Kleiderkammer, auf den Trödel. Dann werden ein paar Erinnerungsstücke behalten, ein paar Dinge verschenkt, ansonsten wird verramscht, was noch Geld bringen kann. In lichten Momenten ist dir klar: Hier, aus dieser Anstalt, kommst du nur horizontal wieder raus. Deine Freunde sind schon unter der Erde oder schaffen mit ihren Rollatoren nicht mehr die Busfahrt zu dir, also bekommst du kaum Besuch. Dir wird Kantinenessen aufgetischt, ganz egal, was du zeitlebens für ein Koch oder eine Köchin oder ein Feinschmecker gewesen bist. Dein durchs Alter reduzierter Bewegungsspielraum wird vollends eingeschränkt, denn irgendwann am Abend wird die Pforte abgeschlossen, dann sitzt du fest. Dein Rhythmus wird den Schichten des Pflegepersonals angepasst – so, wie Kellner manchmal zum unpassendsten Zeitpunkt abkassieren, weil Schichtwechsel ist, während du das Dessert isst und eigentlich noch einen Espresso bestellen wolltest. Du bist von Fremden umlagert, mit denen dich nichts verbindet als Hinfälligkeit. Einige von ihnen kannst du nicht leiden, aber sie sitzen dir schon beim Frühstück gegenüber. Wie *lebt* man damit? Ich meine: Wie hält man das aus? Es ist deine persönliche Apokalypse.«

Heimbewohner seien deswegen Heimbewohner, hielt ich dagegen, *weil* sie nicht mehr allein sein könnten. Meist bekämen sie in Verwirrung oder Demenz gar nicht mit, dass sie nicht mehr zu Hause seien. Zumindest hoffte ich das. Außerdem gebe es auch andere Pflegeheime. Solche, in denen nicht nur pflegerischen Bedürfnissen Rechnung getragen werde. In die Hilfsbedürftige freiwillig einzögen, die ihre Wohnungen und Besitztümer vorher selbstbestimmt aufgelöst hätten. Orte, wo für die, die es noch könnten, Unternehmungen angeboten würden. Zum anderen sagte ich ihm, dass angesichts der alternden Weltbevölkerung sehr viele Menschen eine deprimierend präzise Vorstellung von Pflegeheimen und Krankenhäusern hätten. Eine Entdeckungstour, wie er sie im Sinn habe, sei also nicht vonnöten. Er müsse nur mit Freunden und Kollegen sprechen. Jeder habe Großmutter, Großvater, Tante, Onkel oder Eltern, die irgendwann dort landeten.

Ich erinnere mich nicht mehr, wie unser Gespräch endete, weiß allerdings noch, dass mich etwas an Tessas und Souries Unternehmen störte, das ich zunächst nicht benennen konnte. Die Besuche bei meiner Großmutter waren nicht nur für meine Eltern, sie waren auch für mich eine Qual gewesen. Nie hatten wir das Augustinus fröhlich betreten oder verlassen. Vorher wappneten wir uns, nachher fassten wir uns; beides kumulierte zum hartnäckigen Nachbild ihrer Verlorenheit, Gebrechlichkeit, ihres Ausgeliefertseins. Es war meine Großmutter, die dort lag, ihr Körper, ihr Gesicht, ihre Hände, und doch hatte sie nichts mehr mit der Frau gemein, die mir Pfannkuchen gebacken, Martinslaternen gebastelt oder Geld ins Sparschwein gesteckt hatte. Auch kannte ich Stammgäste, die Verwandte in einem Heim hatten, wusste um ihre Geschichten und die Bedrückung, mit der sie sich selbst verpflichtet hatten, zweimal pro Woche im Sonnenhaus oder Schloss Falkenruh oder Rosenhof anzurufen oder dorthin zu fahren, sah ihre Gesichter, wenn sie anschließend zum Essen kamen. Die Müdigkeit in ihrem Blick, ihre Unruhe, die Traurigkeit. Ein Pflegeheim war selbst fürs sonnigste Gemüt endzeitlich. Jeder Besuch stellte eine Herausforderung dar, immer konnte es der letzte gewesen sein. Bei aller daoistischen Gelassenheit über die Unabwendbarkeit des Todes: Einfach war das nicht. Souries und Tessas Einsamkeitsprojekt beunruhigte mich, weswegen ich hoffte, meinerseits Sourie beunruhigen zu können. Ich wollte nicht, dass ihm die Begegnung mit Menschen, die er möglicherweise ins Herz schloss, seinen kühnen Positivismus nahm oder seine erfrischende Begeisterung fürs Lebensende dämpfte. Ich wollte nicht, dass er die Gelassenheit verlor, in der mir sein Geheimnis, von dessen Existenz ich fest ausging, gut verwahrt schien. Und ich wollte mir Sourie nicht im Zustand der Schwermut ausmalen, den Menschen erreichen, deren Angehörigen oder Freunden nicht mehr zu helfen ist, die sie nur noch begleiten können, bis zum Schluss. Kurzum: Meine Besorgnis war von unrühmlichem Egoismus. Sie galt seiner Sorglosigkeit, die mich in den vergangenen Jahren mehr gehalten hatte, als mir bewusst gewesen war. Ich fürchtete, dass er sich verändern, dass mein junger Gefährte erwachsen werden würde.

Unter den Menschen, die die Heimleitung für Souries und Tessas Besuche auswählte, war auch Herr Ziegler, der nach dem Tod von Tessas Mutter das Zimmer mit ihrem Vater geteilt hatte. Ziegler brauche mehr Ansprache, als er durch Frau und Kinder habe, begründete das die Heimleiterin. Als Bettlägeriger könne er nicht an den Mahlzeiten teilnehmen, geschweige denn an Ausflügen oder Spieleabenden, wo er doch eigentlich ein sehr kommunikativer Mensch sei. Tessa hatte gezögert, zumal sie mit Zieglers Eigenarten vertraut war, davon hatte sie mir erzählt. Schließlich aber hatte sie ihn als Einsamkeitspatienten akzeptiert. Ich glaube, sie wollte sich selbst und mehr noch Sourie beweisen, dass sie dazu in der Lage war. Ich *glaube* das. Ich setze es voraus, weil jemand, der die Geschichte anderer erzählt, mitunter glauben und ihre Entscheidungen nach eigenem Ermessen lesen muss. Zweifellos traute sich Tessa mehr zu, seit die beiden zusammen waren. Sie sprach offener. Sie fotografierte anders. Statt großer Architektur- und Landschaftsbilder, für die sie mitunter Tage allein an einem Ort verbracht hatte, um den richtigen Lichteinfall oder die perfekte Wolkenkonstellation einzufangen, widmete sie sich nun Menschen, ging auf sie zu, porträtierte sie. War sie früher zurückhaltend mit Sammelausstellungen und deren Begleitrummel umgegangen, willigte sie jetzt sofort ein, für das Deutsche Fotomuseum in Markkleeberg einige Arbeiten zur *Heimat*-Ausstellung beizutragen. Und eines Abends, als sich im Tobelmann eine Kellnerin unwohl fühlte, sprang sie kurzerhand für mich im Service ein, was ihr früher nie eingefallen wäre. Tessa wurde geselliger, risikofreudiger. Aber sie fürchtete sich vor dem Besuch im Zimmer von Herrn Ziegler und bat Sourie, vor der Tür auf sie zu warten. Sie müsse, sagte sie, allein in diesen Raum, dessen Geruch von Bitterkeit und Seife ihr vertrauter als lieb war.

Jedes Detail beurkundete ihren Verlust. Es war ein funktionales Zimmer, dem man mit roten Vorhängen, einer Sitzecke mit Tisch und Stuhl sowie dem weiß gerahmten Bild eines Fliederstraußes den Anschein von Wohnlichkeit hatte verleihen wollen. Doch die Sauerstoffanschlüsse, Pflegebetten und Notrufknöpfe erzählten die eigentliche Geschichte. Untragbar, dass das Schrankwand-Rechteck mit fensterlosem Bad der letzte Ort ihrer Eltern gewesen war, zweier Menschen, die die Welt gekannt und elegant zu ihrem Zuhause gemacht hatten. Unerträglich, dass man ihren Eigensinn den dortigen Gepflogenheiten unterworfen hatte: wann sie ins Bett zu gehen, wann sie aufzustehen, wann sie Hunger zu haben, was sie anzuziehen hatten. Falsch, dass ihre letzte Aussicht eine abwischbare Tapete gewesen war und dass ihr Vater seine letzten Monate mit einem Fremden Seite an Seite gelegen hatte. Das Zimmer, das für ihre Eltern die einzig verbleibende Möglichkeit gewesen war, war kaum auszuhalten. Trotzdem setzte sich Tessa, obwohl ihr Schmerz ebenfalls dort saß, auf den Stuhl vor Zieglers Bett. Denselben Stuhl, auf dem sie gesessen hatte, als ihr Vater gestorben war und Ziegler vorübergehend, für die Stunden, die das Sterben beansprucht hatte, in ein anderes Zimmer verlegt worden war.

»Wieso ziehen die Kamele weiter?«, empörte sich Herr Ziegler, den Blick auf die Garderobenhaken an der gegenüberliegenden Wand gerichtet. »Was machen die denn? Die müssen anhalten!«

»Nein«, antwortete Tessa ruhig, »sie wollen die nächste Wasserstelle erreichen. Die müssen weiterziehen. Guten Tag, Herr Ziegler. Erinnern Sie sich an mich?«

»Natürlich erinnere ich mich an Sie. Ich bin ja nicht blöd. Sie sind seine Tochter.« Er deutete auf das Nebenbett, in dem gerade niemand lag. Nur Bücher und eine Wasserflasche auf dem Nachttisch legten Zeugnis von Zieglers neuem Zimmergenossen ab.

»Die nächste Wasserstelle, ach ja.« Er zupfte enttäuscht seine gestreifte Bettdecke zurecht. »Paarungszeit. Stimmt. Macht Sinn. Kamele, also Dromedare und Trampeltiere – Erstere haben einen und die anderen zwei Höcker, Sie wissen schon –, verhalten sich merkwürdig zur Paarungszeit.«

»Ach so?«

»Das männliche Kamel überprüft die Paarungsbereitschaft des weiblichen, indem es am Urin riecht. Fließt der nicht freiwillig, verpasst das Männchen dem Weibchen einen ordentlichen Tritt. Ist die Kamelin – das sagt man doch heute bestimmt so, oder? –, also ist die Kamelin paarungsbereit, schleudert das Männchen seinen Kot durch die Gegend, um sie zu beeindrucken. Romantisch, nicht wahr?«

Es war nicht zu ändern, dass Herr Ziegler in seinem früheren Leben beschlossen hatte, an jedem einzelnen Tag seines Lebens Sex zu haben, und daher auch jetzt noch viel daran dachte. Anfangs hatte Tessa angenommen, es handele sich um die kümmerliche Widerspenstigkeit eines alternden Mannes. Aber das hatte sich bald als falsch erwiesen. Herr Ziegler hatte vor dem *Vorkommnis*, wie seine Frau es nannte, einen erfüllten Alltag und auch eine Menge anderes Zeug im Kopf gehabt. Er war mit Leidenschaft Zoodirektor gewesen. Ein offenkundig beliebter: Nach wie vor kamen Blumen und Briefe von seinen früheren Mitarbeitern, obwohl er seit Jahren so dalag, Dinge sah, die niemand sonst sehen konnte, und oft genug Sachen erzählte, die keiner verstand. Ziegler war seit über vierzig Jahren verheiratet, hatte zwei Kinder. Allem Anschein nach war seine Ehe selbst jetzt noch, trotz der tragischen Umstände, intakt. Die Kinder, beide Ende dreißig, machten einen höflichen, normalen Eindruck, so monothematisch ihr Vater auch aufgelegt war. Der war einfach mit Mitte dreißig, und zwar am Totenbett seines Vaters, zur gängigen Erkenntnis gelangt, dass Liebe die einzige Handhabe gegen die Sterblichkeit war, woraus er abgeleitet hatte, dass ein Tag ohne Sex vergeudet war. »Er musste nicht Mitglied in einem Sportklub werden«, hatte sich seine Frau einmal bei Tessa entschuldigt, als Ziegler wieder ohne Unterlass vom Geschlechtsverkehr geschwärmt hatte. »Er brauchte kein autogenes Training oder Schlaftabletten. Er war mit täglichem Beischlaf vollauf zufrieden und ein ausgeglichener Mensch.« Tessa waren dazu viele Fragen eingefallen, aber die hatten sich leider verboten: Zieglers Frau hatte geweint, sodass es Tessa nicht übers Herz gebracht hatte, deren Meinung über täglichen Sex und möglicherweise wechselnde Protagonistinnen in Erfahrung zu bringen. »Was soll nur werden?«, hatte sie schließlich geseufzt. Womit genau, hätte Tessa gern gewusst. Mit der Rente, dem Leben, dem Sex? Nichts davon wäre höflich gewesen, also hatte sie *Das wird schon* gemurmelt, während beiden Frauen klar gewesen war, dass nichts jemals wieder werden würde. Ziegler würde bis zu seinem Ende so daliegen, Garderobenhakenkamele verfolgen, an Sex denken. Und Tessas Vater war dazu verdammt gewesen, an dessen Safari der lustvollen Erinnerungen teilzuhaben.

Das *Vorkommnis* hatte darin bestanden, dass Ziegler, der auf angenehme Weise gesellig und feierfreudig gewesen sein musste, eines Abends betrunken über die Zoomauer geklettert war. Er hatte den Heimweg abkürzen wollen, sich um einige Meter verschätzt, war neben dem Löwengehege gelandet und, orientierungslos, dort hineingeklettert. Nicht ohne Aufwand, musste man anerkennend sagen. Das an sich wäre nicht schlimm gewesen, hätte er die Gittertür des Geheges nicht für seine Gartentür und den Generalschlüssel des Zoos nicht für seinen Hausschlüssel gehalten. Aufgewacht war er in den Pranken seines Lieblingslöwen Heribert. Was inzwischen geschehen war, wusste kein Mensch zu sagen, aber nun ja, hatten die Ärzte damals in Interviews gestaunt, es sei ein Wunder, dass der Zoodirektor noch lebe. Und dass er noch klare, komplexe Sätze sprechen könne.

»Die Stabheuschrecke«, fuhr Ziegler fort, »klettet sich während der Paarung zehn Tage lang ans Weibchen. Otter hingegen halten Händchen. Und Ruderenten nehmen, was gerade da ist – auch tote Artgenossen. Ein 40 Zentimeter langer Erpel kann übrigens einen 42 Zentimeter langen Penis haben, stellen Sie sich das vor!«

Tessa wollte es sich lieber nicht vorstellen. »Und Löwen?«, fragte sie. Leise.

Herr Ziegler seufzte. »Von Löwen weiß ich nichts zu sagen.«

Der alte Mann wollte nichts trinken und auch kein Plätzchen. Eine Weile saß Tessa schweigend an seinem Bett und verfolgte, wie seine Gedanken abdrifteten. Vielleicht würde es mit vielen Patienten so sein: dass sie keine Ansprache wollten, Monologe halten oder ihre Augen schließen würden, wenn Sourie und sie sie besuchten. Menschen, die längst mit allem abgeschlossen hatten und ihren Gästen nur noch eine Vorahnung gaben von dem, was sie selbst erwartete, während sie als vermeintliche Wohltäter dort saßen und sich mühten und tapfer selbst betrogen, das Spiel des Lebens vielleicht doch anders zu gewinnen. Sie verfolgte sein Atmen, das ihr Vater vier Monate lang gehört hatte, und suchte nach etwas, das die frühere Anwesenheit ihrer Eltern in diesem Raum bezeugte – ein Nagel in der Wand, ein Buch, eine Vase, irgendwas –, aber da war nichts als ihre Erinnerung. Bewegte Bilder, die über den Linoleumboden, die Wände, Betten und den Tisch glitten, so deutlich, als hätte sich die Zeit verschoben. Im Schnelldurchlauf veränderte sich das Licht, wechselte von mittagshell zu abendrot, tiefschwarz und blassblau, veränderten sich die Verhältnisse im Raum, als würden Jahre gerafft und tonlos abgespult, Szene um Szene, Zustand um Zustand.

Als Ziegler die Augen schloss, stand Tessa auf, trat vor das verwaiste Bett, den Geruch des Greises in der Nase, und legte sich schließlich darauf. Auf die Luftkammermatratze, die ein Wundliegen verhindern sollte und mit leisem Surren den Untergrund wabern, den Körper wie ein wankendes Floß auf See treiben ließ. Sie schaute an die Decke, nach rechts, nach links, aus dem Fenster, verinnerlichte die Perspektiven, die Schatten und Gegenstände, die sie aus den Augenwinkeln wahrnehmen konnte, hielt ihre Hand ins Leere, dorthin, wo niemand saß, schloss die Augen, atmete ein, atmete aus und stellte sich vor, es wäre alles, was sie noch tun könnte, stellte sich vor, es wäre das Letzte, was sie sähe. Wie ein Todesengel bauschte sich die Gardine im Wind, fiel zurück, als gäbe sie klein bei, und nahm den Platz am Fenster wieder ein. Die Auflösung musste warten. Die Welt war schon verdorben, die Zerstörung greifbar, doch die Verwurzelung im Leben hielt noch stand; die Stränge und Adern, die sich in den Boden stemmten, Wasser zogen und Luft saugten, dieser Wille, zu sein, Teil der Wirklichkeit zu bleiben, die man überblicken konnte. Als sie ging, hob Ziegler die Hand zum Gruß wie aus einer fernen Welt – ihr Besuch für ihn nur ein weiterer Beweis, dass das Leben jetzt anderen gehörte. Er hatte nicht mehr zu erwarten als Leute, die sich neben ihn legen und sterben, als Gäste, die an seinem Bett sitzen und wieder gehen würden.

Im Flur stand Sourie mit Ibish zusammen, dem jungen Stationspfleger. Tessa kannte ihn seit Langem. Er war eine deutsch-albanische Frohnatur und bewahrte selbst in schwierigsten Situationen Ruhe und Freundlichkeit. Gut aufgelegt begrüßte er sie und war nicht erstaunt, dass der Pförtner den Arm um Tessa legte und sie einen Augenblick fragend ansah: *Wie geht es dir?* Ein Nicken. Ibish sprach weiter, als wäre nichts, rückte das Stethoskop um seinen Hals zurecht, und kein Mensch wäre zu diesem Zeitpunkt auf die Idee gekommen, dass es ausgerechnet dieser nette Mann sein würde, der Hans Blumenkamp von den beiden erzählen würde.

»Also, mit einer *Miss Tick* haben wir nix am Hut«, wandte er sich wieder Sourie zu. »Wer soll das sein?«

Der bemühte sich ob des schlechten Scherzes um ein Lächeln. »Na ja. Vielleicht ist Mystik ein zu großer Begriff. Sagen wir: einen besonderen *Zugang* zum Tod. Es gibt doch sicher Bewohnerinnen oder Bewohner des Heims, die im weitesten Sinne spirituelle Erfahrungen gemacht haben, von denen sie euch erzählt haben?«

Ibish zuckte die Schultern. »Die erzählen alle viel, wenn der Tag lang ist. Ich versteh nicht ganz, was du meinst. Geht es um Geister oder Tischerücken oder irgendwelche Erscheinungen? Meinst du Leute, die halb tot waren und wiederauferstanden sind? Ganz ehrlich, dann bist du bei der Hälfte der Patienten richtig.«

»Worüber sprecht ihr?«, erkundigte sich Tessa.

»Ich habe nach Leuten gefragt, die eine besondere Haltung zum Tod haben. Spirituelle, metaphysische Erfahrungen … Etwas in der Art«, fasste Sourie für sie zusammen.

»Unser Botschaftsteam sucht esoterische Insassen mit Dachschaden«, rief Ibish einer Kollegin zu, die mit einem Stapel Unterlagen vorbeilief. »Fällt dir jemand ein?«

»Die dolle Iris auf der Zwei«, warf Schwester Olga ein. »Iris Friedemann. Über neunzig. Sie legt Karten und hält sich für eine Hellseherin, ist aber ansonsten klar und sehr gut beieinander. Lassen Sie sich von ihr aus der Hand lesen, und sie erzählt Ihnen das Blaue vom Himmel.«

»Bitte schön«, sagte Ibish und wandte sich zum Gehen, »auf Olga ist Verlass! Versucht's auf der Zwei.«

Das Blaue vom Himmel war allerdings nicht, worauf Sourie aus war. Er sah Ibish nach. Als der außer Hörweite war, sagte er zu Tessa: »Es geht mir nicht um übernatürlichen Unsinn. Es geht mir ums Un-Vorstellbare. Um Thanatologie. Um den wissenschaftlichen Aspekt von Spiritualität. Zum Beispiel Huxleys *Agnostisches Prinzip*, über das ich gerade gelesen habe. Er hat sein Prinzip frei nach Sokrates' *Versuche alles und halte an jenem fest, das sich bewährt* nicht als Glauben, sondern als Methode verstanden. Vielleicht gibt es Heimbewohner, die ihre eigene Methode im Hinblick auf den nahenden Tod entwickelt haben?«

»Die gängigste Methode dürfte Resignation sein«, antwortete Tessa noch unter dem Eindruck ihres Besuchs bei Ziegler. Huxleys Prinzip war ihr nicht nur unbekannt, sondern vor allem vollkommen gleichgültig.

Sie suchten Iris Friedemann trotzdem auf. Die saß mit aufgesteckten weißen Haaren in einem roten, mit Glitzersternchen beklebten Rollstuhl in ihrem Zimmer auf der zweiten Etage und versuchte sich mit zittrigen Händen am Puzzle eines Rosenkorbs, als die beiden eintraten. In ihrem Zimmer, das dem von Tessas Eltern glich, roch es allerdings ganz anders, nach Vanille und Kaffee, und Frau Friedemann war mit einem braunen Rock, einer weißen Bluse und einer sandfarbenen Stola gepflegt und ansehnlich gekleidet, auch ganz anders, als es Tessas Eltern zuletzt gewesen waren. Die beiden stellten sich vor, und Frau Friedemann lud sie ein, Platz zu nehmen. Ohne dass Tessa oder Sourie ein Wort über ihr Anliegen von sich gegeben hatten, nahm sie seine Hand.

»Soso«, sagte sie. »Sie interessieren sich für Übersinnliches. Schwester Olga hat gerade angerufen und gesagt, Sie würden kommen.«

»Das stimmt nicht ganz. Uns würde interessieren …«, begann Sourie.

»Als mein Mann und ich uns kennenlernten«, unterbrach ihn Iris Friedemann aber rigoros, »hatte er die Gefangenschaft gerade hinter sich. Ich ging in Berlin ins Café und kam mit ihm wieder heraus, so einfach war das im Jahr 1953. Ich war zweiundzwanzig und er achtundvierzig. Ein Altersunterschied wie bei Ihnen beiden, aber was macht das schon, wenn es Liebe ist? Ich wurde früh Witwe, natürlich, früher, als Ehefrauen gemeinhin zur Witwe werden, aber die Zeit dazwischen … Er war so einsam, wissen Sie, er hatte alles verloren … Frau, Kinder … Er war dankbar, wieder ein Zuhause zu haben. Und ich war froh, zu jemandem zu gehören, ich war ja auch ganz allein. Darauf müssen Sie sich natürlich gefasst machen, junger Mann, dass Sie Ihre Frau früher verlieren werden und dann zu niemandem mehr gehören, denn man gehört nur einmal zu jemandem, das wiederholt sich nicht beliebig, mein Mann gehörte zu seiner verstorbenen Frau und nur ein bisschen zu mir, aber ich gehörte ganz zu ihm und nach seinem Tod immer nur ein bisschen zu jemand anderem. Aber ich wusste, dass ich meinen Mann früh verlieren würde, und das wissen Sie so gut wie ich bei Ihrem Altersunterschied.«

»Wir sind nicht verheiratet«, stellte Tessa klar.

»Aber Sie sind ein Paar.«

Iris Friedemann hielt immer noch Souries Hand, begann, sie zu studieren. Er fühlte ihr Zittern wie leichte Stromstöße auf seinem Handrücken.

»Wir hatten keine Kinder. Er wollte keine. Oder konnte keine mehr zeugen … Kriegsverletzung. Wir haben nie darüber gesprochen. In unserer Generation hat man nicht über alles geredet. Und wenn Sie in meinem Alter keine Kinder und auch sonst niemanden haben, denn wegen seiner Arbeit sind wir hierhergezogen, und der klägliche Rest meiner Familie ist tot oder im Osten … Wenn Sie also niemanden mehr haben, müssen Sie sehen, wo Sie bleiben. Ich habe mich für dieses Haus entschieden. Wenigstens etwas Gesellschaft. Und hier kriegt es jemand mit, wenn ich den Löffel abgebe. Jede Woche bekomme ich eine gewissenhaft befüllte

Tablettendose: montags bis sonntags, morgens, mittags, abends. Sie ist mein Zeitmesser. Immer, wenn ich eine neue volle Dose bekomme, mache ich einen Strich auf diesem Poster. Sehen Sie? Ich zähle den Rest meines Lebens und denke jeden Tag: Warum beende ich es nicht selbst? Aber irgendetwas ist in mir drin. Ein Lebenswille, der sich nicht beugen will.«

Tessa stand auf und ging zu dem Werbeplakat, das, im Stil der 1920er-Jahre gemalt, ein Cabriolet auf einer Küstenstraße zeigte, ein paar bläulich schimmernde Pinien, das Meer, den gelborangen Himmel. *Coastal California, Explore Miles of Shore* stand darüber. Am unteren Rand, eingekerbt in den braungelben Asphalt der gemalten Küstenstraße, waren Frau Friedemanns grafitschwarze Wochenstriche zu sehen. In kleine Päckchen eingeteilt. Jeweils vier nebeneinander, der fünfte quer hindurch. Bislang waren es über einhundertzwanzig Striche unter kalifornischer Sonne. Zweieinhalb Jahre.

Konzentriert strich Frau Friedemann wiederholt über Souries Handfläche, rückte die Brille auf ihrer Nase zurecht und wischte noch einmal. Dann sah sie lange auf seine Hand, als läse sie das Kleingedruckte eines Beipackzettels.

»Erstarrung«, sagte sie schließlich. »Sie verweigern etwas. Was?«

Sourie hob zu einer Antwort an.

»Nein, nein! Das geht mich nichts an. Sie müssen nicht antworten. Ich sage nur, was ich sehe.«

Sie warf einen kurzen Blick auf Tessa, die reserviert zuhörte und neben den beiden stehen geblieben war.

»Anstrengung«, fuhr Frau Friedemann fort, »großes Thema. Verantwortung. Sie zweifeln, sind seit Jahren von Verlust und Tod umgeben.«

Sie beugte sich tiefer über Souries Hand, sagte eine Weile nichts und dann, selbst irritiert: »Die Familien waren eng verflochten. Die Mütter waren Brüder.«

»Wie bitte?«, meldete sich Tessa belustigt zu Wort. »Die Mütter waren Brüder?«

Iris Friedemann ließ unvermittelt Souries Hand los.

»Das ist alles?«, fragte er.

»Das ist alles. Was Sie damit anfangen, werden Sie wissen.«

Iris Friedemann rollte zum Bücherregal hinter sich und nahm einen kleinen Band heraus, den sie Tessa reichte. »Der ist für Sie.«

Überrascht nahm Tessa *Pariser Spaziergänge* in die Hand, ein abgegriffenes Büchlein von 1963 mit vielen handschriftlichen Notizen und eingeklebten Bildchen – Degas' *Au Café*, Renoirs *Le Moulin de la Galette* und Signacs *Paris, La Cité*.

Frau Friedemann sah Sourie an und wartete auf seine Reaktion.

»Ich habe in Paris gelebt«, sagte er.

»Eine Zeit lang«, meinte Tessa für die alte Dame präzisieren zu müssen, »ich weiß. Das hast du mir erzählt.«

»Ich habe an einigen Orten gelebt.« Sourie sprach weiter zu Frau Friedemann. »Warum Paris? Ein Schuss ins Blaue wegen meines Namens?«

Tessa musste an Kinder denken, die auf Mäuerchen statt Bürgersteigen spazieren wollten, um die Welt von oben zu sehen und den Erwachsenen auf Augenhöhe zu begegnen. Alle Kinder liebten das, so wie sie gern unter Tischen saßen oder Höhlen bauten, weil die Welt dort überschaubarer war. Gerade erschien ihr Sourie wie ein Kind, das von oben gucken und zugleich nicht aus seiner Höhle kriechen wollte.

»Ich kann Ihnen nicht mehr sagen, als dass ich Paris in Ihrer Hand sehe. Irgendetwas hat es damit auf sich, aber …« Sie hob die Schultern. »Ich halte eine Hand und sehe hinein, mehr nicht – was ich sehe, sage ich. Was Sie damit machen oder was dahintersteckt? Ich weiß es nicht. Es wäre Humbug, würde ich Ihnen etwas anderes erzählen.«

»Ist es nicht ohnehin Humbug?«, fragte Sourie.

Tessa setzte sich wieder und blätterte weiter durch das Buch. *Erledigt*, stand in rührender Genauigkeit mit Bleistift neben manchen Passagen. Etwa neben *Faire les terrasses, das heißt dort sitzen, schauen, schwätzen, wenn möglich auf mehreren hintereinander, vom frühen Morgen bis in die Nacht hinein, das ist die beste und pariserischste Art, um die Stadt kennenzulernen.* Faire les terrasses *ist ein Schlüssel zu den Geheimnissen der französischen Hauptstadt und ihres Volkes …*

»Sind das Ihre Notizen?«, fragte sie.

»Ja, ich habe mir Paris erarbeitet, wie Sie sehen.«

»Was genau erkennen Sie in Händen?« Tessa klappte das Buch zu. »Wie muss man sich das vorstellen?«

»Ich war sieben oder acht. Ich habe die Hände meiner Mutter gehalten, und plötzlich konnte ich Dinge darin sehen. Ziemlich eigenartige Dinge. Also habe ich ihr gesagt, was ich sah. Nur Stichworte. Offenbar solche, die ich nicht wissen sollte, denn sie wurde furchtbar wütend – wie ja viele zornig auf andere sind, die sehen, was sie selbst nicht sehen. In der Geschichte hat es Unzählige auf den Scheiterhaufen gebracht, meine Mutter hat mich dankenswerterweise nur geohrfeigt und mir verboten, an der Tür zu lauschen oder ihre Briefe zu lesen. Das hatte ich aber nicht getan. Ich hatte es einfach gesehen, und sie wollte mir das nicht glauben.«

»Was man verstehen kann. Es gibt einige Betrüger, die ein Vermögen mit Leichtgläubigen gemacht haben«, warf Sourie ein. »Gläserrücken, Stimmen aus dem Jenseits, flatternde Vorhänge, berstende Spiegel … alles Unsinn. Wenn Sie Paris so gut kennen, haben Sie sicher von Hippolyte Rivail alias Allan Kardec und seinem Grab auf dem Père Lachaise gehört.«

Iris Friedemann legte den Kopf schräg und sah Sourie länger an. »Was Sie nicht alles wissen, Sie gescheiter Mensch. Aber ich muss Sie korrigieren, es ist immerhin mein Spezialgebiet. Kardec wurde nie Betrug nachgesagt«, entgegnete sie. »Seine Bücher wurden in dreißig Sprachen übersetzt, sein Grab ist seit hundertfünfzig Jahren eine Pilgerstätte. Wenn Sie einen Betrüger anführen wollen, ist er der Falsche. Da müssten wir über Alessandro di Cagliosto oder Helena Blavatsky sprechen. Ich habe nie Geld dafür genommen, wenn mich jemand bat, in seiner Hand zu lesen. Ich habe mein Geld als Verkäuferin verdient, und dass ich mir dieses Pflegeheim leisten kann, verdanke ich der Lebensversicherung meines Mannes. Aber Herr Sourie, ich möchte Sie nicht überreden, zu glauben, dass ich etwas sehe. Glauben Sie's, oder lassen Sie's. Das liegt bei Ihnen.«

»Was *genau* sehen Sie?«, wollte Tessa wissen.

»Orte, Gegenstände, Gesichter, Schmerz, Glück, Begriffe … Stellen Sie es sich so vor, als wären plötzlich Buchstaben oder Fotos auf der Hand.«

Tessa dachte an die Bilder, die sie kurz zuvor in Zieglers Zimmer gesehen hatte.

»Sie halten sich für ein Medium?«, fragte Sourie.

»Unsinn, ich empfange keine Botschaften, höre keine Stimmen. Ich sehe nichts, was in der Zukunft liegt, was passieren wird, ob jemand verlassen wird, im Irrenhaus landet oder in Kürze von einer unheilbaren Krankheit ereilt wird.

Ich bin keine Wahrsagerin, auch wenn mich die Schwestern hier so nennen.«

»Trotzdem sehen Sie etwas – auch bei Fremden?«

»Offensichtlich.«

»Sie haben noch nie den Tod gesehen, der dann eintrat?«

»Ich habe den Tod bei Ihnen gesehen. Aber nicht als ein Ereignis, das eintreffen wird, sondern als etwas, von dem Sie umgeben sind.«

»*Wie* haben Sie den Tod gesehen? Also in welcher Gestalt?«, wollte Tessa wissen.

»Ich habe Gräber gesehen. Zwei hintereinander.«

»Was ist Ihre Einstellung zum Tod?«, fragte Sourie. »Also … haben Sie aufgrund Ihrer Gabe eine spirituelle Verbindung dazu oder …«

Iris Friedemann fiel ihm ins Wort. »Ich war vierzehn, als die Russen in Berlin einmarschierten. Meine Einstellung zum Tod? Ich habe ihn gesehen. Ich habe ihn an jeder Ecke, in jedem Hauseingang, in jedem Keller gesehen. Wenn Soldaten Amok laufen, weil sie sich an der Grenze zwischen Leben und Sterben befinden, wenn da nichts mehr ist, was sie hält, was sie aufhält, weil alles verloren oder andererseits alles gewonnen ist. Wenn sie sich als Besiegte oder Sieger dem letzten Kampfrausch hingeben, weil sie es zu Ende bringen müssen. Wenn sie in Kugeln und Bomben rennen, weil sie keine Angst mehr haben, einfach um sich schießen, weil es jetzt auch schon egal ist. Ich hatte meinen jüngeren Bruder an der Hand, als er mir weggeschossen wurde. Ich habe unsere Nachbarin in den Hausflur geschleift, aber da war sie schon tot. Sie haben meinen Onkel in den letzten Kriegsminuten an einer Laterne aufgehängt. Ich habe den Tod gesehen, und das ist meine Einstellung dazu. Wenn Sie den Tod gesehen haben, lässt er Sie nicht mehr los. Sie lachen nicht mehr wie vorher, Sie freuen sich nicht mehr wie vorher. Sie fühlen nicht mehr wie vorher. Sie gehören nicht mehr dazu wie vorher, können nur noch schwer mit anderen Menschen zusammen sein, weil Sie Menschen anders ansehen, ob Sie wollen oder nicht. Und später, wenn alles wieder *normal* ist, wenn Sie einfach *weiterleben* und der Mann Ihrer toten Nachbarin eine neue Frau findet, die Laterne, an der Ihr Onkel hing, versehentlich von einem Laster umgefahren wird, der den Schutt wegräumt, wenn neue Häuser gebaut sind, sehen Sie Wohlstand, Blumen, volle Schaufenster, Liebe, aber Sie sehen in alldem auch den Tod, weil Sie dabei waren und wissen, dass er darunterliegt und immer da ist. Sie suchen Spiritualität? Wir Menschen steuern auf den Untergang zu und haben ihn, den Religionen sei Dank, seit zweitausend Jahren inhaliert. So lange glauben wir schon, die Apokalypse wird kommen, und egal, was wir tun: Wir können sie nicht aufhalten, also laufen wir selbstmörderisch darauf zu, führen Kriege und unser Leben, rennen in die vermeintliche Strafe Gottes hinein, in diese Spiritualität des Höheren, Kraftvolleren, Sinnhaften, die sich in unserem kollektiven Bewusstsein festgesetzt hat – Aufklärung hin oder her, Rationalismus hin oder her. Man braucht keine Gabe für den Tod, kein Talent für den Tod. Da ist nichts Spirituelles. Sie wollen einen Sinn? Wer glaubt, Sinn gefunden zu haben, wird für andere anstrengend und überschätzt seine Intelligenz. Leben ist Wahnsinn. Sterben ist Irrsinn. Eine Schlacht. Eine große oder kleine Schlacht, je nachdem, ob Sie im Krieg oder allein sterben. Das ist meine Einstellung zum Tod.«

Der Winterhimmel über ihnen ein graues Gewölbe, getragen von den Stahlbögen der Hohenzollernbrücke. Haus Melchior auf der gegenüberliegenden Seite war durch die Nebelschwaden auf dem Rhein nur schemenhaft zu sehen, die kalte Luft so feucht, dass sie sich wie eine Folie auf Tessas Jacke legte.

»Die Mütter waren Brüder«, wiederholte sie den Satz von Iris Friedemann, als sie mit Sourie zum Fluss ging. Nach der Begegnung mit der Handleserin brauchte sie frische Luft und hatte den Besuch bei der ursprünglich vorgesehenen Einsamkeitspatientin verschoben – für den ersten Tag in neuer Mission hatte sie genug. Sourie hingegen wäre gerne noch zu Frau Kleist gegangen, hätte wohl am liebsten gleich alle Bewohner des Augustinus heimgesucht. Sie hatte Mühe gehabt, ihn von dem Spaziergang zu überzeugen.

»Was soll das heißen – die Mütter waren Brüder?«

Er blieb stehen, zog sie an sich. Tessa lotete die Umgebung aus, ob trotz der winterlichen Tristesse jemand in der

Nähe war, am Ufer spazierte, den sie kannte, der Hans kannte. Oder starrte: *Was soll das, du bemitleidenswerte Frau? Ein so junger Mann? Solche Angst vorm Älterwerden?* Sie hatte Sourie und auch mir von diesen Gedanken erzählt, aber für ihre Befürchtung hatte ihm jedes Verständnis gefehlt. Wenn sie jemand sah: Na und? Was andere meinten? Für ihn völlig unerheblich. Kunststück, hatte Tessa gedacht. Er war frei von Verpflichtungen, Versprechen, Verantwortung, wobei es sie selbst erschreckte, dass ihr diese Wörter im Zusammenhang mit Hans einfielen. »Ich will lieber nicht darüber nachdenken, was das zu bedeuten hat«, hatte sie mir offenbart. »Wir sind seit unserer Jugend zusammen. Natürlich liebe ich ihn. Er ist mein Leben. Nur ist die Monogamie eine bescheuerte Erfindung.« Es sei die erfolgreichste in der zivilisierten Liebeswelt, hatte ich erwidert und mich selbst darüber geärgert, wie moralisierend es klang. Aber der Gedanke an Sanya, ihr Bekenntnis, wie lange die Geschichte mit dem Trampolintrainer schon lief, an den Zusammenbruch meiner Selbstsicherheit, meine Beschämung und wie sehr es mich umgeworfen hatte, dass mir etwas so Durchschnittliches widerfuhr, ließ mich immerhin ein wenig mit Hans fühlen. Sanyas größter Verrat hatte für mich darin bestanden, dass sie unserer Liebe ein derart gewöhnliches Ende gesetzt hatte, während mir andererseits keines einfiel, das mir angemessen erschien.

»Du weißt, dass ich mich für jede Perspektive auf den Tod interessiere, also habe ich mir auch die Handleserin angehört«, antwortete Sourie. »Aber wie zu erwarten, ist nichts als Unsinn dabei herausgekommen.«

»Erstarrung. Anstrengung. Verantwortung. Das hat sie in deiner Hand gesehen. Alles Unsinn?«

»Wirke ich erstarrt und angestrengt auf dich?«

»Vielleicht sehe ich nicht, was sie sieht.«

»Sie sieht nichts, Tessa! Sie langweilt sich in ihrem Zimmer zu Tode – was angesichts des Ortes, an dem sie sich befindet, eine makabre Beschreibung ist, zugegeben. Ich kann ihr nicht mal verdenken, dass sie irgendwelche Sachen erfindet, die auf jeden zutreffen könnten. Aber das hat nichts, aber auch gar nichts mit einer seriösen Herangehensweise ans Unvorstellbare zu tun. Wir können das vergessen. Bis auf das, was sie zuletzt gesagt hat. Das wiederum war sehr …«, er suchte nach der richtigen Formulierung, *»eindrucksvoll* ist das falsche Wort, aber doch ja, es hat mich beeindruckt. *Der Tod ist eine Schlacht*, so habe ich es noch nie betrachtet.«

»Aber es könnte doch sein, dass es Menschen gibt, die Dinge *sehen* können. Die eine Verbindung zu etwas haben, das sich nicht erklären lässt. Das wäre doch möglich, oder? Ich meine … es ist nicht mit Sicherheit auszuschließen.«

Sourie grinste. »Du möchtest also wissen, ob meine Mutter der Bruder einer anderen Frau war?«

»Nur wenn du von diesen sonderlichen Familienumständen erzählen möchtest.«

»Okay. Das Einzige, was mir dazu einfällt: Meine Mutter und Thibaults Mutter waren die engsten Freundinnen. Wie Familie.«

»Dann waren sie wie Schwestern. Aber Brüder, wieso Brüder? Und wer ist Thibault?«

Arm in Arm schritten sie die glitschige Steintreppe zum Wasser hinab. Tessa hatte das Buch von Iris Friedemann unter den freien Arm geklemmt, Sourie hielt sich am Geländer und gleichzeitig sie fest.

»Dass ich Franzose bin, konnte sie an meinem Namen erkennen. *Brüderlichkeit* hat im Französischen diese heroische, geschlechterübergreifende Bedeutung. Ich nehme an, deswegen hat sie es so formuliert. Oder weil es so schön kryptisch klingt«, antwortete er. »Aber wenn ich etwas in ihre Worte hineinlesen wollte, dann fällt mir nur das ein: Thibaults und meine Mutter waren sehr eng befreundet.«

»Waren?«

»Sie haben kaum mehr miteinander zu tun.«

»Das drückt *waren* ja nun aus, die Frage ist, warum? Und weil du einen französischen Nachnamen trägst, schenkt sie mir ein Buch über Paris? Du könntest auch ein Kanadier oder Belgier sein.«

»Wahrscheinlich war es das einzige Buch in ihrem Regal, das mit *Französischem* zu tun hat. Ein Reiseführer halt.« Er blieb stehen. »Thibault war mein Freund.«

Tessa hielt neben Sourie an. Seine Augen folgten einem Lastkahn, der sich rheinabwärts durch den Nebel schob und tief im Wasser lag, beladen mit Traktoren, die in ihrer sauberen Reihung der Verzierung auf einer Torte ähnelten. Sein Blick ruhig und auf eine seltsame, Tessa unbekannte Weise unversöhnlich.

»Er ist gestorben. Vor sieben Jahren. Ja: in Paris. Damals lebten wir dort, meine Mutter arbeitete in der deutschen Botschaft. Thibault war am 13. November im Bataclan. Er wurde getötet. Danach hat sich Hélène, seine Mutter, völlig zurückgezogen. Sie möchte niemanden mehr sehen, schon gar nicht mich, weil ich sie an ihn erinnere. Sie hat sich von ihrem Mann getrennt, weil er sie ebenfalls an Thibault erinnert, und ist von Paris aufs Land in die Nähe von Besançon gezogen. Deswegen *waren*. Thibault wurde von den Attentätern getötet. So erratisch, sinnlos und zufällig, wie Frau Friedemann das Buch über Paris aus dem Regal gezogen hat.«

Es gibt verschiedene Arten von Gästen. Ein Wirt kennt sie alle. *Dem einen ist die Butter zu weich, dem anderen zu hart* war ein geflügeltes Wort meines Urgroßvaters, das, wenngleich von mäßiger Weisheit, im Tobelmann seit Generationen weitergegeben wurde. Sieht man vom politischen Unheil ab, das in den 1930ern zum Leidwesen meiner Großeltern Gestalten des *Kölner Heimbund-Stammtischs* in unser Lokal gespült hatte, waren die Gäste meiner Ahnen im Wesentlichen die gleichen wie meine. Stille, genügsame, unkomplizierte, arrogante, geizige, großzügige, kumpelhafte, einsame, streitsüchtige, mürrische, laute. Kommentierende Perfektionisten, lobende Genießer. Sourie fügte der Liste in diesem Winter einen weiteren Typus hinzu: den liebeskümmerlichen. Über die Weihnachtsfeiertage, so hatten es seine Eltern beschlossen, sollte er sie zum Skifahren in Südtirol treffen, und die Aussicht, Tessa vierzehn Tage lang nicht sehen zu können, katapultierte ihn schon vier Wochen vorher ins Tal.

»Jean, willst du nicht mitkommen?«, schlug er vor.

Ich war derart verblüfft, dass ich schroffer reagierte, als ich wollte. Ein Gastronom, hatte ich meinen Vater im Ohr, verreist nicht über Weihnachten und Silvester, wenn das Haus voll ist und festliche Menüs auf der Karte stehen. Doch nicht einmal unter der Annahme, Souries Einladung sei eine rheinische – ein Vorschlag, dessen abschlägiges Ergebnis feststeht, weswegen die Frage eine unbedenkliche Nettigkeit ist –, schien sie mir angemessen. Ich war kein Schuljunge, der zur Erbauung des Einzelkindes von dessen Eltern mit in die Ferien genommen wurde.

Aber Sourie war es ernst. Er kritzelte mir die Adresse des Hotels in Brixen auf eine Serviette für den Fall, dass im Tobelmann die Küche abbrannte oder sonst etwas geschah, das mich zur Freizeit befähigte. Ich winkte ab. Vielleicht war auch das eine Frage des Alters, ich weiß es nicht. Zweifellos wird man mit den Jahren unnachgiebiger, was das Beisammensein mit anderen angeht. Man hält sich für unkompliziert, was die anderen auch für sich beanspruchen, nur versteht darunter jeder etwas anderes. Die Sprache, Quelle aller Missverständnisse, hat zahllose Freundschaften auf dem Gewissen. Die einen müssen sich täglich bewegen, die anderen wollen bloß sitzen und lesen, hier wird jede Tasse von Hand gespült, dort die Spülmaschine für drei Gläser angeworfen, manche müssen um acht Uhr den Tagesplan besprechen, die anderen können um diese Uhrzeit nicht mal ans Frühstück, geschweige denn den Fortgang des Tages denken. Die einen vertragen Nüsse und Milch, die anderen nicht, während mir Nahrungsmittelunverträglichkeiten generell suspekt sind, und aus irgendeinem Grund ist immer einer dabei, der meint, die Gruppe müsse alles rund um die Uhr gemeinsam machen. Nein, mit Souries Eltern unter einem Südtiroler Weihnachtsbaum zu sitzen, erschien mir völlig absurd, so wenig mir Weihnachten bedeutet. Sourie bedeutete mir etwas, ich wusste damals nicht, wie viel, und es tat mir leid, ihn zu enttäuschen, aber gemeinsame Ferien, noch dazu in solch familiärer Nähe, waren mir unvorstellbar.

Er warb um mich, einmal mehr. Ich blieb zurückhaltend, auch diesmal, wie ich im Allgemeinen reserviert war, seit dem Ende meiner Beziehung zu Sanya daran gewöhnt, auf Distanz zu bleiben, kaum von mir zu erzählen, mehr zuzuhören, als zu sprechen, mich jeglicher Beziehung und ihren Erwartungen zu entziehen. Als würde er, *der Junge*, niemals begreifen können, dass ich, der Alte, dem Leben und seinen Abenteuern abgeschworen, genug vom Radau der Gesellschaft und der Geschwätzigkeit vieler Menschen hatte, mich auf meine Arbeit und mein Alleinsein konzentrieren wollte.

Dass Sourie mich womöglich besser als jeder andere verstand, ist mir damals nicht in den Sinn gekommen. Doch gab es offenbar auch die andere Seite, die mir nicht bewusst, für Tessa hingegen spürbar war. Selbstverständlich sei ich ihm ein Freund gewesen, beruhigte sie mich nach seinem Tod zumindest ein wenig. »Du warst«, sagte sie, »immer für ihn da, und wenn auch nur an einem Tisch im Tobelmann.« Erst in der Rückschau sehe ich selbst, was für sie offenkundig war. Sprach ich mit Sourie, achtete ich auf meine Worte, weil Worte Bekenntnisse für ihn waren. Waren wenige Gäste im Restaurant, setzte ich mich zu ihm. Fand ich ein Buch, das ihm gefallen würde, brachte ich es ihm mit – zuletzt eine alte Ausgabe von Demokrits *Fragmenten*. Nicht selten blieb ich seinetwegen länger im Restaurant, als es meiner Kondition zuträglich war. Mich beschäftigte, wie es ihm ging, was er erlebte, worüber er nachdachte. Schickte sich ein Gast an, zu Souries üblicher Zeit dessen Tisch anzusteuern, wies ich ihm einen anderen zu, damit Sourie alles so vorfand, wie er es gernhatte. Erschien er zwei Tage hintereinander nicht, rief ich ihn an, um mich zu erkundigen, ob alles in Ordnung war.

Nach seinem Tod fragte ich mich, was man sich immer zu spät und nur in Stadien größter Zerwühltheit fragt: Wenn ich gewusst hätte, dass es sein letztes Weihnachtsfest, sein letzter Jahreswechsel sein würde, wenn ich gewusst hätte, dass wir keine Zeit mehr hatten – wäre ich mitgefahren? Hätte ich das Tobelmann den Mitarbeitern und meinem Vater überlassen, auf Hunderte Gänsebraten, Tausende Klöße, Zentner von Rotkohl und glasierte Maronen gepfiffen, meinen Koffer gepackt, meine Skisachen aus dem Keller gekramt, wäre ich mit ihm nach Südtirol gereist?

»Komm schon, gib dir einen Ruck«, insistierte er.

Wir standen im Nieselregen vor dem Restaurant, wo ich eine neue Lichterkette am Eingang installierte. Die alte hatte ihren Geist aufgegeben. Sourie entwirrte das Kabel und streckte sein Gesicht dem Nass entgegen.

»So schlimm?«, fragte ich zurück.

»Festtage sind nicht erquicklich für heimliche Liebespaare.«

»Sagt sie das oder du?«

»Ich sage das. Aber froh ist Tessa auch nicht. Zum ersten Mal wird sie ohne Eltern sein, und dann unsere Situation, ich meine … dieser ganze Familienkram tut ihr nicht gut. Am liebsten würde ich sie einpacken und eine idiotische Pauschalreise mit ihr machen, all-inclusive, du weißt schon: eine Woche Florida, Kuba, so etwas. Das würde ihr gefallen.«

Der Asphalt glänzte. Die Straßenlaternen leuchteten orangerot durch den Regen. Es war eine fisselnde Winternässe, die durch die Kleidung kroch, alles andere als weihnachtlich. Ich schlug den Kragen meiner Jacke hoch. Sourie trug keine.

»Du kannst nicht erwarten, dass sie …«, begann ich, wie man keinen Satz beginnen sollte, und wusste selbst nicht, wie ich ihn fortsetzen wollte.

Er drehte das Kabel in seinen Händen, sah auf den dunklen Park, dann zu mir. »Ich erwarte nichts, Jean. Ich weiß, dass es nicht geht. Mir ist klar, dass sie keine Entscheidung treffen kann. Wir reden von ein paar Wochen, ich versteh das, man schmeißt nicht einfach dreißig Jahre Ehe für ein paar Wochen hin. Scheiße ist es trotzdem.«

Ich trat zu ihm. »Würdest du denn wollen, dass sie ihre Ehe hinschmeißt?« Mir war nicht klar gewesen, dass es ihm so ernst war. »Also, ich frage mich … Bist du dir sicher nach so kurzer Zeit?«

»Ich werde in drei Jahren nicht genauer wissen, wie sehr ich sie liebe.«

Und da hatte er es ausgesprochen, dieser vielversprechende junge Kerl, gut aussehend, begabt, intelligent, belesen, lustig, ernsthaft, eigensinnig. Einer, dem alle Türen offenstanden, nach dem sich die Mädchen umdrehten. Jemand, von dem man annahm, dass er einmal Besonderes leisten würde. Er stand vor mir mit diesem irritierenden Lächeln, weder Abenteurer noch Idealist, die braunen Haare und sein scharf geschnittenes Gesicht regennass, in seinen dunklen Augen Schwermut: Er war ein unglücklicher Liebender. Ich konnte ihm nichts zu seiner Situation sagen, was er nicht längst wusste. Ihm nichts mitgeben, was ihn tröstete.

Würde Tessa ihre Familie verlassen und das Leben mit Sourie wählen – es würde alles verändern, auch ihre Liebe zu ihm, und sie würde nicht mehr sein, was sie jetzt war. Tat sie es nicht, blieb er der, dessen Telefonnummer unter keinen Umständen aufscheinen durfte, wenn an Silvester um Mitternacht das Feuerwerk gezündet wurde. Nicht, dass Sourie solche Anlässe für einen Anruf gebraucht hätte, aber sie sind, was sie sind: Markierungen, Wecker, die zwischen zwölf und Mitternacht das Leben anhalten und Fragen aufwerfen sogar dann, wenn der Moment in Gleichgültigkeit verschlafen wird. Das Martinshorn eines vorbeirasenden Krankenwagens erlöste uns. Sourie zog mir grinsend die Mütze über die Augen.

»Wusstest du eigentlich, dass dieses Tatütata Folgetonhorn heißt?«

»Das Martinshorn?« Ich schob meine Mütze zurück an ihren Platz. »Ich möchte viel lieber wissen, woher du solche Sachen weißt. Kein normaler Mensch weiß so was, Sourie, wieso du?«

»Weil es so deutsch ist. Ich mag diese Wörter. Der Ton von Folgetonhörnern ist übrigens nach DIN geregelt und muss zwischen 360 und 630 Hertz liegen. Das verwendete Tonintervall muss eine reine Quarte sein. Ebenfalls … sehr deutsch!«

»Vielleicht hättest du Musikwissenschaftler werden sollen. Du machst mir Angst.«

»Ist doch verrückt, Jean, findest du nicht?«

»Du bist verrückt, ja!«

»Nein, ich meine: Irgendwann liegt man selbst in so einem Wagen. Ob man sich in diesem Moment daran erinnert, wie man ausgewichen, auf Bürgersteigen oder Verkehrsinseln oder im Nachbarauto gelandet ist? Oder wie man sich an der Kreuzung erschreckt hat, weil die Musik im Auto zu laut war und man das F-o-l-g-e-t-o-n-h-o-r-n nicht gehört hat? Oder ob man sich daran erinnert, dass man mal im Regen eine Lichterkette um die Tür des Tobelmanns gelegt hat, als gerade ein Krankenwagen vorbeifuhr?«

»Junge, Junge …« Ich klopfte ihm auf die Schulter. »Irgendwo muss es einen Volkshochschulkurs für positive, lebensbejahende Gedanken geben. Den solltest du – guter Vorsatz fürs nächste Jahr! – unbedingt belegen.«

Frau Kleist bewohnte eines der Appartements für betreutes Wohnen auf der dritten Etage des Augustinus, da sie vieles noch allein bewerkstelligen konnte, hatte die Heimleitung erklärt. Mit dreißig Quadratmetern war es eine überschaubare, helle Wohnung, die, bis aufs Pflegebett, mit eigenen Möbeln eingerichtet war, barock, überbordend. Die Wände waren mit naiven Malereien geschmückt, hier das Bild eines Marktplatzes mit rundlichen Kindern, die Ball spielten, dort das Gemälde eines backsteinernen Wohnhauses mit weißen Sprossenfenstern und Blumenwiese davor. Dazwischen das heitere Bild eines Heißluftballons vor blauem Himmel, Schäfchenwolken rechts und links. Von den Enkelkindern gezeichnete Strichmännchen hingen am Kühlschrank. Auf dem Fensterbrett im Wohnzimmer standen Fotos zweier fröhlicher Familien.

Als Sourie und Tessa eintraten, sah sie sogleich, dass es um Frau Kleists Selbständigkeit keineswegs gut bestellt war. Ihr Gebiss lag in der Obstschale, die Zahnbürste steckte im Toaster. Und weil Frau Kleist in einem grünen Sessel an der Terrassentür saß, Kreuzworträtsel löste und zu verstehen gab, dass sie dabei nicht gestört werden wollte, räumten die beiden erst einmal auf. Das Gebiss kam wieder in Frau Kleists Mund, aus dem ein fauliger Geruch strömte, die Zahnbürste ins Bad, wo der 84-Jährigen ein *Malheur* geschehen war, wie Ibish es später bezeichnete. Tessa hatte die Verniedlichung des Verfalls schon bei ihren Eltern unerträglich gefunden. Es war kein Malheur, wenn basale Körperteile den Dienst verweigerten, Gliedmaßen Kraft verloren, Blutgefäße und Gelenke verhärteten, Knochen morsch wurden, Muskeln an Masse einbüßten, Stürze die Folge waren. Es war der Anfang vom Ende. Tessa öffnete den Küchenschrank und suchte nach Putzzeug, Sourie füllte einen Eimer mit Wasser.

»Stadt in Italien mit fünf Buchstaben?«, rief Frau Kleist derweil. »Das muss Rom sein!«

»Wie wär's mit Siena?«, rief Tessa zurück. »Oder Genua? Passt das?«

»Es ist Rom«, bestimmte Frau Kleist und trug es ein. Zwei R, zwei o. Sourie schaute zu.

»Er wusste alles von Rom!«, sagte Frau Kleist, und Tessa hielt inne vor Kot und Urin, Klopapier in der Hand, regte sich nicht. »Ich musste jede Kirche, jedes Museum, jeden Stein ansehen. Einfach nur bummeln? Ausgeschlossen mit ihm! Es gab ja hier noch dies und dort noch das anzuschauen, zu bewundern, ehrfürchtig zu betrachten. Und der Herr Professor hat dazu doziert.«

Es war, als spräche sie von Tessas Vater.

»Das wussten wir nicht: Ihr Mann war Professor?«, fragte Sourie, der inzwischen an der Küchenzeile das Frühstück für sie bereitete. Er hatte es unter einem Plastikhut auf einem

Tablett gefunden. Zwei Scheiben Brot, Schmierkäse, ein Erdbeerjoghurt. Daneben ein Becher mit Tabletten. Es irritierte ihn, dass die Pfleger Essen und Medizin bloß abgestellt hatten. Was, wenn der Adressat zu müde, zu kraftlos, zu weggetreten war, um sich selbst zu bedienen?

Frau Kleists Ehemann, eine kleine Gestalt mit lustigen Augen und hellweißem Haarkranz, stand silbergerahmt auf dem Tisch. Herzstillstand im Schlaf, hatte Ibish gesagt, vor zwei Monaten. Mit Frau Kleists Moral gehe es seither bergab. Die Verwaltung habe wenige Stunden nach dem Tod ihres Mannes sein Bett aus dem Schlafzimmer rollen lassen, seinen Nachttisch ausgeräumt und seine Kleidung zusammengelegt, damit Frau Kleist nicht vor einem leeren Bett habe sitzen oder die Hosen im Schrank habe sehen müssen. Jüngst habe der Seelsorger allerdings seine Besorgnis geäußert, dass die schnelle Entsorgung ihres Mannes dessen Tod unbegreiflich für die alte Dame gemacht habe.

Aus dem Sessel kam keine Antwort.

»Frau Kleist? Ihr Mann war Professor?«, fragte Sourie noch einmal.

Als er sich umdrehte, fand er sie am Fenster stehend, gestützt auf den alten Gehstock ihres Gatten. Sie sah in den Garten, wo der angekündigte Sturm an Fahrt aufnahm. Deswegen waren Schulen und Ämter geschlossen und die Menschen aufgefordert worden, zu Hause zu bleiben. Der frühe Novemberhimmel dämmerte silbern. Über den Dachfirsten waren die Spitzen des Doms zu sehen. Die nackten Äste der Platanen vor dem Fenster wurden heftig bewegt, an einem Zweig hing die luftleere Hülle eines einst goldenen Luftballons und erinnerte an Karneval. Lächerlich.

Sourie legte den Arm um Frau Kleists Schulter. »Es ist schwer ohne ihn, nicht wahr?«

»Ja«, antwortete sie. »Ich vermisse meinen Vater sehr.«

Sofern die Augen Spiegel der Seele waren, wie es heißt, war Frau Kleists Seele eine tiefe Schrunde. Tessas ebenfalls. Mitgenommen betrachtete sie die alte Frau, die ihren Verlust verwechselte, was tröstlich oder furchterregend, jedenfalls traurig war. Und obgleich Sourie begriff, wie schwer es für sie war, sich von dem verwandten Gefühl, ihrer Nähe zur Trauer der Witwe zu lösen, störte er sich daran. Es kam ihm vor, als leistete sie Buße für ihre Niederlage durch den Tod, indem sie Frau Kleists Klo putzte, ihr Gebiss reinigte und Iris Friedemanns Schauspiel beiwohnte, sich durch die Flure bewegte, durch die ihre Eltern hinausgetragen worden waren. Sie näherte sich nicht dem Tod, erforschte ihn nicht. Sie trug ihn ab.

»Warum starren Sie mich so an?«, herrschte Frau Kleist sie plötzlich an. »Was gibt's an mir zu sehen?«

»Gar nichts.« Tessa war nicht erschrocken. »Ich dachte, Sie wollten uns noch etwas über Ihren Vater erzählen.«

»Ein Mann hat den Friedhof drüben verwüstet«, wechselte Frau Kleist das Thema und drehte sich vom Fenster weg. »Stellen Sie sich das vor. Er hat einfach gegraben und gegraben, und dann ist alles zusammengefallen: Särge und Urnen und Grabsteine, und niemand hat ihn verhaftet. Stellen Sie sich das vor. Er hat meinen Vater ausgegraben!«

»Wann ist das geschehen?«

Anscheinend erreichten Angehörige gemeinsam mit den Patienten die jeweilige Pflegestufe, ging es Sourie in diesem Moment auf. Anders als er war Tessa damit vertraut, dass Gedanken aus den Fugen und Erinnerungen durcheinandergerieten, aus Hirngespinsten Behauptungen wurden. Dass die Krankenschwester die nicht vorhandene Armbanduhr geklaut hatte oder der Zimmernachbar im Bademantel die SS-Uniform trug, dass aus den wehenden Balkonpflanzen gegenüber eine Teeparty sechs nackter Hippies wurde, ein Bombenangriff das Fernsehbild wackeln ließ oder der Blumendruck an der Wand zum Familienporträt mutierte. Tessa hatte gelernt, mitzugehen. Zu sehen, was nicht da war, nicht zu korrigieren, sondern zu beruhigen. Sie hatte gelernt, sich der Macht der Chimären zu beugen. Sourie, darin nicht gleichermaßen geübt, schwieg.

»Gestern ist das passiert, hier!«, erklärte Frau Kleist und zeigte auf den Couchtisch.

Er nahm die Zeitung, die dort lag, blätterte, suchte und gab schließlich, fast erleichtert, mit dem Fingerzeig auf eine Seite zu verstehen, dass es eine Herleitung für Frau Kleists Empörung gab.

»Stimmt. Nicht zu fassen!« Und während Tessa die alte Dame fütterte, die ihre Hände zu Fäusten geballt hatte, fasste er den Bericht zusammen.

Den Sargträger W.D. Cockerton aus Upper Poppleton in Yorkshire habe nach zwanzig Jahren Sargtragen und Sarg-in-die-Erde-Lassen plötzlich die Frage umgetrieben, worauf genau er eigentlich all die Toten bettete. War es die fruchtbare Erde Nordenglands, oder befand sich anderes in den Erdschichten, worauf die Toten eventuell gar nicht liegen wollten? Cockerton hatte geologische und archäologische Schriften studiert, sogar alles über die Kola-Bohrung von 1981 verschlungen, bei der es die Sowjetunion auf der Suche nach der Grenze zwischen Erdkruste und Erdmantel auf ein immerhin 12 262 Meter tiefes Loch gebracht hatte. Dann aber war die Sache den Sowjets buchstäblich zu heiß geworden: Die Nachrichten berichteten von 180 Grad Celsius und *höllischen Geräuschen*. Insbesondere Letztere veranlassten W.D. Cockerton dazu, seiner Frage selbst auf den Grund zu gehen und nächtens eigene Grabungen an einer unauffälligen Stelle rechts der Kirche vorzunehmen, in deren Folge ein Teil des Friedhofs absackte, Särge und Urnen ineinanderpurzelten und immerhin einige archäologische Funde zutage traten, die man dort nicht erwartet hatte. Zwei Gewehre und eine Pistole (die lange gesuchte Tatwaffe in einem Mordfall), eine Kiste mit altem Schnaps, Räuchergefäße aus römischer Zeit, Armbänder aus Elfenbein, ein geschnitzter Phallus, Keramik und jede Menge Knochen, denn Upper Poppleton lag nicht weit von Catterick, das aus einer römischen Siedlung hervorgegangen war. Cockerton war begeistert von seinen Funden, katalogisierte sie, kontaktierte Archäologen und Historiker. Allerdings hatte seine Arbeit auch erhebliche Auswirkungen auf die Gemeinde, einige Leute waren empört über die Schäden, die er angerichtet, und darüber, dass er ohne Genehmigung gegraben hatte. Juristische Schwierigkeiten hatte er ohnehin. Andere, unter ihnen der Priester, waren beglückt von seinen Entdeckungen. Immerhin hatte der Sargträger bewiesen, dass es trotz der stattlichen Fülle an Wissen über die seit der Steinzeit existierende Sepulkralkultur noch viel zu finden gab, selbst in einer Gegend, die man für gut untersucht gehalten hatte. Seine Entdeckungen waren schließlich in Fachzeitschriften und Büchern veröffentlicht worden, er hatte eine Medaille erhalten und einige Vorträge gehalten.

»Was für eine grandiose Geschichte«, schloss Sourie, »den Mann würde ich gerne kennenlernen!«

Tessa tippte sich zwischen zwei Löffeln Joghurt an die Stirn.

»Verhaften Sie ihn, junger Mann, verhaften Sie den Kerl. Man darf die Ruhe der Toten nicht stören, sonst kommt man in die Hölle. Er hat meinen Vater ausgegraben, er soll in die Hölle fahren.«

»Dann muss er ja vorher nicht noch ins Gefängnis«, befand Sourie.

»Oh doch«, erwiderte sie trotzig.

»Was genau verstehen Sie unter der *Ruhe der Toten,* Frau Kleist?«

»Niemand schubst einen mehr herum.« Aufmüpfig blickte sie ihre Besucher an. »Niemand stört, wenn man Kreuzworträtsel löst, niemand schiebt einem labberiges Brot mit Schmierkäse oder parfümierten Joghurt in den Rachen. Es ist still. Nichts, nichts, nichts mehr. Der Rest ist Schweigen. Fünfter Akt, zweite Szene – *Hamlet.* Hatten wir gestern im Unterricht.«

Sourie musste zu seiner Frühschicht an die Pforte, weswegen sie eine Viertelstunde später im Aufzug standen, der mit energischer Durchsage auf der ersten Etage hielt. Dort, im ansonsten leeren Aufenthaltsraum, saß eine Patientin mit hellrotem Samtreif im zerzausten Haar an einem Tisch und trällerte *Im Wagen vor mir.* Derweil erzählte ihr Mann, der mit einer Pflegerin beim Aufzug stand: »Morgen sind wir sechzig Jahre verheiratet. Sie hätten uns auf einer einsamen Insel aussetzen können: Sie war alles, was ich brauchte. Früher haben wir viele Touren gemacht. In einem Oldtimer. Meist sind wir nach Matera gefahren, in Italien, wissen Sie? Wenn Sie da sind, denken Sie, dass gleich die drei Musketiere um die Ecke reiten, so sieht's da aus. Und jetzt? Jetzt sind wir hier.« Er deutete auf seine Frau, die beim Refrain angelangt war. *Rada Rada Radadadada*, worüber sich trödelig die Aufzugtür schloss und Tessa sich fragte, welches Lied sie sänge, eines Tages, während ihr Mann einer Pflegerin von seinem dunkelblauen Konditorei-Lieferwagen und ihren Reisen nach Italien, Frankreich und vor allem Holland erzählen würde. Hans verreiste nicht gern, es bereitete ihm Unbehagen. Er arbeitete mit guten Leuten. Im Laden war noch nie etwas schiefgelaufen, während sie in Urlaub gewesen waren. Trotzdem blieb er lieber in der Nähe. Seine Konditorei, inzwischen eine Institution in der Stadt, hatte er nach Jahren im *Regulatory Compliance Management* einer Versicherung eröffnet, und niemand hatte sich darüber mehr gefreut als Tessa. Die Absicherung von Risiken für Konzerne und Unternehmen ermüde ihn, hatte Hans erklärt, er wolle mit den Händen arbeiten, sinnlicher, etwas schaffen und nicht hinter Zahlenbergen und Gesetzestexten dahinsiechen. Und so hatte ihr in Fragen der Leidenschaft eher unmusikalischer Ehemann acht Monate an der École Lenôtre in Rungis gelernt, dabei sechs Kilo zugenommen und schließlich das Tartelette eröffnet, das zu seiner Passion geworden war.

Nein, dachte Tessa, eher würde sie sich umbringen, als in einer Klapsmühle zu sterben, in der die Fenster nicht vernünftig zu öffnen waren, eine Sinfonie piepsender Blutdruckgeräte, Infusions- und Sondensignale erklang, Kleidungsstücke trotz Namensetiketten verwechselt und den Falschen angezogen wurden, immer neue Hände einen anfassten, in der man zur Nummer wurde – *Auf der Vier muss der Katheter gewechselt werden* –, wo das Bild eines Wanderwegs Richtung Horizont die Zimmer kennzeichnete, in denen gestorben wurde, einen niemand hörte, weil alle alles gleichzeitig hörten. *Sterben ist Irrsinn. Eine Schlacht*, hörte sie Iris Friedemann sagen. Sie drückte Sourie an die Aufzugwand. *Eine kleine oder große Schlacht.* Tessa hatte die Schlacht gesehen. Die Verwüstung ihrer Körper. Die Unruhe. Ihr Aufbegehren, Kämpfen, Hinfallen. Das Flockenlesen, zielloses Tasten ins Nichts. Die Veränderung ihrer Atmung. Ihre gebrochenen Augen. Die Stille. Diese alles erschlagende, monumentale Stille, in der zwanzig, dreißig Sekunden unsichtbar das Gehirn noch flackerte, vergeblich letzte Verbindungen zu knüpfen versuchte. *Der Rest ist Schweigen*, hörte sie Frau Kleist. Souries Blick, seine Nähe, sein Körper. Ihn zu fühlen, zu halten, zu wollen … Verachtung für die Schlacht. Tessa umklammerte ihn, bis sie im Erdgeschoss ankamen. »Bis später, meine Liebe«, sagte er. »Und ich meine es wörtlich: *meine Liebe*. Wir sehen uns um fünf bei mir.«

Souries Wohnung im Westen der Stadt war winzig. Zweiter Stock, dritte Tür. Es gab einen Flur, in dem man sich kaum drehen konnte. Ein Badezimmer, in das gerade alles hineinpasste: Dusche, Toilette, Waschbecken. Eine Küche, so groß wie die Dusche. Und es gab den Wohnraum, der überwiegend aus seinem Bett bestand. Von links nach rechts: eine Matratze von einem Meter vierzig, die auf einem Podest lag, in das Bücherregale gebaut waren. Ein altertümlicher Kleiderschrank. Ein Polstersessel. Ein Holztischchen. Stapelweise Bücher.

Von alldem nahm Tessa zunächst wenig wahr, als sie Sourie an diesem Nachmittag zum ersten Mal besuchte. Sie trug Stiefel, schwarze Spitzenunterwäsche, einen Wollmantel und sonst nichts, als sie im Carsharing-Mini durch die Stadt fuhr und hoffte, derart leicht bekleidet weder in einen Unfall noch in eine Polizeikontrolle zu geraten. Während der Fahrt lachte sie über sich selbst. Über ihre theatralische Albernheit. Darüber, dass sie die Kleidung für später in eine

Umhängetasche gestopft hatte. In gewisser Hinsicht liebte sie schon ihre Leidenschaft für Sourie, die womöglich anstößig, andererseits so natürlich war, dass nichts Falsches dabei sein konnte. Ihr Verdacht, dass sie ihre Ration an unerwarteten Wendungen und unverhofftem Glück aufgebraucht hatte, war durch ihn zur pessimistischen Pose geworden. Mit Sourie bekam sie das Leben wieder zu fassen, und manchmal wollte ein Teil von ihr entdeckt, entlarvt, zur Entscheidung gezwungen werden, abzureißen, was sich aus Verbindungen, Entschlüssen, Kompromissen zu ihrer Realität aufgetürmt hatte. Mit Sourie stahl sie sich aus der Zeit, diesem ungenießbaren Verstreichen der Zeit, die das Gebäude ihrer Vergangenheit und Gegenwart errichtet hatte, einen Betonklotz, den sie nicht mehr bewohnen wollte. Ausgerechnet Sourie hatte Romantik vor ihre Tür gestellt, diese immerwährende Unmöglichkeit, nicht an ihn zu denken, den verträumten Konjunktiv von *wäre* und *könnte*. Er war pausenlos in ihrem Kopf, der letzte Gedanke, bevor sie einschlief, der erste, wenn sie aufwachte; sie hatte vergessen, dass dieser Zustand existierte. Sie empfand denselben Reiz, dasselbe Verlangen wie früher, vervollständigte ihre Jugend – nur schamloser, klarer, überlegter. Seit sie ihn kannte, war vieles wieder leicht. Allein ins Kino gehen beispielsweise. Sie hatte es Jahrzehnte nicht mehr getan. Oder Musik. Sie wollte wieder Musik hören. Ohne dass es ihr bewusst geworden war, hatte sie jahrelang die Stille bevorzugt. Nun unterlegte Musik ihre Tage und Nächte. Souries Geschmack traf allerdings nicht den ihren. Er mochte Rock. Unterkategorien, von denen Tessa nie gehört hatte, nichts verstand, über die er begeistert referieren konnte. Beim Desert Rock gab es Abgrenzungen zu oder Verwechslungen mit Stoner Rock, sofern sie es richtig behalten hatte, es gab Stoner Doom und Psychedelic Rock, Garage Rock. Für Tessa klang alles gleich. Sie hörte Souries Referaten nur deswegen zu, weil sie die Energie begeisterte, die er solchen Feinheiten widmete. »Wer Rock und Metal verwechselt«, hatte er einmal so ernst erklärt, als behandelte er den Nahostkonflikt, »vertauscht Gestein und Metall. Das eine ist aber aus dem anderen erst entstanden.« Überhaupt hörte sie ihm gern zu, mochte seine Stimme, so kräftig, dass sie deren Resonanz im Rücken spürte, wenn sie nebeneinander auf einer Parkbank saßen. Sie bewunderte die Rasanz seines Verstandes, seine Unkompliziertheit, Offenheit, Souries Fähigkeit, zuzuhören und nichts zu vergessen, was sie noch so nebensächlich erwähnt hatte. *Du bist verrückt*, hatte sie zu sich selbst gesagt, als sie nach ihrem zweiten Treffen im Café Goldmund in die Bahn gestiegen war. Nur Wochen war das her. Es kam ihr länger vor. *Du bist verrückt, das ist die Trauer, er könnte dein Sohn sein, du bist völlig übergeschnappt, mach die Augen auf, du bist nicht bei Sinnen.* Aber sie war bei Sinnen. Mehr als zuvor. Tatkräftig, glücksgewillt. Also war sie wieder ausgestiegen und zurückgegangen. Zu ihm ins Café, und so hatte es angefangen.

Dragonaut von Sleep war der Soundtrack für ihren nun ersten Besuch in seiner Wohnung. Anfangs hatten sie sich in Restaurants und Cafés getroffen, sich verstohlen in Türrahmen umarmt. Dem klassischen Verlauf der Raserei hatte das natürlich nicht gereicht. Sie hatten Sex unter einer Brücke gehabt. Im Park. In einer Gondel der Rheinseilbahn. Kein Ort unangemessen. Kälte unerheblich. Schließlich waren sie in eine schlecht geheizte Pension mit geblümter Bettwäsche an der Burgmauer umgezogen, die in einer Gegend lag, wo niemand wohnte, den sie kannte. Alles folgerichtig. Bedenkenlos. Das Begehren seit Menschengedenken Antwort auf Zerstörung. Natürlich wusste sie das. Aber es war viel mehr, was – Tessa wusste auch dies – von den meisten Affären angenommen wurde. Alle dachten, dass es in ihrem Fall anders, mehr als die Midlife-Crisis, Sex, Lebendigkeit, Bestätigung war. Das Übliche. Aber in ihrem Fall *war* es anders. Sourie war keine Affäre. Er war viel zu ernsthaft, um das sein zu können. Viel zu gern allein, um seine Zeit zu verprassen. Er gab ihr ein Gefühl von Zuhause, und damit hatte sie nicht gerechnet. »Wozu das miese Hotel?«, hatte er mehr als einmal gefragt. Aber immer hatte sie sich geweigert, der Einladung in seine Wohnung zu folgen. »Zu normal«, hatte sie Abenteuerlust vorgegeben, in Wirklichkeit aber die Intimität seiner Bettwäsche, seines Zahnputzbechers, seiner Hausschuhe gefürchtet. Allein der Gedanke an seine Kaffeemaschine war für sie eine größere Grenzüberschreitung gewesen als sein Körper. Souries Zuhause zu kennen, fühlte sich ernst, fühlte sich nach Betrug an. Es war, als würde sie den Drachen zum karmesinroten Auge reiten, wie Sleep in *Dragonaut* sangen, als würde der Nebel nach ihr schreien und sie sich sehenden Auges in den Schwaden des Rauschs auflösen.

»Warum hast du geheiratet?«, fragte Sourie, als er sich aus dem Bett rollte, um ihr eine Cola zu holen, da er keine Kaffeemaschine besaß.

Für diese Frage machte Tessa umgehend seine Wohnung verantwortlich. Sie hatten in mehrfacher Hinsicht das Terrain gewechselt. Sie hatte es so gewollt. Sie lag im Bett, seine weiche Bettwäsche über ihrem nackten Körper, der sich jünger anfühlte, seit Sourie ihn berührte. Erst jetzt fiel ihr auf, dass an den Wänden kein Bild hing. Sie waren weiß und leer; nicht einmal ein Notizzettel am Kühlschrank. Es war nach sechs, gleich musste sie aufbrechen. Wegen des Mannes, nach dem er fragte. Auf dem Weg nach Hause würde sie Fisch auf der Merowinger Straße kaufen. Und Kräuter bei der Hexe im Gemüseladen auf der Severinstraße. Hans und sie würden zusammen am Herd stehen, kochen und sich vom Tag erzählen. Dabei würde sie lügen, wie so oft in den letzten Wochen. Sie würde von ihren Streifzügen durch die Stadt berichten, so viel stimmte, nur dass sie sie nicht allein unternahm. Ihre neuerdings sehr langen Spaziergänge schob Hans auf die Trauer. Auch würde sie ihm Fotos zeigen, die sie geschossen hatte. Er würde sehen, was sie gesehen, nicht aber, wer mit ihr hinter der Kamera gestanden hatte. Sie würde wiederholen, dass ihr diese Touren guttaten, und er würde den Arm um sie legen und es verstehen. Bislang hatte Sourie so getan, als gäbe es ihr anderes Leben nicht. Aber es war nur eine Frage der Zeit gewesen.

»Ist das wirklich ein Gespräch, das du jetzt führen möchtest?«, fragte sie zurück. »Das ist furchtbar unromantisch.«

»Es ist furchtbar real.«

Sie setzte sich auf und nahm die Cola entgegen. Das Bemerkenswerteste an Sourie war seine Sprechfähigkeit.

»Von wem hast du das eigentlich?«, fragte sie. »Wer hat dir beigebracht, so unerschrocken über alles zu reden?«

»Meine Mutter, nehme ich an. *Straight* in jeder Hinsicht.«

»Als Diplomatin?«, spottete Tessa.

»Vermutlich hat sie es deswegen nicht zur Botschafterin gebracht. Ein wunder Punkt ...«

Er legte sich neben sie, ließ ihr die Decke, und sie betrachtete seine hingestreckte Nacktheit.

Sie strich über seinen Arm.

»Aus Liebe«, antwortete sie und fühlte sich beiden Männern gegenüber schlecht. »Ich habe aus Liebe geheiratet.«

»Das denk ich mir«, war Souries Antwort, »aber man heiratet doch nicht nur aus Liebe. Stelle ich mir wenigstens vor. Man liebt, und dann stellt man sich Fragen: Geht das für immer? Halte ich das aus? Kann ich zumindest erahnen, wie er sich oder ich mich entwickeln, verändern werde? Haben wir dieselben Ziele? Will ich mit diesem Menschen alt werden? Was hat er oder sie, das ich kaum ertragen kann?«

»Klar«, antwortete Tessa, »aber die Antwort auf jede einzelne dieser Fragen bleibt dieselbe. Im Idealfall lautet sie Liebe, und ja, das klingt wie ein Groschenroman, ist aber so. Warum sonst sollte man heiraten? Wegen der Steuer? Klar, kann man machen, aber das wäre nichts für mich.«

»Und irgendwann ist es dann weniger Liebe? Oder keine Liebe mehr?«

»Irgendwann ist es …« Sie zögerte. »Irgendwann weiß man nicht mehr, wer man selbst und wer der andere ist. Die Dinge verschwimmen. So lange, bis man sich in- und auswendig und kaum mehr kennt.«

Sourie nahm ihr die Flasche aus der Hand und stellte sie auf dem Podest ab.

»Ich weiß ziemlich gut, wer du bist, Tessa Blumenkamp.«

»So?«

»Du bist mir ein Rätsel, mehr muss ich nicht wissen. Ich stehe vor dir und staune. Über das, was du tust. Und das, was du sagst – oder nicht sagst. Was will ich mehr?«

»Zum Beispiel wissen, warum ich Hans geheiratet habe.«

»War das eine unangemessene Frage?«

»Angesichts unserer Situation …«, Tessa deutete auf sie beide, auf das Bett, »nein.«

»Dann habe ich noch eine. Weiß dein Mann von uns?«

»Nicht dein Ernst.«

»Mein voller Ernst. Weiß er von uns? Merkt er nichts?«

»Ist deine Frage, ob wir eine offene Ehe führen, Hans und ich? Von meinen Kindern weiß ich, dass das in deren Generation, also in *deiner*, eine Selbstverständlichkeit ist. In meiner ist es eher die Ausnahme, wobei ich mich ernsthaft frage, warum, wenn ich mich so umschaue. Aber nein, Hans weiß nicht von uns. Er würde die Welt nicht mehr verstehen, und das wiederum ist keine Frage der Generation. Jedenfalls noch mal nein: Er merkt nichts, weil er sehr mit seinem Geschäft beschäftigt ist.«

»Ich würde es merken.«

»Vielleicht nach über dreißig Ehejahren auch nicht mehr.«

»Ich würde es merken.«

»Wie du meinst.«

»Habt ihr Sex?«

»Selten.«

»Lass es mich so ausdrücken: Es fühlt sich unbehaglich an.«

»Hätte ich dich anlügen sollen?«

»Ich hätte nicht fragen sollen.«

»Aber ich habe eine Frage. Themenwechsel. Ich habe ein wenig über den Abend im Bataclan gelesen.«

Sourie schwieg.

»Zeitungsartikel. Interviews.«

Er blickte sie nur an.

»Ist dieser Abend … Ich meine, ist Thibault der Grund für dein Interesse am Tod?«

»Nein.«

»Einfach nein?«

»Was möchtest du hören? Nein. Mich hat der Tod schon vorher interessiert.«

»Du warst neunzehn, als er starb.«

»Zwanzig.«

»Aber dieser Abend … Es muss doch …«

»Ich kann dir sagen, dass ich in der Nacht der Attentate oder in den Wochen danach nicht dachte, dass der Tod etwas Interessantes ist. Es war ein unfassbares Grauen.«

Sourie stand wieder auf und zog hellgraue Sweatpants an. Er ging in die Küche, machte den Kühlschrank auf, holte nichts heraus, machte ihn wieder zu. Tessa sah seine Unentschlossenheit, seinen Unwillen, sein Zögern.

»Ich verstehe, dass du auf diese Idee kommst, dass du darüber gelesen hast. Aber ich habe dir alles dazu gesagt, was ich sagen kann. Thibault ist nicht der Grund.« Er wusste, sie würde nicht weiter fragen, was ihn dazu veranlasste, weiterzusprechen. »Ich kann mich kaum mehr an seine Stimme erinnern. Ich hatte mir geschworen, sie nicht aus dem Gedächtnis zu verlieren, wollte für immer behalten, wie seine Stimme, wie sein Lachen geklungen hat, aber beides wird leiser. Selbst wenn ich seine Sprachnachrichten auf dem Telefon anhöre. Ich habe einige behalten … Sie klingen fremd. Sein Gesicht, sein Ausdruck ist verschwommen. Ich strenge mich an, aber es wird zunehmend schwieriger, ihn zu sehen und zu hören.«

Tessa setzte sich auf und hielt die Decke vor ihre Brust.

»Ich schätze, das ist eine weitere Art von Stille nach dem Tod«, meinte sie leise. »Davon gibt es ziemlich viele, stelle ich fest. Ein Telefon, das klingelt. Fernseher, Autoradio … Straßenlärm. Alles still. Man weiß: Es sind nicht die, die gegangen sind, die anrufen. Es *kann* nichts Interessantes im Fernsehen oder Radio sein, nicht jetzt, was sollte interessant sein? Auf der Straße werden sie dir nicht begegnen. Es ist Totenstille … Für mich hat dieser Begriff eine ganz neue Bedeutung gewonnen. Vielleicht ist das Vergessen von Mimik, Stimme, Lachen eine weitere Stille … dieses Außer-Sicht-Geraten … Wahrscheinlich ist es eine besonders laute Stille, weil man sich wie ein Verräter fühlt.«

»Im Jahr danach habe ich manchmal geglaubt, Thibault in einer Menschenmenge zu sehen. Ich war geradezu sicher, dass er da war. In der Métro. In einer vollen Einkaufsstraße. *Wunschpsychosen* hat das die Therapeutin genannt. Es gibt einen Begriff dafür: *Mourn Mirage*, Trauer-Trugbild. Meine Mutter hat darauf bestanden, dass ich zu einem Irrenarzt gehe, als ich ihr dummerweise davon erzählt habe …«

Er legte sich wieder zu ihr, seine Hand auf ihr rechtes Bein.

»Du klingst wie ein alter weißer Mann.«

»Was? Ich habe meine Mutter zitiert. Wie kommst du in diesem Zusammenhang auf alte weiße Männer?«

»Na ja, alte weiße Männer sind auch solche, die ihren Status verdrängen – beispielsweise die Möglichkeit, sich in Krisenzeiten überhaupt an einen Psychologen wenden zu *können*. Oder die den gesellschaftlichen Fortschritt verspotten – also beispielsweise die hinlänglich gesicherte Erkenntnis, dass es besser ist, sich professionelle Hilfe zu suchen, wenn man allein nicht zurechtkommt …«

Sourie runzelte die Stirn, sagte aber nichts.

»Mir ist kürzlich dasselbe geschehen«, gab sie zu. »Ich habe in einem Café gedacht, mein Vater säße am Nebentisch. Da saß ein alter Herr, exakt so gekleidet wie er, die gleiche

Kopfform, die gleiche Halbbrille auf der Nase … Ich habe losgeheult, und ausgerechnet dieser alte Herr hat mir ein Taschentuch gereicht.«

»Was ist das nur mit dir und der Trauer? Gibt es nicht den leisesten Moment von Glück in dir? Darüber, dass nun alles hinter ihnen liegt? Dass sie es geschafft haben?«

»Was ist das nur mit dir und deiner Weigerung, den Tod auch als Verlust, als etwas Trauriges zu sehen? Es ist traurig, keine Eltern mehr zu haben, sogar für Leute, die ihre Eltern nicht ausstehen konnten. Es macht etwas mit dir, das ich kaum beschreiben kann, lässt dich einsamer auf der Welt zurück, selbst wenn du deine Eltern nur sporadisch gesehen haben magst und froh warst, wenn sie wieder abgereist sind. Wer bist du, ohne ihren Blick, ohne die Herkunft, die in deinen Eltern gelebt hat? In einer rein rationalen Betrachtung – sofern sie möglich ist – ist man nur mit sich selbst beschäftigt, nicht aber mit den Toten. Ich greife dir jetzt mal vor. William Blake, habe ich gerade gestern gelesen: *Wer die Unendlichkeit in allen Dingen sieht, sieht Gott. Wer nur die Ratio sieht, sieht nur sich selbst.*«

»Wie sollte ich Gott sehen, wenn ich auch die Unendlichkeit für unvorstellbar halte?«

»Vielleicht geht es mir nicht um Gott, ich weiß es nicht, aber doch um etwas wie Unendlichkeit. Zumindest als Frage, nicht als Unvorstellbarkeit. Trauer ist nicht rational. Sie ist, auch das habe ich gelesen, nicht ein Gedanke und ein Gefühl, sondern sie besteht aus vielen Gedanken und Gefühlen. Es ist ein organischer Prozess, über den du keine Kontrolle hast, er beherrscht deinen Körper und deinen Kopf, und deine einzige Chance ist, ihn dir zum Verbündeten zu machen. Es geschehen zu lassen. Mein Vater ist heute dreiundsechzig Tage, meine Mutter hundertachtundachtzig Tage tot. Ich weiß das nicht, weil ich Buch darüber führe, sondern weil die Trauer die Tage zählt. Ich kann nichts dagegen tun. Ich weiß es einfach. An den Gedanken ihres Todes habe ich mich gewöhnt. Wenn sie mir einfallen, weiß ich es sofort: Sie sind tot. Da ist nicht mehr der funkenschlagende Kurzschluss mitten in der Nacht, beim Duschen, beim Einkaufen: Ich muss ins Augustinus, nach ihnen sehen, irgendetwas für sie besorgen. Ihr Tod, er ist jetzt – klar. Aber er lässt vieles in anderem Licht erscheinen. Das tägliche Einerlei hat eine manifeste Tendenz zur Unwichtigkeit erfahren, über allem steht vielmehr die Frage, was wirklich wichtig ist, was bleibt. Das ist traurig, nicht rational. Es geht ums *Nie mehr*, das ich ahne, aber noch nicht fühle. Es ist vorbei. Das *weiß* ich, aber mein Gefühl hinkt. Ich werde nie mehr Mama oder Papa sagen, ich werde nie mehr Kind genannt werden, egal, wie alt ich bin. Die Menschen, die als Einzige erzählen konnten, wie ich zu einer Zeit war, an die ich selbst keine Erinnerung habe, sind nicht mehr da. Und *wie* sie davon erzählt hätten, hätte mir viel über *sie* gesagt. Ich hätte auch mehr über *sie* erfahren und habe endgültig keine Chance mehr, zu fragen. Übrigens frage ich mich in letzter Zeit andauernd: Ist, *wie* wir sind, gleichbedeutend mit *wer* wir sind?«

»Ist das wichtig?« Es lag keine Missbilligung in Souries Stimme.

»Na, das frage ich mich ja. Ist es wichtig? Ja, ich denke schon. Ich habe keine Erinnerung an mein vierjähriges Ich. Eine Ohrfeige im Kindergarten schwappt ins Gedächtnis, der Duft frisch gebackener Plätzchen, Zankereien mit Freundinnen, ein Krippenspiel, eine Schlittenfahrt, die Obstwiese einer alten Tante an einem Sommertag. Entschuldigungen, die ich, je nach Schwere des Vergehens, mal mit, mal ohne Blumenstrauß Erwachsenen gegenüber auszusprechen hatte. Beschämung. Zorn. Lachen. Immerzu saures Apfelkompott. Grundsätzlich zu weich gekochtes Gemüse. Hätte ich mehr von ihnen, gäben die Erinnerungen möglicherweise Aufschluss über mein Wesen. Ich weiß nicht, ob es noch dasselbe der Vierjährigen ist oder ob es sich im Laufe von Jahren und Erfahrungen wesentlich verändert hat. Fotos aus dieser Zeit geben nur unzulänglich Auskunft. Auch das, Sourie, dass ich niemanden mehr fragen kann, das betrauere ich.«

»Aber ist es *wichtig*?«

»Was meinst du damit? Wichtig? Es ist einfach so. Ich wüsste gern mehr über mich. Möchtest du nicht gern mehr über dich wissen? Erinnere dich – gut, ich weiß, im Vergleich zu mir sind es lächerlich wenige – an deine Geburtstage zu unterschiedlichen Zeiten deines Lebens. Wie warst du?«

»Ich halte es lieber mit Knausgårds Idee, sich im Laufe des Lebens unterschiedliche Vornamen für seine unterschiedlichen Ichs zu geben …« Sourie küsste ihren Arm. »Ganz ehrlich, Tessa, ich verstehe, was du meinst, aber ich halte es nicht für wichtig, jemanden danach fragen zu können, wer oder wie ich war. Der einzig relevante Punkt an der Frage, ob wir immer waren, wer wir sind, ist doch, ob aus der Antwort etwas für die Zukunft zu lernen wäre, oder? Das halte ich für unwahrscheinlich. Menschen entwickeln sich. Wer wir sind, ist nicht dadurch bestimmt, wie wir sind, sondern dadurch, was wir tun.«

»Wenn du so genau weißt, wie und wer ich bin, weil ich tue, was ich tue … Wer bist *du*, Sourie?«, fragte Tessa.

»Was möchtest du wissen?«

»Den Grund.«

Er sah sie verständnislos an.

»Du hast kein alltägliches Hobby«, erklärte sie. »Es muss einen Impuls gegeben haben, eine Initialzündung. Das Thema fliegt einen doch nicht einfach so an.«

»Mich hat es angeflogen. Wie dieser Geistesblitz auf Reisen. Wenn man bei der Ankunft an die Abreise denkt: In drei Tagen, in einer Woche, in zwei Wochen reise ich zurück, stehe ich wieder hier, fahre ich wieder hier lang, nur andersherum, um Tage oder Wochen älter, aber es wird alles genauso aussehen. Der Bahnhof, die Autobahn, der Flughafen … alles wie vorher. Ich werde vor diesem Schalter stehen, hier entlangfahren, durch diese Tür gehen. Und zwischendurch wird etwas passiert sein, von dem ich jetzt nicht weiß, was es sein wird. Ein bisschen Leben jedenfalls, das zum Zeitpunkt meiner Rückkehr schon wieder Vergangenheit sein wird.« Er überlegte. »Ich bin immer gern über Friedhöfe spaziert, schon als Kind, ich mochte die Atmosphäre, ich fand die Grabsteine spannend, Jahreszahlen, Namen und Familiennamen, ich habe mich gefragt, welche Person das wohl war, ob sie immer an diesem Ort gelebt und erlebt hat, wie er sich veränderte, wer die Blumen für sie oder ihn so arrangiert … Diese Wolken-und-Himmel-Geschichten haben mich fasziniert, was steckte dahinter, wieso erzählten die Erwachsenen so etwas und glaubten es womöglich selbst? Wenn du so willst, waren es simple Kinderfragen, die mich nie losgelassen haben.«

»Was dich mit den größten Philosophen der Welt eint … Was ist mit deinen Eltern? Ist da vielleicht irgendetwas, worauf sich dein Interesse zurückführen ließe?«

Sourie grinste. »Wenn du etwas wissen willst, dann willst du es wissen, was? Ich habe keine Kinder, aber ich denke, alle Eltern fürchten den Tod. Bei meinen war es vermutlich etwas ausgeprägter, weil ich als Baby krank war. Logischerweise habe ich keine Erinnerung daran, aber aus den Erzählungen weiß ich, dass sie damals viele Sorgen hatten.«

»Was hattest du?«

»Ach, nur einen kleinen Herzfehler. Ich bin operiert worden, damit war's erledigt.«

Tessa setzte sich auf. »Wenn das kein Grund ist! Was meinst du, was deine Eltern für Ängste ausgestanden haben! Ein Kind zu verlieren, ist das Schlimmste. Es gibt keinen größeren Schmerz.« Sie legte sich wieder hin, den Kopf auf seine Brust. »Ich spreche nicht aus Erfahrung. Es ist nicht mir passiert, aber einer Freundin. Sie hat ihre Tochter verloren. Fünf Jahre alt … Wurde vor dem Kindergarten von einem Auto angefahren, lag im künstlichen Koma. Dann sagten die Ärzte, es gebe keine Hirnströme mehr. Sie sei tot. Also wurden die Maschinen abgestellt.«

Sourie spielte mit ihren Haaren. »Vielleicht sollte ich etwas klarstellen. Es stimmt, der Tod interessiert mich. Und ja, ich möchte so viel wie möglich darüber wissen. Aber das heißt nicht, dass es keine Todesfälle gibt, die mich nicht bestürzen, die mir nicht ungerecht, tragisch, unfassbar erscheinen. Dass ich keine Trauer empfinden könnte. Doch, das kann ich. Glaub mir. Das kann ich. Und dennoch … Auch hier bleibt der Tod ein Phänomen.«

»Meine Güte, gib dich nicht so abgeklärt! Du hast keine Kinder, die du verlieren könntest. Der Verlust eines Menschen, zumal eines Kindes, ist kein *Phänomen*. Das ist Schmerz. An Sinnlosigkeit, an Tragik nicht zu überbieten. Stell dir vor, was deine Eltern durchgestanden haben. Hilflosigkeit. Ohnmacht. Was hast du zu mir gesagt, als wir uns das erste Mal getroffen haben? *Der Tod und ich, wir haben eine besondere Verbindung.* Natürlich! Warum wohl? Die Angst deiner Eltern hat sich auf dich übertragen. Wer weiß … vielleicht hast du als Baby gespürt, dass du in Gefahr warst, dass du dich besser mit dem Tod anfreunden solltest.«

»Natürlich habe ich das getan. Ich habe mir ein umfassendes Bild der Lage gemacht und dann beschlossen, kaum dass ich denken konnte, den Tod spannend zu finden …«

»Du weißt sehr gut, was ich meine …«

Er drehte Tessa auf den Rücken und beugte sich über sie. »Schon, aber es wirft eine Frage auf: Müsste ich in diesem Fall nicht eine Heidenangst vor dem Tod haben? Denn es war mein Leben, richtig? Ich kenne es nur aus Erzählungen, aber es war *mein* Leben.«

Sein blasses Gesicht über ihrem. *Save a prayer*, sang Jesse Hughes von den Eagles of Death Metal, Tessa strich über Souries nackten Rücken. *Save it 'til the morning after.*

»Weißt du, ich habe nicht viel übrig für dieses Psychologisieren«, sagte er. »Wenn jemand Briefmarken sammelt, kommt kein Mensch auf die Idee, ihn zu fragen, ob der Briefkasten seiner Eltern sein epischer Kindheitstraum war. Wenn jemand gern tauchen geht, fragt keiner, ob er eine Wassergeburt war. Von mir aus habe ich ein merkwürdiges Interesse am Tod, okay, aber ich finde ihn so interessant wie andere Promenadologie. Kein Witz, das gibt's: Spaziergangswissenschaft, Uni Kassel. Der Vergleich hinkt weniger, als du denkst. Beides machen alle Menschen. Es wird so viel spazieren gegangen wie gestorben. Wieso bist du sauer über etwas, woraus ich nie einen Hehl gemacht habe?«

»Ich bin nicht sauer«, antwortete sie. »Ich will mich nur nicht in dich verlieben. Und ich werde zu spät kommen.«

»Ja, das wirst du.«

Mit seinen Eltern, einer Tante mütterlicherseits, einem Onkel väterlicherseits, dessen Frau und drei Kindern erkundete Sourie über den Jahreswechsel die Dolomiten. Während die Familie des Onkels in einer Ferienwohnung oberhalb von Brixen logierte, wohnten Sourie, seine Eltern und Tante Elena im familiengeführten Hotel Elephant nahe dem Ortskern. Es war ein gelb gestrichener Palast von fünfhundert Jahren mit knarzendem Parkett, trutzigen Antiquitäten, bestickten Gardinen und Ohrensesseln im Salon, dessen Fenster von Brokatvorhängen umrahmt waren. Die Zimmer, fand Sourie, waren auf anrührende Weise altertümlich und gastlich. Sie erzählten jahrhundertealte Geschichten, und von den Föhnautomaten in den Badezimmern, Relikten aus den 1970ern, schickte er mir ein Foto, da er kaum glauben konnte, dass sie die TÜV-Prüfung bestanden hatten. Die Mitarbeiter seien so freundlich und aufmerksam, dass es seine Mutter entzücke. Es gab einen Barpianisten, der ab fünf Uhr die Schmonzetten des *American*

Songbook spielte und dazu ab und zu leider auch sang. Tagsüber fuhren sie Ski auf der Plose, dem Brixener Hausberg, abends saßen sie erst zu viert in der Hotelbar und trafen sich anschließend mit dem Onkel und dessen Familie in den Lauben, wo die Restaurants Gerstensuppe, Schlutzkrapfen, Speckknödel, Strauben und Kasspatzl servierten. Das putzige Bischofsstädtchen gefiel Sourie. Er amüsierte sich über die mittelalterlich kostümierten Weihnachtssänger auf dem Domplatz, besuchte den Kreuzgang und die Buchhandlung, wo es eine stattliche Krimiabteilung gab und er zum Spaß *Wo ist Heidi?* zum Andenken an seine Zeit in den Bergen für mich erstand. Das Südtiroler Essen fand er vorzüglich. Vor allem im Hotel, wo es zum Frühstück hausgebackene Vinschgauer Semmeln gab, die er mich auch im Tobelmann zu servieren bat. Seine Cousinen – achtzehn und zwanzig Jahre alt, er hatte sie vier Jahre lang nicht gesehen – hätten sich, erzählte er, zu Kopien von Dokusoap-Darstellerinnen entwickelt, vollauf damit beschäftigt, Kellner oder Skilehrer aufzureißen, um sich sogleich um sie zu zanken. Der 16-jährige Cousin fuhr kopflos neben jeder Piste und spielte auch beim Abendessen nur an seinem Smartphone, verstand keine Frage und beantwortete sie bestenfalls krude und mit minutenlanger Verzögerung. Souries Onkel und dessen Frau, die in Malaucène am Fuße des Mont Ventoux einen Gasthof für Radsportler betrieben, der im Dezember und Januar geschlossen blieb, brachen allabendlich politische Diskussionen vom Zaun, was sie in Gesellschaft von Souries Mutter offenbar für geboten hielten. Welche Haltung Frankreich und Deutschland zur aktuellen Lage einnahmen, wer sich wie mit der Energiekrise auseinandersetzte, was Kunstschnee fürs Klima bedeutete oder nicht, dass sich Europa über das Erstarken rechter Parteien allerorten nicht wundern musste … Es mündete jedes Mal in gerade noch kontrollierbare Auseinandersetzungen oder betretenes Schweigen. Souries Vater, der Skifahren nichts abgewinnen konnte, erzählte zur Rettung von den Museen und Klöstern der Umgebung, die er besucht hatte, von den Fresken im Kreuzgang und dem Grab Oswald von Wolkensteins, von der Gemäldegalerie und Bibliothek des Klosters Neustift, wo er eine barocke Sammlung zum biblischen Weihnachtsgeschehen gesehen hatte, und vom Künstlerstädtchen Klausen mit seiner Loretokapelle. Sein kunsthistorisches Wissen brachte den Bruder allerdings auf die Palme. Das ganze Zeug, platzte dem der Kragen, sei lauter unnützes Prahlhans-Wissen, das im Angesicht der katastrophalen Weltlage wahrlich nicht weiterhelfe. Was Skifahren auch nicht unbedingt tat, aber diese Bemerkung verkniff sich der Vater. Der Sprengstoff der Familienkonstellation erheiterte Sourie. Sein Vater, schrieb er mir als Textnachricht, müsse der Liebling seiner Eltern gewesen sein, was der Bruder ihm für alle Zeit nachtragen werde.

Souries Tante Elena, nach achtundzwanzig Jahren von ihrer Frau verlassen, hielt sich wacker, las viel, betonte eher häufig statt glaubhaft, wie wichtig Familie sei, und war ab zweiundzwanzig Uhr grundsätzlich betrunken. Immerhin verstand sie viel von Liebeskummer. Als Sourie sie in der Weihnachtsnacht gegen ein Uhr am Rand des Brunnens vor dem Hotel auflas, einem achteckigen Prunkstück mit Fontäne, die um diese Jahreszeit nicht in Betrieb war, war er nicht sicher, ob sie sich in der eisigen Pfütze im Brunnenbecken hatte ertränken wollen oder mit glasigen Augen das Gefunkel am Himmel bewundert hatte. Sie hatte so wenig schlafen können wie er. Unter ihrem Daunenmantel trug sie Pyjama und Pantoffeln.

»Weißt du, was das Schlimmste ist?«, fragte sie. »Dass ich mir niemand anderen vorstellen kann, mit dem ich alt werden möchte. Das war immer nur sie. Es ist interessant, ich hatte mir das vorher gar nicht bewusst gemacht.«

Alkoholisiert enthielten ihre Worte liebreizend viele s-Laute. Ihre halblangen Haare hatte sie mit einer Klammer hochgesteckt, ihre Augen waren rot gerändert, sie hatte geweint. Tante Elena, fand Sourie, war so hübsch wie traurig, auch im Schlafanzug eine elegante Erscheinung, und irgendwie passte ihr schiefes Gesicht zu ihrer desolaten Lage.

»Darüber denkt man ja nicht so nach. Jetzt, wegen Weihnachten und Silvester und so, da wird mir das klar. Zunächst war es der Alltag. Da fehlt sie mir an allen Ecken und Enden. Aber eigentlich ist es nicht der Alltag. Es ist das Altwerden. Ich meine … du hast eine bestimmte Anzahl von Lebenstagen. Eine bestimmte Anzahl an Atemzügen. *That's it.* Was also machst du mit diesen Anzahlen? Gibt es eine Mehrzahl von Anzahl? Jedenfalls … du hast also diese Zeit. Und jetzt will sie ihre Anzahlen mit einer anderen Frau verbringen, mit der alt werden, dabei war zwischen uns alles gut … Vermutlich war es das nicht, sonst wäre sie nicht gegangen. Aber für mich war alles gut. Ich hab das überhaupt nicht kommen sehen. Sie steht vor mir, sieht mich an, als hätte sie den Hund überfahren, und sagt: *Ich wollte das nicht, aber ich habe mich in eine andere Frau verliebt.* Als ob man das *wollen* könnte. Als würde man durch die Gegend rennen und sagen: *So, jetzt will ich mich aber verlieben.* Und ich antworte: Okay, das kann passieren … dann müssen wir da jetzt wohl durch. Vielleicht ist es eine Phase. Vielleicht geht es vorbei. Vielleicht musst du das – in Gottes Namen – jetzt erleben. Aber sie sagt: *Nein, ich habe mir das gut überlegt, es ist keine Phase, es ist ernst.* Als ob man sich so etwas überlegen könnte. Aber da war natürlich klar: Es ging schon länger. Zwei Jahre. Ich habe zwei Jahre lang nichts gemerkt. Zwei Jahre! Ich meine: Stell dir das mal vor. Natürlich habe ich bemerkt, dass sie ein *besonders* gutes Verhältnis zu der anderen Frau hatte, aber man wird ja nicht gleich hysterisch und hört die Flöhe husten. Wir hatten die Verabredung, immer ehrlich miteinander umzugehen, darauf habe ich mich verlassen. Aber aus irgendeinem Grund war sie es nicht. Ehrlich, meine ich, hat nichts gesagt. Versteh mich nicht falsch. Ich bin nicht eifersüchtig, ich möchte die andere umbringen, das schon, aber ich bin nicht eifersüchtig. Ich beneide sie ums Altwerden. Ich hab den beiden sogar vorgeschlagen, zu dritt alt zu werden. Da haben sie mich angeglotzt, als hätte ich sie zum Strandurlaub in Usbekistan eingeladen. Aber meine Güte, warum soll das nicht gehen? Monogamie wird überbewertet, man kann mehrere Menschen lieben. Ist nicht so, als wüsste ich das nicht. Aber sie sagt, die andere Frau und sie hätten einen *Gleichklang*. Einen Gleichklang! Was immer das bedeuten soll. Dass sie alles *gleich* empfinden? Dann gehen sie in dieselbe Falle, in die alle Verliebten rasseln. Sie sind überzeugt, dass sie dasselbe fühlen. Bullshit. Liebende akzeptieren Unterschiede und wissen, dass man nicht gleich denkt und fühlt. *Das* ist der Unterschied zwischen Verliebtsein und Liebe, kannst du mir glauben! Du denkst, ich spinne, oder? Ja, kann ich mir vorstellen. In deinem Alter beschäftigt man sich nicht mit solchen Dramen. Da gibt's andere. In deinem Alter könnte das Leben nicht schöner und nicht endloser sein, fast alles ist noch einigermaßen unkompliziert, zumindest übersichtlich, und man schwingt einfach von hier nach da und schaut, was geht. Jedenfalls beschäftigt man sich nicht mit dem Alter. Aber Altwerden, mein Lieber … ich sag dir … das ist eine ganz andere Geschichte. Es fühlt sich an wie die Nacht nach einem rauschenden Fest bei dir zu Hause. Wenn alle Gäste gegangen sind, die Musik aus ist und du alleine aufräumst. Oder als wärst du das vergessene Licht in einem ansonsten dunklen Bürohaus. Plötzlich werden die Freunde um dich herum krank und sterben, auf einmal stehst du fünf oder sechs Mal im Jahr auf einem Friedhof. Da fragst du dich schon, wie du deine Zeit, deine Anzahl von Lebenstagen und deine Anzahl von Atemzügen verbringen möchtest. Ich wollte sie mit ihr verbringen. Es war das Schönste und Sinnvollste, das ich mir denken konnte. Es gibt niemanden, der ihren Platz einnehmen könnte. Er ist besetzt, eine andere wäre immer nur die Zweitbesetzung – egal, was alle sagen. Dieses Gefasel von *Du weißt nicht, was das Leben noch für dich bereithält* oder *Warum solltest du dich nicht wieder so verlieben können, du bist erst zweiundsechzig* … Verdammt, ich weiß, dass es nicht passieren wird, und ich bin nicht vernagelt. Es kann jederzeit etwas passieren, übrigens auch Gutes. Aber die große Liebe? Nein, die hat man ein Mal. *Erst zweiundsechzig* … Wenn ich das höre! Der Großteil meines Lebens liegt hinter mir. Alles Wesentliche liegt hinter mir. Ich bin für den Rest meiner Tage Psychologin, zu alt für eine Umschulung und zu ungelenkig, um Yogalehrerin zu werden, was um mich herum plötzlich alle sein möchten. Nicht, dass ich das wollte. Für den Rest meines Lebens kinderlos, weil *sie* keine wollte. Und für den Rest meiner Zeit in Hamburg, weil man in meinem Alter nicht mehr alle Zelte abbricht, allen Krempel einpackt und auf irgendeine Insel zieht, zumindest nicht allein. Nein, mein Leben ist eingerichtet. An den entscheidenden Stellschrauben ist nicht mehr zu drehen. Und an den Stellschrauben der Welt ist auch nicht mehr zu drehen, wir rasen auf einen Abgrund zu – allerdings gab es in der Geschichte der Menschheit immer wieder Abgründe, und siehe da: Wir sind alle noch da – also was soll man tun, wofür soll man sich einsetzen, was ergibt überhaupt Sinn? Keine Ahnung. Ich meine, schau nur in die Zeitungen. Sofern du noch Zeitung liest. Von mir aus ins Internet. Krieg. Klima. Katastrophen. Oh Gott, vermutlich denkst du, dass du eine depressive Irre zur Tante hast, tut mir leid. Ich hab nicht mal gefragt, wie es dir geht, Emmanuel, ob du verliebt bist und dein Himmel voller Geigen hängt oder ob du traurig bist und nichts läuft, wie du es gern hättest. Ich bin so sehr mit mir beschäftigt, dass ich nichts Vernünftiges mehr denke. Entschuldige. Ich weiß: Jungsein ist auch nicht immer lustig, ach verdammt, ich rede mich um Kopf und Kragen, und du fällst gleich vor Erschöpfung in diesen scheißkalten Brunnen.«

Sourie legte den Arm um ihre Schulter. »In den du dich hoffentlich nicht stürzen wolltest.«

»Gott, nein! Hast du das gedacht? *Einsam und verlassen schied sie in den Eisschichten eines Südtiroler Gewässers aus dem Leben* … Nein, das wäre nun wirklich zu prosaisch. Das gönne ich der anderen nicht.« Sie stand auf. »Aber was die ganze Scheiße soll, das würde ich doch gern wissen. Was ist der Sinn? Wozu das alles?«

Sourie stand ebenfalls auf. »Da ist keiner. Das ist die ganze Geschichte. Wir *geben* den Dingen einen Sinn, wenn und weil wir es wollen, aber an sich haben sie keinen.«

Sie wischte sich über die Augen und atmete laut.

»Vermutlich hast du mit diesem nihilistischen Todesstoß auch noch recht. Ein einziger sinnloser Scheiß. Andere Lebewesen jagen, fressen und vögeln sich erfolgreich durch die Evolution. Aber wir, wir suchen nach Sinn und glauben auch noch, dass uns das zu den besseren Geschöpfen macht. Man sollte meinen, gerade ich sollte besser über Sinn und Unsinn Bescheid wissen, was? Herrje. Komm, lass uns was trinken«, sagte Tante Elena. »Wir schleichen in die Hotelbar und mixen uns was, bis wir müde genug sind, um die Nacht zu überstehen.«

Souries Gesamtverfassung gereichte es nicht zur Besserung. In der entvölkerten, von schummrigem Licht beleuchteten Hotelbar mit Tante Elena, deren Ausdrucksvermögen mit jedem Gin abnahm, stand ihm Tessas Abwesenheit erst recht vor Augen. Er trank Wasser und versuchte, sich vorzustellen, dass sie bei ihm wäre. In Brixen. Mit seinen Eltern. Mit der besoffenen Elena. Kein Versteckspiel. Ihr Koffer in seinem Zimmer, ihre Kleidung im Wandschrank, ihre Creme und Zahnbürste im Badezimmer, ihre Anwesenheit selbstverständlich. Sie würde mit ihnen durch den Schnee stapfen, essen und jetzt in dieser Bar sitzen. Mit ihm einschlafen, neben ihm aufwachen. Wäre sie glücklich?

»Ich weiß nicht, wie diese Geräte heißen, die Pflastersteine in die Erde rammen, aber es kommt mir vor, als hätte dich jemand mit einem solchen traktiert«, hatte seine Mutter am Abend zu ihm gesagt, während der Pianist zum dritten Mal *Stille Nacht* spielte.

»Vibrationsstampfer«, hatte sein Vater geantwortet. »Du meinst diese rasenmähergroßen Dinger, die einen Höllenlärm machen. Sie sind absurd, wenn man das große Ganze betrachtet. Ich meine, es ist doch absurd, Straßen zu pflastern, zu asphaltieren, kunstvoll zu belegen, bürokratisch zu bemalen, chaotisch zu beschildern, während in zweitausend Kilometern Entfernung ganze Städte ausradiert werden, oder? Würden jetzt Pferdefuhrwerke auf sandigem Grund vor der Tür entlangfahren, es erschiene mir irgendwie zeitgemäßer als die Akribie des Fortschritts.«

Das erfolglose Bemühen seines Vaters, den Sohn aus der Schusslinie zu ziehen.

»Geht es um eine Frau?« Seine Mutter hatte nicht lockergelassen. Sourie hatte seine Möglichkeiten erwogen. Die Liste ihrer Suggestivfragen hatte er sich leicht ausmalen können. *Du machst dir doch sicher selbst Gedanken über den Altersunterschied? Dir ist klar, dass es auf die Dauer schwierig würde? Du willst bestimmt nicht eine Familie ramponieren?* »Ich weiß nicht, ob daraus etwas wird«, war er also ausgewichen.

»Verstehe.« Pause. »Wie heißt sie denn?«

Es hatte keinen Grund gegeben, einen falschen Namen zu nennen: »Tessa.«

Aufschub.

»Und was macht sie?«

»Sie ist Fotografin.«

Schweigen vor dem Eigentlichen.

»Und warum ist es *schwierig*?«

»Ich habe nicht gesagt, dass es schwierig ist, nur … unklar.«

Ihre Arme in der Luft. »Was kann denn da …«

Die Hand seines Vaters auf ihrer.

Sourie hatte die Schultern gezuckt, die Frage im Geist beantwortet: *Alles. Alles kann unklar sein. Was sie will und nicht will. Was geht, was nicht geht. Wie es sich gestalten, wie sie sich fühlen würde. Alles, absolut alles ist unklar.* Aber er hatte nichts gesagt, seinen Mojito getrunken, und dann waren sie zum Weihnachtsessen aufgebrochen, nach dem er mir, gegen zweiundzwanzig Uhr, eine lange Nachricht über Einsamkeit geschrieben hatte. Es gebe da keinen gefühlsduseligen Zusammenhang mit Weihnachten, erklärte er, vielmehr handele es sich um einen allgemeinen Befund. Er habe festgestellt, dass Einsamkeit einer aufkeimenden Grippe ähnele, die diffuse Schmerzen im Hals und dumpfe Kopfschmerzen verursache. Zum ersten Mal habe er eine Ahnung davon, wie sich die Leute im Altersheim fühlen müssten, denen bewusst sei, dass es in ihrem Leben keine Anfänge mehr geben, dass niemand mehr kommen werde. Er sei immer gern allein gewesen, habe es sogar als angenehm empfunden, jetzt aber fühle er sich verlassen, und das sei *eine ganz andere Nummer.* Zwar melde sich Tessa, doch klinge sie anders als sonst. Als handelte es sich um Pflichtanrufe und nicht um den Wunsch, seine Stimme zu hören. *Wie geht es dir?*, frage er und lege jedes Mal jene Intensität in die Frage, die ihr eigentlich gebühre. Ihre Antworten reichten von einem gehetzten *Alles okay* über *Ganz gut* bis hin zu *Frag nicht.* Es gebe, stellte er fest, viele Lesarten einer derart trivialen Konversation. Ihm sei klar, dass Tessa ihn nicht aufgegeben habe, sonst würde sie sich nicht melden. Trotzdem sei er niedergeschlagen und wisse beim besten Willen nicht, warum. *Möglicherweise Liebe?*, schrieb ich, zwischen zwei voll besetzten Tischen stehend, zurück und dachte an Sanya. *Prompt wird man zum Idioten*, antwortete er, und seine Hilflosigkeit rührte mich. Er hatte geglaubt, immun gegen romantischen Aufruhr, gefeit vor sentimentalen Anwandlungen zu sein – nun saß er in der Falle.

Er habe Einsamkeit immer geschätzt, sagte Souries Vater in der Trauerrede auf dem Friedhof von Ålesund über ihn, *intellektuelle Einsamkeit*, und ich weiß noch, wie sehr mich diese Worte befremdeten. Sie trafen nicht auf den Sourie zu, den ich gekannt hatte. Er sei immer unabhängig, jedoch nie oberflächlich und schon in der Grundschule klüger als seine Mitschüler gewesen, aufgrund seines Humors und seiner Hilfsbereitschaft beliebt. Spätestens als Jugendlicher habe sein Sohn Einsamkeit als Freiheit verstanden, sich mit seinen Büchern und Gedanken zu beschäftigen, frei von den Begehrlichkeiten und Erwartungen anderer. Die durch die Arbeit seiner Mutter bedingten Umzüge, die wechselnden Schulen, die Freundschaften auf Zeit seien wie für ihn gemacht gewesen. Er sei eingetaucht in ein neues Land, eine neue Stadt, und pünktlich nach Dienstplan seien sie vier Jahre später weggezogen, bevor Beziehungen und Dinge zur Selbstverständlichkeit geworden seien. Er habe sein Leben ständig erneuert.

Drei Jahre, dachte ich, wir hatten uns knapp drei Jahre gekannt, die kritische Grenze nicht erreicht. Waren auch wir Freunde auf Zeit gewesen, und die Uhr hatte schon getickt?

Vielleicht habe er geahnt, fuhr Souries Vater fort, dass sein Leben kurz sein würde, und hineingepackt, was man in kürzester Zeit nur hineinpacken könne. Vielleicht habe er es gewusst, seit er krank auf die Welt gekommen sei. Und vielleicht habe er deswegen nur einen *besten* Freund gehabt, der schließlich nicht um ihn, sondern um den er habe trauern müssen: Thibault. Und als er das sagte, erkannte ich, was ich bis dahin nur diffus als Unstimmigkeit empfunden hatte. Sein Vater lag falsch. Sourie hatte die Einsamkeit nicht gewählt. Er hatte sie sich auferlegt.

Mein Weihnachtsabend war ein Arbeitsabend. Wie zahllose zuvor. Schon als Kind hatte ich nicht in meinem Zimmer ausgeharrt und darauf gewartet, dass das Glöckchen läuten würde, sobald das *Christkind* meine Geschenke zugestellt hatte. Ich hatte in der Restaurantküche geholfen und herbeigesehnt, dass die Gäste zahlen und gehen würden, damit unser Abend anfing. Damals waren Restaurants an Weihnachten üblicherweise geschlossen, aber mein Großvater hatte irgendwann entschieden, unseres für all jene aus der Nachbarschaft zu öffnen, von denen er wusste, dass sie sonst allein zu Hause sitzen würden. Von Jahr zu Jahr waren mehr Gäste gekommen, schließlich auch Familien. Meine Festtage hatten sich also grundsätzlich anders gestaltet als die von Tessa oder anderen Klassenkameraden. Für mich gab es die Illusion von Stabilität, die das Restaurant begründete und die mir lange Zeit selbstverständlich war. Wir Tobelmanns hatten zu tun. Unsere Aufgabe bestand darin, gutes Essen zu servieren, uns darum zu kümmern, dass die Gäste sich wohlfühlten und wiederkamen, immerhin sorgten sie für den Lebensunterhalt dreier Generationen. So stand auch für mich außer Frage, dass unser Weihnachten an letzter Stelle stand. Es war zweifellos eine Notwendigkeit, aber auch viel Leidenschaft, dass meine Eltern und Großeltern derart fleißig arbeiteten. Im Restaurant waren sie alle, selbst meine stille Großmutter, eloquent, vergnügt, auf Zack, während sie, davon losgelöst, von einer Untüchtigkeit befallen wurden, die mich zeit meiner Kindheit und Jugend ebenso fesselte wie ärgerte. Wer waren sie, ohne das Hintergrundrauschen des Lokals? Was beschäftigte sie? Was wünschten sie sich? Amputiert von ihren Aufgaben, konnten sie wenig mit sich anfangen und bewegten sich durch ihre vier Wände, als wüssten sie ohne Speisekarte nicht, wie der Herd zu bedienen war. Es kam nicht infrage, dass wir mal verreisten. Oder dass sie es sich und uns so schön machten wie ihrer Kundschaft. Sie nahmen sich zurück, Privatheit bedeutete Anspruchslosigkeit. Ich hoffte jedes Jahr vergeblich, dass es diesmal anders sein würde. Aber an Weihnachten aßen wir die Reste aus dem Restaurant – ich gebe zu: Wir hätten kaum besser essen können –, und niemand wäre je auf die Idee gekommen, dass wir uns etwas Eigenes kochen sollten. Unser Weihnachtsbaum war die Miniatur der Tanne im Restaurant, nur ihr Schmuck spärlicher. Matt saßen wir ab dreiundzwanzig Uhr in unserer Wohnung in der Neuhöffer Straße im zweiten Stock (im ersten wohnten meine Großeltern), erzählten uns von den Gästen, packten nebenbei Geschenke aus, die meine Mutter wann auch immer unter den Baum gelegt hatte, hörten die Glocken der Kirchen läuten, und dann konzentrierte sich alles auf mich. Meinetwegen gaben sich die Erwachsenen einen Ruck, spielten *Mensch ärgere dich nicht* oder *Rommé*, obwohl sie lieber den Fernseher angeschaltet hätten oder ins Bett gegangen wären, und je älter ich wurde, desto mehr wuchs mein Zweifel, ob wir ohne das Tobelmann überhaupt eine Familie waren. Ich kann mich nur an wenige gehaltvolle Gespräche erinnern, nie habe ich etwas anderes bekommen als das, was ich auf meinen Wunschzettel geschrieben hatte. Es gab keine Überraschungen. Wir gingen am ersten Feiertag zur Kirche, daran führte kein Weg vorbei, aber das musste als Beschäftigung mit dem Festgegenstand reichen. Auf dem Plattenteller drehte sich drei Tage dieselbe *Weihnachtliche Festmusik aus dem Kölner Dom*, die mein Großvater mitpfiff und bei der ich heute noch aufzählen kann, welches Lied welchem folgt.

Und dann war es vorbei, kamen die Vorbereitungen für Silvester und das Aufatmen am Neujahrsmorgen, weil wieder Normalität einkehrte. Als ich das Tobelmann übernahm, hatte ich mir noch geschworen, es nie so weit kommen zu lassen. Jetzt wusste ich nicht mehr, warum ich es anders machen sollte. Ich war allein. Zu Hause erwartete mich niemand. Also aß ich an diesem Abend mit meinen Eltern in der Restaurantküche, hatte keinen Weihnachtsbaum in meiner Wohnung und die Geschenke, da ich keine Wunschzettel mehr schrieb, ausschließlich von Kollegen und Gästen erhalten: Weinflaschen, ein Buch zur Stadtgeschichte, einen Massage-Gutschein, den ich gleich an meine Köchin Ernestine weiterreichte. Mein Weihnachtsabend war ein Arbeitsabend. Wie zahllose zuvor. Und dann rief Sanya an, um dreiundzwanzig Uhr elf, und fragte, ob sie mit ihrer kleinen Tochter Polina zu mir kommen könne – sie halte es nicht eine Sekunde länger mit dem Trampolintrainer aus. Genau genommen, sagte sie, stehe sie im Taxi vor der Tür.

Das *Nie mehr* traf Tessa am ersten Weihnachtsfeiertag im Foyer des Augustinus wie ein hinterhältiger Überfall. Sie hatte erwartet, dass es irgendwann passieren würde, aber dass es gerade an diesem Tag geschah, erzürnte sie. Feiertägliche Sentimentalität hatte sie immer albern gefunden: Geburtstage, Jahrestage, Weihnachten … Nichts als Daten, ein paar Stunden, in die projiziert wurde, was sich ebenso gut an jedem anderen Tag feiern ließ. Leben. Liebe. Frieden, was auch immer. Daher hatte sie auch die Sechs und Neunzehn jedes Monats, die jeweiligen Todestage, nicht registrieren wollen, doch die Zahlen beharrten von selbst darauf, erinnert zu werden, drängten ihr die neue Zeitrechnung auf. Ein Monat. Zwei Monate. Drei Monate. Tessa hatte sich daran gewöhnt. Ein Buch, ein Kochlöffel, ein Blumenstrauß vermochte sie unvermittelt an Vater und Mutter zu erinnern, Traurigkeit flackerte auf, aber der Schmerz war inzwischen entschärft. Die beiden waren tot. Noch vor Wochen war der Gedanke eine Hürde gewesen. Je öfter sie ihn gedacht hatte, desto vertrauter war er geworden. Das *Nie mehr* hingegen besaß entschlossene Schlagkraft. Und der Hieb traf Tessa so unvermittelt, dass sie sich in einen Sessel vor der Rezeption setzen musste und wünschte, Sourie wäre da, um ihre Melancholie abzutupfen und das Selbstmitleid auszuhebeln. Ihm würde nicht einfallen, was sie dachte: *Sie hatten ein gutes Leben. Sie waren krank. Sie waren alt.* Er würde sich selbstverständlich der Weisheiten anderer bedienen, Platon strapazieren – *Vielleicht ist der Tod für den Menschen das größte unter allen Gütern* – oder Peter Nádas: *Rückkehr zu einem Urzustand, wo es kein begriffliches Denken gibt …*

So nervtötend seine Aphorismensammlung auch war, so hilfreich konnte sie bisweilen sein, das musste sie zugeben, jedenfalls wünschte sich Tessa in diesem Moment kein begriffliches Denken, sondern einen Urzustand, der Daten Zahlen sein ließ und mit Weihnachten nur einen beliebigen Tag im Dezember meinte. Nichts fühlte sich wie zuvor an. Nichts würde sich jemals wieder wie vorher anfühlen. Niemand mehr, der vor ihr ging. Nur Menschen, die neben oder hinter ihr gingen. Und wenn sie tat, wozu Optimisten rieten, nämlich *nach vorn sehen*, sah sie Tote. Eltern zu haben, eine Tochter zu sein: Geschichte. Eine lapidare Selbstverständlichkeit ihrer Identität nicht mehr vorhanden. Und wenngleich hundertmal realisiert, war es, als hätte man ihr in diesem Moment das Emblem eines historischen Gebäudes anmontiert. *Hier wohnte …* Es war einmal. Sie war einmal Teil eines Ganzen gewesen. Eine Etage in einem Dreiparteienhaus, in dem zwei Stockwerke leer standen, aus denen die Kälte abgedrehter Heizungen, die Modrigkeit unbehauster Zimmer und der Staub der Geschichte in ihre Räume waberten. Die Weihnachtsfeste, die Besuche an Neujahr, die verlässlichen Rituale: vorbei.

Natürlich hatte das Leben mit ihren Eltern nicht aus Festtagen, nicht aus dem *Gläschen* Sekt zum Käsegebäck, dem Geschenkeauspacken, Kürbissuppe, Rinderfilet und Lebkucheneis bestanden. Es war kompliziert gewesen, anstrengend, beschwert von Erwartungen, Unverständnis, Ablehnung, klebrig und zäh in zahllosen Gesprächen. Beide hatten Besseres von der Tochter erwartet, eine Karriere in einem soliden, klassischen Beruf, einer Bank vielleicht wie der ihres Vaters, einer namhaften Firma jedenfalls, von der sie Visitenkarten mit hübschem Logo und einem klangvollen Titel erhalten hätte. Aber Fotografin? Selbständig? »Eine, die Hochzeiten und Firmenfeiern ablichtet?«, hatte ihr Vater gefragt und sich nicht gefreut, als Tessa das Stipendium fürs Bard College in New York erhalten hatte, einer außerordentlichen Schule der freien Künste. Später waren sie zu ihren Ausstellungen gekommen, das schon, hatten aber immer nur das Falsche gesagt. Und obwohl sie sahen, dass sich Menschen für Tessas Arbeiten interessierten, dass sie Geld mit ihren Bildern verdiente, waren sie skeptisch geblieben. »Schön« war das höchste der Gefühle, das sie einigen ihrer Fotografien entgegenbringen konnten. Die meisten Bilder fanden sie »seltsam«, manche »kühl«. Das hatte mir ihr Vater einmal auf einer Vernissage zugeraunt, weil er annahm, im Sohn eines Gastwirts seinen Verbündeten zu finden. Und dann hatte sie den Falschen geheiratet. Viel zu früh nach Ansicht ihrer Eltern, noch dazu einen »unsteten Suchenden«, wie ihre Mutter gemeint und in Hans' Umschulung zum Konditor Jahre später bestätigt gesehen hatte.

Tessa betrachtete den Korb mit den frisch gebackenen

Plätzchen ihres Mannes, den Nikoläusen aus Schokolade und der zerlesenen Sammlung der *Schönsten Weihnachtsgeschichten* zu ihren Füßen. Souries Vertretung reichte ihr ein Glas Wasser. »Kreislauf«, meinte sie. »Das ist das Wetter. Zu mild für Dezember. Wären wir in den Bergen, würde ich Föhn sagen. Aber hier? Klimawandel.« Als gäbe es in den Bergen keinen Klimawandel. Tessas Korb war gepackt wie in den Vorjahren. Es waren auch Umschläge mit Gruß und Geld für die Pflegerinnen und Pfleger darin, die von der Arbeit für ihre Eltern längst befreit waren. Das Buch hatte sie mitgenommen, weil sie in den Vorjahren daraus vorgelesen hatte, und das war zur Tradition geworden. Schwester Olga hatte auch dieses Jahr darum gebeten. Beim ersten Mal hatte sie ihre Eltern im Speiseraum des dritten Stocks angetroffen, in ihren Rollstühlen am runden Tisch nahe der Tür sitzend, stumm, Löffel in ihren Händen, ohne zu essen. Erst hatte sie leise für die beiden, auf Bitten des Personals schließlich laut für alle vorgelesen, ohne zu wissen, ob eines ihrer Worte ankam, ob die Alten, überwiegend taub, ihre Hörgeräte vergessen hatten oder im Geiste längst in ferne Galaxien gereist waren. Sie hätte die *Schönsten Weihnachtsgeschichten* an jedem beliebigen Tag vortragen können – die Zeit hatte für die Heimbewohner ihr Gesicht verloren. Irgendwann, während der zweiten Geschichte, hatte ihre Mutter in die Hände geklatscht und gerufen: »Was hast du bloß mit Weihnachten? Es ist Karneval! Karneval!« Danach hatte Tessa alljährlich am ersten Feiertag für alle gelesen.

Nachdem sie sich im Foyer aufgerappelt hatte, betrat sie den Speiseraum, wo gerade das Frühstück beendet war. Auf jedem Tisch ein Gesteck aus Tannenzweigen und einer roten

Plastikkugel. Schwester Olga erspähte sie, winkte ihr zu und forderte alle Bewohner auf, sitzen zu bleiben, sodass Tessa es sich nicht mehr anders überlegen konnte.

»In fünfzehn Minuten!«, rief Olga ihr zu.

Tessa beobachtete, wie die Pflegerinnen und Pfleger Teller abräumten und einige Patienten zur Toilette begleiteten. Aus einer Box auf dem Fensterbrett schepperte *O du Fröhliche*, was die Sache nicht feierlicher machte. Benommen setzte sie sich neben den Tresen mit der Kaffeemaschine, betrachtete das schlurfende Kommen, Gehen, Abdecken, Aufräumen, Wegwerfen der Reste und konnte ihre Gedanken nicht einfangen. Wie eigentümlich es war, zu essen, essen zu müssen. Dass man oben etwas einfüllte, damit alles funktionierte, und es unten wieder herauskam, Tag für Tag, Jahr um Jahr, bis man oben nichts mehr einfüllen musste. Wie es wäre, von anderen Planeten aus auf die Erde zu sehen, wo Milliarden Figuren herumliefen, die oben etwas einfüllten, um herumlaufen zu können, bis sie umfielen. Im Speiseraum wandelte sich die Notwendigkeit zum gigantischen Kuriosum. Mit dem Wissen, dass es so enden würde – wieso dem Leben mit Frühstück, Mittagessen, Abendessen einen Rhythmus verleihen? Anmaßend und aussichtslos. Das Leben schlingerte und endete, wie es wollte. Bestenfalls zu Hause. Vielleicht in einem Heim, wobei es für immer mehr alte Menschen immer weniger Heimplätze gab, sowieso kaum noch Fachkräfte, um sie zu pflegen, und Kosten, die für die wenigsten zu stemmen waren. Hans und sie hatten sich Geld bei seinem Onkel leihen müssen, um ihre Eltern unterzubringen. Damit der *Beköstigungstag* – wirklich, so hieß in Amtsdeutsch der Betrag, der pro Heimbewohner für Essen ausgegeben werden durfte – deren Funktionstüchtigkeit sicherte und das Lebensende ordnete. Sechs Euro für drei Mahlzeiten, während ihre Eltern appetit- und orientierungslos die Zeit bestritten hatten. Wie alle, die vor ihr saßen.

Tessa blickte in viele bekannte Gesichter. Da war der gut aussehende Professor für Geschichte, der an Alzheimer litt und seine graue Strickjacke immer schief knöpfte. Hügelig wölbte sie sich über seine Brust. Die kahle Rechtsanwältin, die einen Schlaganfall erlitten hatte und gern sang. Sie trug ein pinkes Batikshirt mit der Aufschrift *Hello*, das zweifellos als Fehlläufer der Wäscherei an ihrem Körper gelandet war. Die drahtige Sportlehrerin, die tagein, tagaus zerzaust über den Flur lief, »Hilfe!« flüsterte und entgeistert davonschlich, wenn man Hilfe anbot. Am Kopfende des großen Tischs in der Mitte saß Frau Kleist, die mit Nadel und Faden über ihrer Tasse hantierte, als wollte sie den Kaffee nähen. In der Ecke am Fenster der grobschlächtige Taxifahrer im Trainingsanzug, aus dessen zerfurchtem Gesicht mit den wässrigen Augen alle Autorität gewichen war, die er vor seiner Demenz zweifellos ausgestrahlt hatte. Überraschenderweise war auch Iris Friedemann im Teesalon. Sie saß neben Frau Kleist, obwohl sie in einem anderen Stockwerk wohnte, und kaum hatte sie Tessa erkannt, setzte sie ihren elektrischen Rollstuhl in Bewegung.

»Was meinen Sie …«, fragte sie statt einer Begrüßung, »ist Vergessen eine eigene Kategorie des Todes?« Ihr Blick lag auf dem Taxifahrer, während Tessa an dem unbesetzten runden Holztisch direkt neben der Tür die beiden sitzen sah, die nicht mehr lebten, und sich wünschte, sie wären da. »Ich finde, Vergessen ist etwas sehr Bemerkenswertes«, fuhr Iris Friedemann fort.

»Ist das so?« Tessa war nicht in Stimmung für ihre Mitteilsamkeit.

»Aber ja. Wir erreichen das Limit. Uns wird klar, dass wir etwas vergessen haben, aber das Vergessene steht nicht mehr zur Verfügung. Das ist doch bemerkenswert. Wir sind fähig, festzustellen, dass wir vergessen.« Sie deutete auf den Raum. »Wenn ich könnte, würde ich hier und jetzt mit Ihnen wetten, dass höchstens zwanzig Prozent dieser Leute wissen, dass heute Weihnachten ist. Aber das Ergebnis wäre leider nicht gesichert zu ermitteln.«

»Ich finde das weniger bemerkenswert als erschreckend.«

»Warum? Im Idealfall vergessen Sie irgendwann, dass Sie vergessen.«

Tessa blickte auf Iris Friedemanns zitternde Hände. »Es ist Parkinson, richtig?«

»Soweit ich mich erinnere.« Sie quietschte wie eine schlecht geölte Tür.

»Gehört Vergessen dazu?«

»Es ist nicht selten.«

»Seit wann …«

»Ach, seit wann *hat* man eine Krankheit? Man trägt sie vermutlich immer in sich, von Anfang an. Dann gibt es erste Anzeichen, die man falsch deutet. Der Orthopäde verschreibt Krankengymnastik, weil ihm nicht klar ist, dass er es mit etwas anderem zu tun hat als Problemen des Bewegungsapparats. Der Neurologe meint, es könnten zerebrale Durchblutungsstörungen sein. Jemand anderes erzählt Ihnen etwas von Rheuma. So geht es weiter. Ihnen fällt ständig etwas aus der Hand, Ihr Körper krümmt sich, das Denken wird langsamer, die Bewegungen werden zackiger … Und irgendwann kommt auch das Vergessen.«

»Ich weiß nicht, ob es eine eigene Kategorie des Todes ist«, beantwortete Tessa die Frage, »aber ja. Vielleicht stirbt man wirklich ein bisschen, wenn man sich an nichts mehr erinnert.«

»Und manchmal überlebt man, weil man sich nicht mehr erinnert«, erwiderte die alte Dame. »Nicht gut, aber man überlebt ... So wenigstens ist es bei Ihrem Mann.« Sie legte einen feinherben Nachdruck in ihre Worte, der keinen Widerspruch duldete.

»Er ist nicht mein Mann«, wiederholte Tessa, aber ihr Gegenüber entwertete diese Aussage mit ihrem Blick.

»Vor vielen Jahren, nach dem Tod meines Mannes, habe ich in Spanien ein Ayahuasca-Ritual mitgemacht. Sie wissen vermutlich nicht, was das ist. Kommt aus Südamerika und wird von verschiedenen Glaubensgemeinschaften, die Ableger überall auf der Welt haben, als religiöses Zeremoniell durchgeführt. Für das Ritual wird der Saft einer bestimmten Liane – der *Liane der Geister* – mit den Blättern einer Kaffeepflanze aufgekocht, es entsteht ein psychedelischer Trank, der zum Kotzen ist, da gibt es nichts zu beschönigen, dann aber für außerordentliche Erfahrungen sorgt. Es ist, als würde man aus sich heraustreten, von oben betrachten und in überwältigender Klarheit erkennen. Man sieht, wie man ins Leben gestellt ist, was man verdrängt hat, verscharren wollte. Vor mir erschienen Dinge, von denen ich nicht mehr wusste, dass sie zu meinem Leben gehört hatten und wie wichtig, wie prägend sie waren. Ich habe meine Mutter mit einem SS-Mann gesehen, der sie zu Hause abholte. Sie gingen aus. Zum Essen, Tanzen, zum Stelldichein. Einmal pro Woche. Da war das Essen, das plötzlich auf unserem Tisch stand. Nichts, was wir mit unseren Marken bekommen hätten. Ich habe Juden gesehen, die abtransportiert wurden. Meinen Freund Ilan, der zwei Häuser weiter wohnte. Wie ein Film war es, nach all den Jahren, jedes Detail dieser unsäglichen Geschehnisse, die mein Bewusstsein ausgesperrt hatte. Meine Mutter, die mich vom Fenster wegzog, von wo aus ich versuchte, Ilan einen letzten Blick zuzuwerfen. Der SS-Mann, der ihr von der Straße aus zuwinkte. Ihr Verrat. Mein Versagen. Ich *musste* das sehen, verstehen Sie? Man muss sich all das ansehen, weil die andere Erzählung, zu der man sein Leben macht, nicht tragen wird. Sie kann zwanzig, dreißig, von mir aus vierzig Jahre tragfähig *wirken*, natürlich, Ihr Nervensystem findet einen Weg, umgeht den Verstand, aber Ihre Seele ist eine Zeitbombe.«

»Was auch immer er vergessen haben mag«, erwiderte Tessa, »er ist nicht mein Mann.«

»Aber er ist *ein* Mann an Ihrer Seite, seien Sie nicht bigott. Wenn Sie eine Affäre haben, sollten Sie den Schneid haben, sie so zu nennen. Vielleicht müssen Sie Ihrer Affäre helfen, sich zu erinnern. Er ist so jung. Ein Ayahuasca-Ritual könnte nicht schaden.«

»Es ist seine Sache, woran er sich erinnern oder was er vergessen möchte«, erwiderte Tessa.

Doch dass Iris Friedemann Verborgenes in Souries Leben sah, setzte ihr zu.

Nach dem Besuch in seiner Wohnung hatte sie tiefer gegraben und wie besessen Berichte und Informationen über die Attentate in Paris, den Terror im Bataclan gesucht. Es hatte sie nicht losgelassen. Sie hatte Videos im Internet angeschaut, die Passanten und Anwohner aufgenommen hatten. Sie hatte Interviews mit Überlebenden und Artikel gelesen, in denen Beobachter von dieser Nacht berichteten – von dem, was sie zunächst für ein Feuerwerk gehalten hatten, bevor sie begriffen, was wirklich passierte. Tessa hatte von Konzertbesuchern gelesen, die spät dran gewesen und dem Massaker fast entronnen waren. Doch Noumouké, der nette Türsteher, der seit dreizehn Jahren im Bataclan arbeitete, hatte sie noch zum Gig der Eagles of Death Metal eingelassen. Als Tessa mit Unbehagen gelesen hatte, wer an diesem Abend auf der Bühne gestanden hatte, war es der Bestätigung einer Befürchtung gleichgekommen, ohne dass sich etwas bestätigt hätte. Es war nur die Band, die sie in Souries Wohnung gehört hatte. *Save a Prayer* hatte sie gespielt, nur Sekunden bevor die Terroristen – Foued Mohamed-Aggad, Ismaël Omar Mostefaï und Samy Amimour – in den Konzertsaal gestürmt waren. Sie hatte von den Kalaschnikows gelesen, die fünfzehn Minuten lang nicht zu feuern, von den drei Männern, die fünfzehn Minuten lang nicht zu töten aufgehört hatten. Auf einem Video waren die Schüsse zu hören. Ein metallisches Knallen, unwirklich, erbarmungslos. Tessa hatte ein früheres Foto des Kellners gesehen, der an jenem Abend, an der Halsschlagader getroffen, zu Boden gegangen war und dessen Blut auf die Gäste gespritzt war, die auf ihr Bier gewartet hatten. Es war ein alltägliches Foto, das ihn hinter dem Tresen bei der Arbeit zeigte, lachend eine Kollegin im Arm, Tausende Male angeklickt und mit schwarzen Herzen bedacht. Sie hatte von der Studentin gelesen, deren Fuß sich im Absperrgitter vor der Bühne verhakt hatte und deren Freunde ihr nicht mehr hatten helfen können. Von der Frau, der Wange und Kiefer weggeschossen worden waren, was sie nicht gefühlt hatte, weil ihr Lebensgefährte neben ihr starb. Von den Schreien, der Panik, der Todesangst, die sich bei manchen im Schock zu Fatalismus und Todesmut verkehrt hatte. Sie hatte vom Sumpf aus Blut und Körperflüssigkeiten gelesen, der sich über den Boden ergossen hatte. Von Menschen, die sich über ihre Angehörigen und Freunde geworfen hatten, um sie zu schützen. Von unmaskierten Angreifern, denen egal gewesen war, ob man sie erkannte, weil sie gewusst hatten, dass dies ihre letzte Tat war, dass sie sterben würden. Von den Schüssen, die näher gekommen waren, und der Frau, die in diesem Moment zu ihrem Freund gesagt hatte: *Das war's. Ich liebe dich.* Sie hatte die Schilderungen eines jungen Engländers gehört, der die Vibration des Fußbodens bei jeder Salve aus den Kalaschnikows gespürt und die Schuhe eines der Attentäter direkt neben seinem Kopf gesehen hatte, umsäumt von einem See aus Patronenhülsen, die zu Boden regneten. Sie hatte vom Licht gelesen, das im Saal plötzlich angegangen war und die Schlächterei sichtbar gemacht hatte. Neunzig Tote. Zahllose Verletzte. Sie hatte Bilder des Hinterausgangs gesehen, den nur wenige erreicht hatten. Ein Interview mit einem Journalisten angeschaut, der über das Konzert hatte berichten wollen und in dem Moment, als sich Polizisten in die Halle kämpften, zur Geisel geworden war, überzeugt davon, sterben zu müssen, weil die Männer mit den Sprengstoffgürteln um ihren Leib den Tod nicht fürchteten. Und inmitten ihrer Suche, ohne zu wissen, wonach genau sie eigentlich fahndete und weswegen sie sich derart an dem Abend im Bataclan und an Thibaults Tod festbiss, hatte Tessa das Handyfoto einer jungen Frau gefunden, kurz vor Konzertbeginn, 21.05 Uhr, von der Bühne aus aufgenommen. Das erwartungsvolle Publikum. Eintausendfünfhundert Gesichter, darunter das von Sourie.

»Und wenn er sich erinnerte«, sagte sie zu Iris Friedemann, »wenn er sich an etwas erinnerte, das er vergessen will oder muss, was wäre der Nutzen? Wozu?«

»Dann wäre er frei«, antwortete die alte Dame. »Man ist nur frei, wenn man hinsieht.«

»Frei von Erstarrung, Anstrengung, Verantwortung, die Sie in seiner Hand gesehen haben?«

»Frei von den Dämonen, die ihn jagen.«

Tessa hatte Sourie nicht erzählt, dass sie im Internet auf das Handyfoto gestoßen war. Es kam ihr vor, als hätte sie sein Vertrauen missbraucht, seine Schubladen durchwühlt, sein Telefon durchsucht wie eine argwöhnische Ehefrau oder, schlimmer noch, eine Mutter, die nach Geheimnissen im Tagebuch ihres Kindes fahndete. Sie schämte sich, obwohl sie nur öffentlich zugängliche Informationen über ein bekanntes Geschehnis gesammelt hatte. Aber es wirkte anders. Er würde ihr keine Vorhaltungen, ihr die Recherche nicht zum Vorwurf machen, davon war sie überzeugt, und doch würde sich etwas eintrüben, und dem *Warum*, seiner sicherlich ersten und wichtigsten Frage, würde sie nicht zufriedenstellend begegnen können. Warum hatte sie über den 13. November gelesen, von dem er ihr selbst erzählt hatte, während er ihn nie hätte erwähnen müssen? Die Antwort sagte mehr über sie als über ihn aus. Sie hatte geahnt, dass er dabei gewesen war, seine Antwort hatte ihr nicht gereicht. Sie hatte ihm nicht abgenommen, dass er sich einfach so und immer schon mit dem Tod beschäftigte, sie *war* misstrauisch gewesen. Und obwohl er weder um Hilfe gebeten hatte noch wirkte, als bräuchte er welche, glaubte sie, ihm helfen zu müssen. Aber das war, wenn sie sich manche Auseinandersetzung mit ihren Söhnen in Erinnerung rief, anmaßend. Tessa hielt sich also zurück, aber es fiel ihr schwer, die Enttäuschung über sein Schweigen während ihrer Telefonate zwischen Südtirol und Köln zu verbergen, ebenso wenig brachte sie es über sich, ihn geradeheraus nach dem Abend des Terrors in Paris zu fragen. Sie kürzte die Gespräche ab, war distanziert, ohne es sein zu wollen. Zweifelte, ohne zu wissen, woran. Sie ging nicht davon aus, dass er es wahrnahm – er war in den Skiferien, bei seiner Familie, abgelenkt. Immer wieder nahm sie den Ausdruck des Fotos aus der Schreibtischschublade und betrachtete ihn. Sourie sah so viel jünger und schmaler aus darauf, fast noch wie ein Kind, das den Arm um seinen Kumpel gelegt hatte, einen schlaksigen, etwa gleich großen Jungen mit schwerem Kopf, blondem, brustlangem Haar, dunklen Augen und einer knubbeligen Nase. Thibaults Gesicht war weniger fein als Souries, das sie in jedem Detail hätte zeichnen können. Es war unfertiger, das breite, vage Gesicht eines Heranwachsenden in Erwartung eines Abends mit seinem Freund. Er sah aus, als hätte er gerade einen Scherz gemacht. Vielleicht hatte er Sourie auch nur gefragt, ob er zwei Bier holen solle oder ob ihm die Mädchen zwei Reihen vor ihnen aufgefallen seien. Thibault sah aus wie jemand, der den Moment genoss und mit nichts anderem als dem Vergnügen eines Konzerts rechnete, während Sourie über die Bühne hinauszublicken schien, als erwartete er die Verwandlung in eine nächste Wirklichkeit.

Als sie mir das Foto nach seinem Tod zeigte, weil ich sie auf den Abend im Bataclan ansprach, wusste ich, was Tessa meinte, und fand zum ersten Mal Worte dafür. Seine Worte. Souries Blick trug etwas Unvorstellbares in sich.

Unter den Bewohnerinnen und Bewohnern des Augustinus hatte sich herumgesprochen, dass es ein Team gab, das auf Wunsch zu Besuch kam. Das stimmte zwar nicht, die Patienten waren Tessa und Sourie zugewiesen worden, aber diese Spitzfindigkeit war im allgemeinen Enthusiasmus untergegangen. So mehrten sich, als er aus den Skiferien zurück war, Anfragen bei Sourie, ob Frau Blumenkamp und er ein Stündchen Zeit hätten. Sie hatten. Die Heimleitung hatte nichts dagegen, sofern die Visite nicht in Souries Dienstzeit fiel, und Tessa beschloss, ihre Kamera mitzunehmen.

Sie dachte über eine neue Serie nach, was ich für ein gutes Zeichen hielt: dass sie Pläne machte, weiterging, sich auf ihre Arbeit konzentrierte. *Hohes Alter* – den Titel hatte sie schon gefunden und konnte es kaum erwarten, gemeinsam mit Sourie loszulegen. Seit seiner Rückkehr hatten sie sich oft gesehen, meist in seiner Wohnung, seltener bei mir im Restaurant. Die Distanz der Ferienauszeit, erzählte er mir, habe sich in Luft aufgelöst, er führte sie jetzt auf die Weihnachtsenge im Kreis ihrer Familie zurück, die Tessa offenbar zu schaffen gemacht habe. Tatsächlich war Tessa, wie ich später von ihr erfuhr, am Neujahrsmorgen zufällig auf einen Artikel über Überlebende von Attentaten gestoßen und hatte darin eine Erklärung für Souries Schweigen gefunden. Sie war nicht auf den Gedanken gekommen, dass er eine irrationale, quälende Schuld trug, die sich in einer einzigen Frage verdichtete: Warum Thibault und nicht ich? Doch als sie gelesen hatte, wie viele Überlebende an dieser Frage verzweifelten, von Albträumen heimgesucht wurden, in denen sich die Dinge verkehrten und sie statt der anderen starben, hatte sie es begriffen: Schuld trug man allein, machte sie mit sich aus. Scham hingegen erwuchs aus Vorstellungen, Konventionen, Fragen. Und sie hatte sich – gekränkt, dass er sich ihr nicht anvertraute – dazu aufgeschwungen, Fragen zu stellen, seiner Sache auf den Grund zu gehen. Ausgerechnet sie, die log und betrog, ihren Mann und die Kinder kaum ansehen konnte, wusste, dass sie das Falsche tat und doch nicht davon lassen wollte. Draußen hatte es gestürmt, der Regenwind hatte ihr Fenster aufgedrückt, irgendwo auf der Straße war krachend eine Mülltonne umgefallen, eine leere Sektflasche vom Vorabend über den Bürgersteig gerollt, hohles, aufdringliches Klirren. Als sie das Fenster geschlossen hatte, war ihr das Schild *Zu verkaufen* am Fenster der gegenüberliegenden Wohnung aufgefallen, in der eine alte Frau gewohnt hatte, die ihr manchmal zugewinkt hatte. Wann hatte sie die zum letzten Mal gesehen? Es schien gestern gewesen zu sein, aber sie wusste es nicht mehr. Seit Monaten war ihre Zeitrechnung eine andere, spielte ihre Umgebung, ihre Nachbarschaft keine Rolle mehr, verdrängte sie die gewohnte Wirklichkeit. Wie erst musste Sourie fühlen? Wie sollte er von diesem Abend berichten, ohne sich zurückzuversetzen, zu erklären, wieder und wieder durch den Horror zu gehen: *Er stand dort, ich da, sie haben ihn getroffen, nicht mich, es war Zufall, ich konnte nichts machen, was hätte ich tun sollen?* Und so hatte Tessa den Fotoausdruck in ihrer Schublade zuunterst gelegt, aus dem Fenster auf die ausgeräumte Wohnung gegenüber geblickt. Erster Januar. Jahr eins ohne Eltern.

Für ihre Serie wollte sie Einsamkeitspatienten aus dem Augustinus porträtieren. Die Heimleitung war erfreut ob der unverhofften Ehre und holte bereits das Einverständnis der Bewohner oder ihrer gesetzlichen Vertreter ein. Vor Tessa lag eine Menge Arbeit, dabei war sie gerade erst von der Ausstellungseröffnung in Markkleeberg zurückgekehrt, zufrieden mit den Tagen dort, dem Zuspruch, der Aussicht auf weitere Projekte mit Kollegen. Allerdings hatte ihr die Rückreise zugesetzt. Statt sieben waren es elf Zugstunden gewesen, weil sich ein *Personenschaden im Gleis* ereignet hatte. Jemand sei *auf die Gleise gegangen*, so hatte es der Zugbegleiter formuliert, und Tessa empörte sich immer noch über die Formulierung. Man warf sich vor einen Zug, legte sich auf Gleise, überquerte sie bestenfalls nur, aber man schritt nicht gemächlich *auf* sie wie auf eine Terrasse, während man plante, zu sterben. Die Tatsache, dass sich ein Mensch derart getötet hatte, während sie im Zug, *in der Tatwaffe*, gesessen und gemütlich gelesen hatte, war ihr unerträglich.

»Habt ihr schon mal darüber nachgedacht?«, fragte sie, als wir an diesem Januarabend im Restaurant zusammensaßen.

»Ich meine: ernsthaft darüber nachgedacht, euch das Leben zu nehmen?«

»Gibt es irgendjemanden, der sich das nie vorgestellt hat?«, fragte ich zurück. »Na klar, als Jugendlicher habe ich mir, wenn ich besonders sauer auf meine Eltern war, mehr als einmal ausgemalt, wie meine Beerdigung aussehen würde. Wie ich meine Eltern ultimativ bestrafen und wie leid es ihnen tun würde. Wie sie dastehen und mich betrauern müssten … Ich habe kürzlich gelesen, dass inzwischen sogar einer von zwölf Neun- bis Zehnjährigen in den USA über Selbstmord nachdenkt, wie immer man das ermittelt haben will.«

»Das habe ich auch gelesen«, antwortete Tessa. »Und es sind keine Kinder, die Grauenhaftes erlebt, Eltern verloren oder Krieg gesehen haben, sondern Kinder aus stinknormalen Familien, einem wohlsituierten Umfeld, wie man so sagt, aber sie sind psychisch krank, zukunftsängstlich und hoffnungslos, während ihr Verhalten nicht darauf schließen lässt, dass sie Selbstmordgedanken hegen.«

»Ich!«, reagierte Sourie verzögert auf meine zuvor gestellte Frage. »Ich bin wirklich noch nie auf die Idee gekommen, mich umzubringen.«

»Nicht dein Ernst.« Tessa war ehrlich überrascht. »Gerade du. Der Tod ist dein Hobby … Lieber Himmel, das ist der Titel einer Vorabendserie, oder?«

»Ich kann's auch nicht glauben, Sourie. Du wirst doch mit Sicherheit erwogen haben, deine Erkenntnisse vollauf zu erweitern?«

»Ihr werdet lachen: nein«, antwortete er ernst. »Natürlich habe ich theoretisch darüber nachgedacht. Warum und wie würde ich das tun? Was triebe mich dazu? Könnte ich das?

Unter welchen Umständen? Ich habe Verständnis dafür, wenn sich jemand dazu entschließt, wirklich. Diese letzte Selbstbestimmtheit kann die Erlösung sein, davon bin ich überzeugt. Aber mich selbst zu töten, käme für mich nicht infrage. Das wäre mir viel zu vorhersehbar. Was dann mit meinem Körper geschähe, ist in forensischen Gutachten nachlesbar. Mich interessiert aber die Unvorhersehbarkeit meines Todes. Wie? Wann? Wo?«

»Du hast *wieso* vergessen«, ergänzte ich.

»Nein, hab ich nicht. Die Antwort darauf suche ich nicht. Wieso? Weil es so ist. Alles Leben stirbt – irgendwann auch der zehntausend Jahre alte arktische Riesenschwamm.«

»Der was?«

»*Scolymastra joubini*«, antwortete Sourie, »na ja, das ist das Synonym – normalerweise *Anoxycalyx joubini*. Ein bis zu zwei Meter großer Schwamm, der lebt auf dem Meeresboden der Antarktis.«

»Und der heißt ausgerechnet *joubini*? Das klingt so jugendlich …«

»Ich dachte immer, Quallen seien die ältesten Lebewesen«, wunderte sich Tessa.

Sourie schüttelte den Kopf. »Sie sind mehr oder weniger unsterblich. Deswegen finde ich sie nicht nur lästig, wenn sie mir im Meer begegnen, sondern vor allem langweilig. Unsterblich … denen fehlt was.«

Es war mein erster Gedanke, als mich seine Mutter zwei Monate später, am 29. März um neun Uhr sieben, über seinen Tod informierte: dass Sourie sich umgebracht hatte. Er *musste* sich umgebracht haben, eine andere Erklärung konnte es nicht geben. Ich stand auf der Straße, um mich herum

Verkehr und Lärm, ein Auto mit dem Kennzeichen *K-US*, ein Fahrradfahrer mit albernen Antennen auf dem Helm, ein dummer, feindseliger Tag, kalt und blau, Frühling, Krokusse und Narzissen, bald Ostern, Auferstehung, es war unmöglich. Nicht Sourie, der in meinen Augen unsterblich war wie seine griechischen Götter, sein Tod undenkbar, warum, Zorn, Sonne, sein Schirmwetter, wie konnte er, Heldensagen, welcher Held der Mythologie hatte sich umgebracht, sein Tisch, er würde nie mehr … Mâcon, den hatten wir zuletzt zusammen getrunken, die angebrochene Flasche stand im Weinkühlschrank, Tessa, sie würde … Gott, Tessa, wie lange war er schon fort, er hatte zwei Wochen wandern wollen, Norwegen, zu sich kommen, was nach der Sache mit Hans verständlich war, ich hatte seinen Rucksack bewundert, ihm Pflaster aus dem Erste-Hilfe-Kasten des Tobelmanns mitgegeben, die zu besorgen er vergessen hatte, wer brauchte Pflaster, wenn er sich umbringen wollte, war er allein, wo war er genau, warum?

Katrin Souries Stimme klang schwammig und verlangsamt, vermutlich Beruhigungsmittel. »Kammertachykardie, sein Herz ist stehen geblieben.«

Alles drehte sich.

»Sein angeborener Herzfehler.« Fetzen, keine Sätze. Wie einstudiert. »Die Ärzte haben uns gesagt, dass es nach der Operation überstanden sei – keine Folgebelastung, haben sie gesagt, keine Einschränkung. Sie haben zu regelmäßigen Kontrollen geraten, sie haben gesagt, es könnte in seltenen Fällen zu Problemen kommen, aber es gab nie welche. Es gab fünfundzwanzig Jahre lang nicht ein Problem.«

»Was für ein Herzfehler?«

Sie atmete aus. »Die Fallot'sche Tetralogie.«

Es klang wie ein Gesetz. Wie eine mathematische Formel. Wie ein Zaubertrick.

»Es wundert mich nicht, dass Sie nichts davon wussten. Er hat nie darüber gesprochen. Für ihn war das«, sie suchte nach dem richtigen Wort, »erledigt. Die regelmäßigen Kontrollen, die uns empfohlen wurden und die wir früher natürlich gemacht haben, hat er später abgelehnt. Es war ja nie was. Sie haben nie etwas gefunden. Er hatte keine Beschwerden. Also hat er jegliche Untersuchung, sobald er sechzehn war, abgelehnt. Er wollte damit nichts mehr zu tun haben. Gegen unseren Willen.«

»Er hat nie etwas gesagt«, bestätigte ich.

»Er wollte nicht daran erinnert werden, dass er, kaum auf der Welt, fast gestorben war.«

»Aber er ist operiert worden?«

»Ja.« Sie klang unsagbar erschöpft, hatte vermutlich nicht eine Sekunde geschlafen, nichts mehr gegessen. »Da war er noch ein Baby. Nicht mal ein Jahr alt.« Und dann erklärte sie, was sie seit Souries Geburt unzählige Male wiederholt haben musste und vermutlich im Schlaf hätte aufsagen können: »Es waren vier Defekte des Herzens: eine Verengung der Pulmonalklappe, die Verschiebung der Aorta über beiden Herzkammern, eine Verdickung der rechten Herzkammer, ein Loch zwischen beiden Herzkammern.«

Eine Öffnung in seinem Herzen. Ein Durchschlupf, eine Lücke, eine Leerstelle, mit der Sourie auf die Welt gekommen war. Das Schlüsselloch, durch das er hinter die Welt geschaut hatte.

»Wir haben gestern Morgen noch telefoniert. Es ging ihm gut. Møre og Romsdal ist einsam, wir wollten wissen, wo er seine Touren macht. Passanten haben ihn am frühen Nachmittag gefunden. Er war auf dem Rückweg von einer Wanderung im Geirangerfjord. Da war er schon ohne Bewusstsein. Sie haben die Rettung gerufen. Der Hubschrauber war zu spät. Wir sind …« Sie stockte wieder. »Ich dachte, dass ich Sie benachrichtigen sollte, Jean. Er hat uns von Ihnen erzählt. Mein Mann und ich fanden, Sie sollten es wissen.«

Bedankte man sich dafür? Wie makaber.

»Wir sind jetzt in Ålesund. Es ist sein liebster Ort. Ich denke, er wird hier …« Sie konnte nicht weitersprechen, und ich wollte es nicht denken. »Er hat uns auch von einer Tessa erzählt«, sammelte sie sich. »Ich weiß nicht, was daraus geworden ist, ob es überhaupt … Ich nehme an, Sie wissen mehr als wir. Wenn Sie es für angemessen halten … Würden Sie sie benachrichtigen?«

»Es tut mir leid«, brachte ich die Worte endlich heraus. »Ich kann Ihnen nicht sagen, wie leid es mir tut.«

Sie sagte lange nichts.

»Danke, Jean. Danke, dass Sie sein Freund waren.«

Vogelgezwitscher. Übelkeit. Mehrfamilienhäuser, gekachelt, ästhetische Verirrung. Leere. Eine Robinie mit Plüschteddy in der Krone. Zittrige Luft. Gestreifte Bettwäsche über einem Fensterbrett. Ein Graffito: *1. FC Tod.* Verschwommene Sicht. Flackernde Neonröhren der Kioskwerbung. Müll am Straßenrand. Wie kommt es, dass Dinge geschehen, wie sie geschehen? Dass wir zu wissen glauben, welchen Mechanismen sie folgen, während wir nichts wissen? Wie kommt es, dass jeder Mensch eine Welt erschaffen kann, wie er sie will, in seinem Kopf wahrnehmen und nicht wahrnehmen kann, wie es ihm gefällt, und sich dann doch manche Ereignisse einbrennen, wir in diesem Augenblick erst erkennen, dass wir nicht am Steuer sitzen und die Netze in unserem Gehirn diese Ereignisse und Menschen nie loslassen werden? Unsere erste Begegnung im Tobelmann. Unser Händedruck. Sein Name. Meine Zuneigung. Sein Lächeln. Ich bat seine Mutter, mich *auf dem Laufenden* zu halten. Eine taktlose Formulierung, aber ich schaffte es nicht, von Beerdigung zu sprechen.

Tessas Porträts der Alten waren beeindruckend. Sie hatte sie so sinnlich eingefangen, dass ich ihre Lebensgeschichten in den Gesichtern zu lesen glaubte. Die Aufnahmen waren weder inszeniert noch nachträglich bearbeitet, sie näherte sich dem Tod über das Leben, anders als Sourie. Da war Frau Kleist, die sich ihr unwirsch zuwandte, beide Arme auf dem Tisch verschränkt, das Kinn darauf abgelegt, ihre weißen Haare zerzaust um das faltige runde Gesicht. Es gab ein Bild von Herrn Ziegler im Bett, den Kopf ans Kissen gelehnt, die Augen geschlossen und das Gesicht doch hellwach, seine Gedanken auf Safari. Sie hatte Emilie Stucker fotografiert, die unbedingt ein Mobiltelefon ans Ohr hatte halten wollen, um wie eine geschäftige Managerin auszusehen, und derweil davon erzählt hatte, wie wichtig ihr Mann gewesen sei, bis er zu einem Greis und absolut bedeutungslos für die anderen geworden sei, sein Lebenswerk nichts mehr wert, all die Ehrungen und Auszeichnungen jetzt Plunder in einer Kiste. Kurt Becker, der im karierten Hemd und mit buschig wilden Brauen die Augen zukniff, als bliese ihm ein scharfer Ostwind um die Nase. Carola Gerst, die gerade hundert Jahre alt geworden war und in die Ferne blickte, als sähe sie dort einen trügerischen Frieden. Tessa hatte eingefangen, was die Menschen ausgemacht hatte und was ihnen das Alter nicht hatte stehlen können, und zugleich ließ sie die Verluste sichtbar werden, die dem Letzten vorausgingen. Wesenszüge wie Selbstsicherheit, Kommunikationsfreude, Humor, Sensibilität rangen auf den Fotos mit dahinsiechender Autonomie, einem ausglühenden Gedächtnis, schwindendem Verstehen und entkräfteter Zuversicht. Als ich ihr sagte, was ich von ihren Arbeiten hielt, platzte allerdings nicht Tessa, sondern Sourie vor Stolz. Er schien gar nicht zu erkennen, welche Akzeptanz in ihren Fotos lag, wie sehr sich ihre Perspektive von seiner theoretischen unterschied, seinen Lektüren und Feldstudien, die beim Anblick der Porträts für mich zur sportlichen Skurrilität verfielen. Aber auch das war, wie vieles in meiner Zeit mit ihm, ein voreiliger Trugschluss.

Karnevalsfreitag waren die beiden zu einem weiteren Fototermin im Augustinus verabredet. Die Stadt lag noch im kollektiven Dämmerschlaf, holte Luft, bevor sie abends wieder loslegen würde, und Tessa konnte nicht anders, als auf dem Weg ins Pflegeheim immer wieder auf den Auslöser zu drücken. Bierflaschen, gerupfte Federboas und Konfettilachen. Die Ekstase des Vortags hatte Spuren am Straßenrand hinterlassen, die die Flucht aus dem Alltag bezeugten. Eine Flucht, die Touristen oft missverstanden, während sie für die Einheimischen traditionell Gelegenheit war, eine Weile alles hinter sich zu lassen, verloren zu gehen und wiederzukehren, zu singen und zu feiern und, vor allem, nichts zu denken in überfüllten Kneipen und urdemokratischer Gesellschaft, die keinen Wert auf Namen, Rang, Beruf und Geld legte. Dafür hatte Tessa Karneval schon immer gemocht. Luftballongirlanden über den Eingängen der Gaststätten verhießen die Fortsetzung bis Aschermittwoch. Es war kalt und grau, ausgezehrte Winterzeit. Das Wetter hatte sich selbst satt, der Schneeregen brachte keine Pfefferkuchen-Romantik mehr mit sich, die Narren mussten den Winter vom Hof feiern. Wirte kehrten die Bürgersteige, spülten die Reste von Erbrochenem weg. Auf einer sonst menschenleeren Tribüne für den Rosenmontagszug saß ein Mann in Anzug und Krawatte und durchsuchte genervt seinen Aktenkoffer. Müde Polizisten tranken mit roten Nasen ihren morgendlichen Kaffee vor der Bäckerei. Auf der Dagobertstraße fuhr eine junge Frau im Schweinskostüm Roller. Am Eingang des Augustinus hatte der tüchtige Hausmeister Luftschlangen um die Blumenkübel gelegt, und auch das fotografierte Tessa, ein Bild bemühten Frohsinns. Sie war spät dran, Sourie erwartete sie bereits. Offensichtlich war er in der Straßenbahn in eine Gruppe durchzechender Hexen geraten, die Abdrücke ihrer roten Lippen bedeckten seine Wangen und die Stirn unterhalb seiner blauen Strickmütze.

»Sie haben dich leben lassen«, stellte Tessa belustigt fest und umarmte ihn, »aber dass sie sich auf dich gestürzt haben, kann ich verstehen.«

»Ich habe sie heldenhaft abgewehrt.«

Sein Blick eine Mischung aus Stolz und Scham, während sie mit einem Taschentuch versuchte, die Spuren des Überfalls aus seinem Gesicht zu wischen. Er wollte Tessa nicht den kleinsten Grund liefern, an der Ausschließlichkeit zu zweifeln, mit der er ihr zugetan war. Es war, hatte er nach den Tagen in Südtirol zu mir gesagt, das Einzige, was er tun konnte: ihr seine Liebe, seine Ernsthaftigkeit und Geduld beweisen. In seinem Bestreben hatte eine solche Unschuld gelegen, dass ich es nicht fertiggebracht hatte, ihm die banale Klarheit darzulegen: *Es geht weder um Anstrengung noch darum, alles richtig zu machen, damit du am Ende den Preis gewinnst. Du wirst verlieren, Sourie. So oder so. Es wird zu Ende gehen, und alles, was du tun kannst, ist, die Zeit mit ihr zu genießen.*

»Fertig«, mehr war ohne Wasser und Seife nicht zu machen. Souries Gesicht war clownesk gerötet, er würde den Rest im Gäste-WC auf der Station erledigen müssen. »Lass uns gehen, du verhexter Held. Auf uns warten zwei Herrschaften, von denen wir nicht wissen, wie viel Zeit sie beanspruchen werden.«

Er nahm Tessas Fototasche, und gemeinsam fuhren sie im Aufzug in den dritten Stock. Zum ersten Mal dachte sie im Augustinus nicht sofort an den Tod, sondern freute sich, das Heim zu betreten. Zum ersten Mal fühlte sich der Februar nicht nach dem schlimmsten Monat des Winters an. Sie ergriff Souries Hand, drückte sich an ihn, als sich die Aufzugtüre behäbig öffnete.

Hans stand direkt davor.

Er hätte zurücktreten und sie aus dem Aufzug lassen können, sich umdrehen und die Treppe nehmen oder vorgeben können, nichts gesehen zu haben. Aber er schritt in den Aufzug zu Tessa und Sourie, drückte den Knopf fürs Erdgeschoss, blieb vor ihnen stehen, bis die Tür zufuhr und sie in der abwegigen, nüchternen Enge der Kabine einschloss. Tessa atmete nicht, zumindest fühlte es sich für Sourie so an, der aus seinem verschmierten Gesicht auf Hans' Schuhe sah, braune Wildlederschuhe, und den veränderten Geruch im Aufzug wahrnahm, einen robusten, heiteren Zitrusduft, den Hans hineingetragen hatte, wie Gäste ihren Geruch zum Abendessen mitbrachten. Sourie hatte Mühe, nicht nervös zu lachen, während sie im Seniorentempo abwärtsglitten. In der aberwitzigen Situation fühlte er sich eigenartig sicher, überlegen, wie es nur der Liebhaber sein konnte, der besaß, was dem anderen fahrlässig abhandengekommen war.

»Du hast das LED-Licht vergessen«, brach Hans schließlich die Stille, »ich habe es oben bei Ibish für dich abgegeben. Bei diesen Lichtverhältnissen wirst du es brauchen.« Und dann, mit Blick auf Sourie: »Mir scheint, du brauchst insgesamt mehr Licht.«

Unten angekommen, schien er zu erwarten, dass Tessa ihm folgen, dass sie mit ihm aus dem Aufzug und zur Inquisition schreiten würde. Aber sie blieb, wo sie war, lief ihm auch nicht nach, als er sich im Foyer noch einmal zu ihr umdrehte. Sie stand da, als hätte ihr jemand verboten, sich zu rühren. Man musste verblendet sein, um darin kein Signal zu sehen, dachte Sourie.

Aber dann hörte er Tessa sagen: »Verdammt. Ich stecke in Schwierigkeiten.« Sie lehnte sich gegen die Aufzugwand, das Gesicht zur Decke, als müsste sie sich über Wasser halten, und Sourie fiel ein, wie sie ihm Monate zuvor an diesem Ort den Besucherausweis zurückgegeben hatte, zu ihren Füßen die Tasche mit den Dingen ihres Vaters, in ihrem Gesicht nichts als Erschöpfung, so zerflattert und fragil, als könnte das Klingeln eines Telefons oder der Windhauch einer Tür sie umwerfen. Von Nahem war sie noch schöner gewesen, als er gedacht hatte, wenn sie mit kurzem Gruß an ihm vorbei zum Aufzug geeilt war. Ihr ruhiges, feinknochiges Gesicht mit tiefgrünen, kummervollen Augen, ihre roten Locken so durcheinander wie sie selbst. Er hatte sie trösten wollen. »Vielleicht ist der Tod nach langer Krankheit wie eine Begegnung mit Volupia höchstselbst.« Das war ihm ermutigend erschienen. Sie hatte ihn angeschaut, als hätten sich seine Gedanken verhakt. »Göttin des Wohlbefindens«, hatte er erklärt. »Wobei nicht ganz klar ist, ob sie mit Voluptas identisch ist, der Göttin der Lust, was nicht so passend wäre. Oder besonders passend … Eros und Thanatos. Darüber muss ich nachdenken.« Sie hatte gelächelt. Zögerlich. Sanft. Verwirrt. Vermutlich hatte sie ihn für so verrückt gehalten, wie er sich in diesem Moment fühlte, in dem er die Welt in jeder Einzelheit vor sich gesehen hatte, als hätte sie ihm eine Botschaft an unvorhergesehener Stelle zugestellt. Vielleicht war sie dankbar gewesen, dass er nicht *Mein Beileid* gesagt hatte. Oder sie hatte über Eros nachgedacht, dessen umstürzlerische Strahlkraft und Verlockung – und war trotzdem oder deswegen seiner Einladung zum Essen gefolgt. Aber er war, dachte Sourie und sah, wie Tessa mit sich rang, bei aller Liebe eine *Schwierigkeit*. Eros hatte sie in Schwierigkeiten gebracht. *Er* hatte sie in Schwierigkeiten gebracht, und die Konsequenz dessen schien irgendwo im Foyer, auf dieser Kreuzung zwischen Aufzug und Empfang, festgeklebt zu sein, nur dass er sie noch nicht ablesen konnte und herzlich wenig danach verlangte.

Schleppend schob sich die Lifttür erneut zu, nur Minuten lagen zwischen dem ersten und diesem zweiten Mal. Tessa hielt sich den Bauch, als müsste sie ihre Organe fixieren. Sie war zu erschrocken, um irgendetwas zu sagen, aber es entsprach ihrem Wesen, dass sie im dritten Stock ihre Kamera auspackte und diszipliniert die vereinbarten Fototermine wahrnahm. Ich jedenfalls war nicht überrascht, als Sourie mir Stunden später davon berichtete. Da saß Tessa in ihrer Weihnachtskartenwelt vor Hans Blumenkamp und versuchte, zu erklären, was sie nicht erklären konnte, während ihr Haus bebte und der Karneval in der Kneipe im Erdgeschoss das Unterste zuoberst kehrte.

Sourie machte mich wahnsinnig. Tessa machte mich verrückt. Es war Sanyas Rückkehr zu verdanken, dass ich den beiden nicht den sprichwörtlichen Stuhl vor die Tür stellte. Wer jemals in den Strudel der komplizierten Beziehung seiner Freunde geraten ist, weiß, wie oft ein Telefon klingeln kann, wie unermüdlich dieselben Antworten gehört werden wollen, in welch abenteuerliche Regionen Gedanken sich versteigen können. Was fing man an mit zweien, die so ungleich liebten und so durchdringend litten? »Man ist für sie da«, lautete Sanyas Antwort, und wie in den meisten Fragen des Lebens, den meisten Fragen *meines* Lebens, lag sie richtig.

Tessas Gespräch mit Hans war anders verlaufen, als sie angenommen hatte. Statt Vorwürfen hatte er ihr einen Drink gemacht und erklärt, dass seine Affäre mit der Floristin, deren Geschäft neben der Konditorei lag, seit acht Monaten lief. Er hatte es Tessa sagen wollen, aber dann war ihre Mutter gestorben, und der Zustand ihres Vaters hatte sich verschlechtert. Bis auch er gestorben war und es Hans unmöglich gemacht hatte, Tessa einen weiteren Schlag zu versetzen. Auch habe er gar nicht gewusst, was er ihr hätte sagen sollen, denn ob die Sache ernst sei, könne er noch nicht abschätzen. Wozu alle verrückt machen? Aber nun, da Ibish ihm unbeabsichtigt die Augen geöffnet und er sie mit *dem Jungen* im Aufzug gesehen habe, gebe es keinen Grund, weiter Versteck zu spielen. Zeitlebens habe er die Leitsätze seiner Eltern im Kopf gehabt, deren plumpe Verallgemeinerungen nie infrage gestellt, während er jetzt – *jetzt erst!* – bestürzt sei, wie kurzsichtig, stupid und fantasielos er sie auch noch befolgt habe. *Der Mensch ist nicht dazu gemacht, allein zu sein* beispielsweise. Oder: *Die Ehe macht den Mann.* Und am schlimmsten: *Der Mensch denkt, Gott lenkt,* was ihn häufig genug in Erstarrung geworfen und nur ein Mindestmaß an Entscheidungen *für sich selbst* habe treffen lassen. Sie und die Jungs, die Familie habe immer im Vordergrund gestanden, selbst als er die Umschulung gemacht und das Tartelette eröffnet habe, während er am liebsten allein in Frankreich geblieben wäre.

Tessa hatte bis spät am Abend mit ihm im Wohnzimmer gesessen, das sich von einem Wort aufs andere nicht mehr wie ihr Zuhause angefühlt hatte, ihm schweigend zugehört und versucht, ruhig und sachlich zu denken. Alles war noch an seinem Platz gewesen. Das Sofa. Der Tisch. Die Bücherregale. Aber sie hatte den Eindruck gehabt, im Möbelhaus vor einem Verkäufer zu sitzen, der ihr die Auslaufmodelle präsentierte. Hans war derart erleichtert gewesen, dass ihre Lüge seine Offenbarungen legitimierte, dass er kaum Fragen stellte. Die wenigen waren eitler Natur: Wie kam es dazu? Wo habt ihr euch getroffen? Wer weiß davon? Fragen, die dem Bekanntwerden ihrer Beziehung mit Sourie mehr Bedeutung beimaßen als ihrer Liebe zu ihm. Sie hatte kurz und wahrheitsgemäß geantwortet. Was sie dachte und fühlte, hatte ihn nicht interessiert, er war zu sehr mit seinen Erkenntnissen der verpassten Chancen beschäftigt.

Choose your life, war durch ihren Kopf getönt, der Freudenschrei, den ein US-Rapper im Tobelmann nach seinem Konzert in der benachbarten Veranstaltungshalle ausgestoßen hatte. Er war mit seiner ganzen Crew zum Essen gekommen. Sourie, Tessa und ich hatten zusammen am Ecktisch gesessen und die aufgekratzte Gesellschaft beobachtet, es war erst zwei Wochen her. *Choose your life*. Die urwüchsige Selbstermächtigungsphrase wild Entschlossener, der zufolge alles möglich sein soll. »Als ob«, hatte Tessa das kommentiert. »Wenn man einen Großteil seines Lebens gelebt hat, gibt es keine Wahl mehr ohne Verschuldung an anderer Stelle. Wenn man alt wird, Radius, Erinnerung und Möglichkeiten bis zur Unkenntlichkeit schrumpfen, gibt es *kaum* noch eine Wahl. Wenn ein Krieg geführt und man eingezogen wird, wird aus jeder Wahl die zwischen Pest und Cholera.«

Iris Friedemanns Worte von der *Schlacht* ließen sich ohne Weiteres auch auf das Ende einer Ehe übertragen, fand sie, als Hans seine Tasche nahm, die schon bereitstand, und in ein Hotel zog, das er am Nachmittag gebucht hatte. *Choose your life*. Weder wollte er zu seiner Floristin, noch wollte sie zu Sourie. Jeder für sich wollten sie – nachdenken.

»Worüber?« Die Frage trieb Sourie seit Tagen um. »Jean, was entgeht mir, was verstehe ich nicht, was gibt's da nachzudenken?«

»Teufel noch mal, was hast du erwartet?«, wiederholte ich die Antwort, aber auch diesmal erreichten ihn meine Worte nicht. Es war, als spräche ich mit einer Litfaßsäule, obwohl ich überzeugt war, dass Sourie im Grunde seines Herzens genau wusste, worüber Tessa nachdenken musste. Er wollte es nicht wahrhaben. »Hast du gedacht, dass sie sogleich ihre Sachen packt und in dein Einzimmerappartement mit einzieht?«

»Dass sie mit mir redet. Das habe ich erwartet. Ich könnte ihr zuhören, wir könnten darüber reden.«

»Sourie, noch mal: Du bist der letzte Mensch, mit dem sie darüber reden sollte. Du bist Teil des Problems.«

»Ich bin kein Problem! Ich bin eine *Schwierigkeit*. Ich bin Eros. Nicht Thanatos.«

Er hatte mehr getrunken, als gut für ihn war.

»Okay. Hilf mir«, antwortete ich. »Du bist der Gott der Liebe, aber nicht der Gott des *Was*?«

»Des Todes …«

»Na ja, das könnte man so oder so …«

»Nicht witzig, Jean! Die Lage ist ernst, und ein bisschen Freud würde auch dir nicht schaden. Eros und Thanatos – Lieben und Sterben, die Kräfte im Menschen, die eine bewahrt, die andere zerstört. Schnellkurs.«

Mit jedem Tag, an dem Tessa sich ihm entzog, trank er ausgiebiger, und das so routiniert, dass ich verunsichert war. Hatte ich an unseren vielen Abenden im Tobelmann etwas übersehen oder nicht sehen wollen, nicht darauf geachtet oder, gegen meine Gewohnheit, selbst mehr getrunken, als mir bewusst war? Doch sooft ich unsere gemeinsamen Stunden passieren ließ, erinnerte ich mich an keine Situation, die mich stutzig gemacht hatte. Ja, wir hatten ein, zwei Gläser

Wein getrunken, manchmal mehr, aber er war nie betrunken gewesen. Er hatte, im Gegenteil, darauf geachtet, wie viel er zu sich nahm. Nie zuvor hatte er den Alkohol so hinuntergekippt, wie er es jetzt tat.

Demonstrativ stellte ich die Flasche weg. »Sourie, du kannst nicht mehr klar denken.«

»Deswegen trinke ich ja. Mit klarem Verstand ist nicht zu begreifen, was Tessa macht.«

»Es ist sehr wohl zu begreifen. Es mag dir nicht gefallen, aber was sie tut, ist sehr vernünftig.«

Die Abfolge dieser Sätze waren wir schon mehrfach durchgegangen.

»Sie liebt mich. Trotzdem redet sie nicht mit mir. Das ist *un*-vernünftig.«

»Sourie – sie liebt auch ihren Mann und ihre Kinder. Die Dinge sind nicht so einfach, wie du sie gern hättest.«

»Das haben sie in der Klinik auch immer gesagt.«

»In der Klinik?«

»Ach, vergiss es, das war so 'n Ding von meiner Mutter. Überfürsorglich.«

»Was für eine Klinik?«

»In Bayern. Am See. Mit Bergen drum herum. Kühen, unfassbar vielen Kühen. Fette, hässliche Kühe mit jeder Menge Fliegen um Augen und Ohren. Am Arsch der Welt.«

»Was für eine Klinik?«

»Eine Simsalabim-Klinik. Alles wird gut. Man malt Bilder, sitzt im Kreis und erzählt sich Geschichten, von denen keine wahr ist. Zumindest habe ich das die ganze Zeit gedacht: Keiner hier sagt etwas Wahres. Alle erzählen, was sie glauben mitteilen zu müssen. Dinge, von denen sie letztlich selbst glauben, dass sie wahr sein sollten.«

»Und du? Was hast du erzählt?«

»Dass man früher einmal davon ausgegangen ist, dass das Wetter von Göttern gemacht wurde, und wir, Luftdruck, Wolken, Messstationen hin oder her, nicht wesentlich weitergekommen sind. Der Wettergott steht jetzt vor bunten Fernsehtafeln und redet von *verbreitetem Sonnenschein*. Das Wort mögen die Götter besonders: *verbreitet*, dabei ist es so ein ausladend matschiges Wort.« Er breitete die Arme aus.

»Wieso hielt deine Mutter es für eine gute Idee?«

»Ich war müde.« Er lachte und leerte sein Glas. »Wie jetzt. Ich geh nach Hause, Jean, in meine Einzimmerklinik ohne Kühe. Wir kommen nicht weiter, du bist erlöst. Ich weiß, du meinst es gut mit mir, aber du verstehst mich nicht. Du denkst zu konventionell. Zu ehelich. Zu *sanyalich*. Schwarz. Weiß. Ganz. Gar nicht. Aber so laufen die Dinge nicht. Es gibt Vielleichts. Es gibt Kairos.«

»Kairos.«

»Den richtigen Moment für Entscheidungen. Ihn nicht zu nutzen, ist mindestens fahrlässig. Und darüber muss man reden. Verstehst du? Reden! Sag ihr, ich möchte sie sprechen. Nur mit ihr reden. Verstehen, was gerade in ihr vorgeht. Machst du das?«

Er drehte sich um und wankte aus der Tür. Ich ging ihm nach, das Telefon in der Hand, um ein Taxi zu rufen, aber als ich hinaus auf die Straße trat, lag er bereits am Boden und hielt sich das Kinn. Hans stand vor ihm, bedachte mich mit einem kurzen Blick, hielt seine Rechte in der linken Hand, offenbar hatte ihm der Schlag ebenso wehgetan wie Sourie.

»Lass die Finger von Tessa, Junge! Lass sie in Ruhe, hast du mich verstanden?« Mir schien, er wollte sich eher mir als ihm gegenüber erklären.

»Das sagt der Richtige«, antwortete ich für Sourie, der sich verdattert aufrichtete und an der Fußmatte festhielt. Ich hockte mich neben ihn und besah sein Kinn. »Hast du sie noch alle, Hans? Was soll das werden?«

»Halt die Klappe, Tobelmann. Es geht dich nichts an. Du hast schon genug Schaden angerichtet. Das hier«, er deutete auf Sourie, »ist krank.«

Er wandte sich zum Gehen. Ich war mit zwei Schritten bei ihm und hielt ihn fest. »Das ist krank? *Ich* habe etwas angerichtet? Was redest du da? Du weißt nichts über ihn, Hans. Du hast keine Ahnung, worum es hier geht. So wenig, wie ich weiß, was du mit deiner Floristin im Sinn hast.«

»Das musst du auch am allerwenigsten.«

»Hältst du deine Frau für krank? Ernsthaft? Warum? Weil sie sich in jemanden verliebt hat, der jünger ist? Bist du krank, weil du dich in jemand anderen verliebt hast?«

»Hör zu, Johannes. Mir ist völlig egal, wie du darüber denkst. Er ist dein Freund, schön. Mach dir Gedanken darüber. Du weißt es seit Ewigkeiten, schützt sie nicht und stehst scheinheilig als lieber alter Kumpel von ihr bei meinem Schwiegervater auf dem Friedhof. Es geht ihr nicht gut. Sie ist seit Langem nicht mehr sie selbst. Hast du das mitbekommen? Wenn sie etwas nicht braucht, dann irgendeinen Jungspund, der auf Ältere steht, mit ihr durchs Altenheim tourt, einen verkorksten Mutterkomplex hat, irgendeine Ödipus-Scheiße.«

»Die Ödipus-Geschichte geht anders«, meldete sich Sourie vom Bürgersteig.

Hans verdrehte die Augen. »Lass sie in Ruhe, kapiert?«

»Schon mal darüber nachgedacht, dass *du* in den letzten Monaten eine Menge Dinge nicht mitbekommen hast? Dass die Dinge nicht sind, wie sie scheinen? Dass du dir Gedanken über deine Beziehung zu Tessa machen solltest, statt um dich zu schlagen?« Ich ließ seinen Mantel los.

»Ich habe eine Menge nachgedacht, Johannes. Du hast mich nie leiden können, als ob ich das nicht wüsste. Du wirst Tessa gern darin bestärkt haben, mich zu verarschen, oder? Denkst du, ich hätte es damals bei unserer Hochzeit nicht bemerkt? Seither mache ich einen Bogen um dich.«

»Wovon, zum Kuckuck, sprichst du?«

Sourie stand wieder auf seinen Füßen. Als er uns unterbrach, klang seine Stimme wie ein Glockenschlag: »Vielleicht können wir uns darauf einigen, Ehemann: Ich werde *sie* fragen, ob sie in Ruhe gelassen werden will.«

Sein Unglück war, dass Tessa genau das wollte.

Mein Obst- und Gemüselieferant Ahmet Algin hatte eine Obsession für Orangen, die mir schleierhaft war, bis er Ende Februar in meiner Küche zufällig auf Sourie traf. Der war mehr oder weniger im Tobelmann eingezogen, seine Stimmung wechselhaft zwischen unbemannter Zuversicht, neurotischer Isolation und repetierender Verzweiflung. Er hatte jegliche Souveränität verloren, seit Tessa ihn um jene Pause ersucht hatte, von der vernunftbegabte Menschen wissen, dass sie der Anfang vom Ende ist, während sich liebende Utopisten in ihre vermeintlichen Möglichkeiten verbeißen.

»Du hast auch nicht geglaubt, dass Sanya wieder auftauchen würde«, trotzte er, als ich seine Hoffnungen wieder einmal zu dämpfen versuchte, und dagegen war kaum zu argumentieren.

Sanyas weihnachtliches Erscheinen mit Kind, Koffern und einem Kochtopf Soljanka, die ich so gern aß, hatte meinen Verstand in ein Gefecht geschickt, das nach wie vor nicht entschieden war. Da hatte sie also plötzlich vor mir gesessen. Die schlafende Polina auf dem Schoß. Und weil es war, was man nach Jahren der Verbitterung tun zu müssen glaubt, schilderte ich Sanya kleinteilig meine Enttäuschung und Verletzung. Jetzt, da sich die Gelegenheit bot, belehrte ich sie in angemessener Empörung über Schuld und Vertrauen. Sie hörte zu, nickte bestätigend, nickte nochmals, sogar immer wieder, und gab mir dann wirklich etwas zu denken. Sie habe mehr als genug Zeit gehabt, um zu realisieren, dass ihre Liebe mir gehöre, aber sie habe dieselbe Zeit gebraucht, um zu begreifen, was sie nicht mehr mit mir wolle: Einkaufslisten, Terminplaner und Wäschekörbe beispielsweise. Jedenfalls keine gemeinsamen. Mein Sozialleben organisieren. Die latente Unzufriedenheit über meinen Beruf ausbalancieren, der angeblich meinen Wünschen und Träumen entgegenstand. Sie wollte Zeit *miteinander*, und zwar dann, wenn wir sie füreinander hatten, und nicht beim Spülen im Tobelmann. Sie wollte Alltag nicht künstlich vermeiden, sondern aufwerten. Zwei Wohnungen. Keine Hochzeit mit der unausweichlichen Folge, dass der Ehepartner irgendwann zur Selbstverständlichkeit wurde, schon gar keine traditionelle Rollenverteilung. Derart entwaffnet, wusste ich zunächst nichts zu sagen, sah meine bequeme Opferrolle aber unmittelbar in sich zusammensacken. Sanya hatte sich ganz offensichtlich mehr Gedanken über uns gemacht, als ich es getan hatte. Und so faselte ich etwas von Bedenkzeit und verabredete mich zunächst zaghaft mit ihr. Erst verbrachten wir zweisame Abende miteinander, dann ganze Tage mit und ohne Polina und schließlich auch die Wochenenden gemeinsam, ich schattenboxte mit meinem Stolz, meiner Unsicherheit, baute ein Kinderbett zusammen, war umgeben von einer Frau, die in allem außer ihrer Bindungsbereitschaft dem entsprach, was ich mir vorstellte, und versuchte vergeblich, sie mir vom Herzen zu halten. Sanya und Polina lagen jenseits von Ermessen und Vernunft. Waren die beiden bei mir, herrschte binnen Minuten ein erfreuliches Durcheinander. Besuchten sie mich in der Restaurantküche, wickelte Polina die gesamte Belegschaft und vor allem meine Eltern derart um den Finger, dass die Gäste zur Nebensache wurden. Sanya stellte Blumen auf meinen Küchentisch, schrieb mir Gedichte und klebte sie an den Badezimmerspiegel. Sie suchte sich eine Wohnung, in der sie auch ein kleines Büro für ihre Marketingagentur einrichtete, war eine so souveräne wie liebevolle Mutter, übersetzte ehrenamtlich für die Flüchtlingshilfe und verlor kein Wort über den Trampolintrainer, dem sie monatlich Geld schickte und regelmäßige Wochenenden mit Polina zugestand. Sie wollte weder Mitleid noch Vergebung, erwartete nichts, erklärte sich nicht, entschuldigte sich schon gar nicht. Sie wollte auf eigenen Füßen stehen, mit mir leben, und ich war glücklich.

»Das ist nicht zu vergleichen«, antwortete ich Sourie, obwohl es vergleichbar war, denn all diese Dinge sind vergleichbar, so einzigartig sie jedem Menschen erscheinen. Ihre Struktur ist immer dieselbe. Sie folgt Regeln, die niemand aufschreiben könnte, biochemischen Instinkten und neurobiologischen Mustern, erträumten Bildern und erworbenen Fähigkeiten, natürlichen Entwicklungen und äußeren Umständen, und ist in all diesen Abläufen doch immer gleich: Menschen begehren, lieben, verletzen, betrügen, verlassen, vermissen, vergeben, verlieren einander, und das ist die ganze Geschichte.

Tessa lachte nicht einmal, als ich ihr von der handfesten

Begegnung mit Hans erzählte. Sie wollte nur wissen, ob Sourie verletzt worden war. Was ihr Mann gesagt, was er gewollt hatte, spielte für sie keine Rolle, *er* spielte in ihrer Sorge die geringste Rolle. Ich grübelte hingegen, auf welche Szene während der Hochzeit Hans Blumenkamp angespielt hatte. Mir fiel nichts ein, und das lag nicht an den sechsunddreißig Jahren, die sie inzwischen zurücklag, sondern an der Harmlosigkeit, dass es zwischen Tessa und mir nie ein Gespräch über ihn gegeben hatte. Ich drehte und wendete das Fest in meinem Kopf, kam auf immer abstrusere Ideen, bis Sanya dem ein Ende bereitete.

»Manchmal verursachen wir Missverständnisse«, resümierte sie. »Wir verletzen Menschen, ohne es zu wollen, manchmal sogar, ohne es zu bemerken, und die tragen es uns nach, ohne dass wir auch nur ahnen, dass sie enttäuscht von uns oder wütend auf uns sind. Das, Johannes, ist deren Problem, nicht unseres. Sie könnten reden, ihrem Zorn Luft machen. Sie *müssten* es sogar, wenn wir es ihnen wert wären. Aber sie verharren in ihrer Enttäuschung, als hätten sie ein Recht darauf. Es sagt mehr über ihr Verhältnis zu sich als über unser Fehlverhalten ihnen gegenüber.«

Klüger hätte sie mir kaum zuspielen können, dass ich mir endlich eingestehen musste, was ich versäumt hatte. Ich hatte Sanya nach ihrem Auszug nie gefragt, was genau mit ihr und mir geschehen und welcher Anteil daran mir zuzuschreiben war. Ich hatte der Welt und ihr beleidigt den Rücken gekehrt und Sanya die Verantwortung für mein Elend übertragen.

Was Hans betraf, stellte ich das Grübeln jedenfalls ein und sprach auch Tessa nicht mehr auf ihn an, die nicht einmal mehr den Vornamen ihres Mannes benutzte, wenn sie von ihm sprach. Dabei war sie nicht wütend auf ihn, auch nicht geschockt über sein Geständnis, vielmehr fühlte sie sich ihrem gesamten bisherigen Leben entfremdet. Von Anfang an hatte ich die Implosion ihrer souriebefeuerten Zuversicht befürchtet, jedoch einen anderen Grund dafür angenommen. Ich hatte vermutet, dass ihr seine Sachlichkeit eines Tages zu viel werden und sich die Trauer über den Tod ihrer Eltern Bahn brechen würde – fern aller Theorie. Ich hatte nicht in Betracht gezogen, dass die Beziehung der beiden von außen torpediert und dieser Umstand Tessa grundsätzlich ins Schlingern bringen würde. Sie hingegen, gestand sie mir, hatte immer geahnt, dass genau das passieren würde, den Gedanken aber so lange wie möglich von sich geschoben. Nun also hatte Hans' Blick die Realität unausweichlich gemacht und ihre Gegenwart zu einem Kettenkarussell gewandelt, das sich munter vor ihr drehte, hinauf- und hinabstieg und die Insassen in sämtliche Himmelsrichtungen schleuderte. Es gab keine Ausflucht mehr, ihr Zusammensein mit Sourie gehörte infrage gestellt. Nicht, weil sie ihn nicht liebte – sie tat es weit mehr, als ich damals erkannte –, sondern weil die Verachtung ihres Mannes den Altersunterschied markierte, den sie selbst fast vernachlässigt hatte. Siebenundzwanzig Jahre, die schwer zu überbrücken waren und, bei aller Romantik, eines klaren Blicks sowie – hier fasse ich ihre stundenlangen Ausführungen zusammen – einer nicht egoistischen Entscheidung ihrerseits bedurften. Sie hatte nicht erst beginnen müssen, mir die Lebensstationen aufzuzählen, die sie lange vor seiner Geburt erreicht hatte, nicht erwähnen müssen, dass sie länger verheiratet als er auf der Welt war. Besser als jeder andere wusste ich, wovon sie sprach. Gewissermaßen saßen wir im gleichen Boot, nur schnitt ihres üppigere Wellen ins Wasser.

In meiner Küche war der talentierte Ahmet also gerade dabei, mir Orangen aus Spanien anzupreisen, und liebkoste die Früchte wie flauschige Welpen, als Sourie hinzukam.

»Sieh an!«, rief er. »Goldene Äpfel ewiger Jugend aus den hängenden Gärten Babylons!«

Er hätte Ahmet keine größere Freude machen können. Der strahlte, als hätte er nach entbehrungsreichen Jahren endlich jemanden im Tobelmann gefunden, der ihn verstand. Es sei nicht erwiesen, stieg er sofort auf Souries Bemerkung ein, ob es sich wirklich um die Früchte der Hesperiden aus der Mythologie handele. Allerdings würde er es gern glauben, zumal der Legende nach dadurch der Drachenblutbaum entstanden sei, den er besonders schön finde. Minutenlang bramarbasierten die beiden über die verwickelte Abstammung der Hesperiden und die Hinterhältigkeit von Herakles, als wäre ich nicht anwesend. Sie konnten sich beide nicht an den Namen des Drachen erinnern, der die Orangen hatte bewachen sollen (ich konnte ihnen wahrlich nicht helfen), und zeigten sich und mir auf ihren Mobiltelefonen Fotos von Drachenblutbäumen. Sie sahen wie riesige Pilze aus, hatten fantastisch verzweigte Äste und ihren Namen durch ihr Harz erhalten, das in Farbe und Konsistenz an Blut erinnerte.

Um überhaupt weiterarbeiten zu können, kaufte ich schließlich mehr Orangen als geplant, Ernestine schlug die Hände über dem Kopf zusammen, und eine Woche lang standen Hähnchenspieße à l'orange, Orangenrisotto mit Garnelen und Kalbsragout mit Chili-Orangen-Karotten auf der Karte. In Erinnerung aber ist mir diese Küchenszene, weil ich zufällig das Hintergrundbild auf Souries Telefon zu sehen bekam. Es war das Foto eines Orangenbäumchens, unter dem gefallene Früchte lagen, von Ratten und Vögeln angefressen, beschädigt, zermatscht. Hätte ich es nicht gesehen, wären mir die Abschiedsworte von Camille Rupelle an Souries Grab wohl gar nicht weiter aufgefallen: *Enfin réunis sous l'oranger*. So aber waren sie es, die letztlich alles ins Rollen brachten: *Endlich vereint unter dem Orangenbaum.*

Camille war eine Klassenkameradin Souries in der Deutschen Schule in Paris gewesen und, da sie den weiten Weg nach Ålesund auf sich genommen hatte, vermutlich mehr als das. Nicht nur als Einzige ihres Alters war sie mir auf dem Friedhof aufgefallen. Camille war – und sie war sich dessen *vielleicht* bewusst – eine seltene Schönheit, deren aufreizender Selbstzweifel Sourie fasziniert haben würde, es war mir sofort klar. Eine schmale junge Frau in schwarzen Jeans, weißer Bluse und dunklem Blazer, fürs norwegische Wetter unpassend, lässig elegant gekleidet. Um den Hals trug sie einen blauen Wollschal, die dunklen Haare zu einem Knoten gebunden. Ihr ovales, ungeschminktes Gesicht wies eine irritierende Symmetrie auf, alles darin war perfekt platziert und proportioniert. Ihre braunen Augen allerdings waren zu schmal, zu ironisch, zu skeptisch, als dass dieses Gesicht je langweilig hätte wirken können.

An einem drückend heißen, sonnigen Junitag, der Licht und Schatten in die Straßen warf und die Konturen der Häuser mit der flimmernden Luft verwischte, führte sie mich in Paris zu dem Orangenbaum, von dem sie gesprochen und den ich auf Souries Telefondisplay gesehen hatte. Zu dem Baum, den er auf Thibaults Grab gepflanzt hatte. Wir hatten uns für drei Uhr an der Avenue Rachel verabredet, am Eingang zum Friedhof von Montmartre, der wie ein dicht besiedeltes Dorf unter Ahornbäumen, Linden und Thujen lag.

Als ich dort ankam, rätselte ich immer noch, was es mit dem Gewächs auf sich haben mochte. Meine Lektüre über Orangenbäume hatte nichts Bemerkenswertes ergeben. Die ihnen zugeschriebenen Bedeutungen waren übersichtlich. Die Mythologie, der Garten der Hesperiden und Herakles' List, war so wenig aufschlussreich gewesen wie der Hinweis, dass Orangen als Zeichen der Fruchtbarkeit und Liebe galten. Immerhin kannte ich nun den Namen des mehrköpfigen Drachen, der die Früchte hatte bewachen sollen: Ladon. Ein anderer Aspekt war mir plausibler, letzten Endes aber ebenfalls unergiebig erschienen. Durch die Gleichzeitigkeit von Blüte und Frucht galten Orangenbäume auch als Symbol der Zeitlosigkeit. Etwas, das zweifellos zu Sourie passte. Er hätte in einem vergangenen Jahrhundert oder in der Zukunft leben können, war gedanklich hier wie dort und am ehesten in der Ewigkeit gewesen, Zeit hatte für ihn nicht existiert. Doch eine Botschaft vermochte ich daraus so wenig zu lesen wie aus der Symbolik der Farbe Orange für die Buddhisten. Die Stufe höchster Erleuchtung half nicht weiter.

Sie habe sich *entschieden*, hatte Camille am Telefon zu mir gesagt, und weniger in der Formulierung als in ihrer Stimme hatte etwas gelegen, das mich von der Dringlichkeit überzeugt hatte. »Ich würde Sie gern dort treffen«, hatte sie den Friedhof vorgeschlagen. »Vielleicht haben Sie irgendwann in Paris zu tun?«

Hatte ich nicht. Aber ich nahm am nächsten Morgen den Zug, denn es konnte nicht warten. Keinesfalls wollte ich riskieren, dass sie ihre Meinung änderte. Seit drei Monaten dachte ich über Sourie nach, schlief schlecht, suchte nach Antworten, spekulierte, ob er mir *mehr* hatte sagen wollen, während ich auf Abgrenzung bedacht gewesen war. Wieso hatte er nie über seine Krankheit gesprochen? Warum war er nach Köln gezogen? Was hatte die Geschichte mit dem Orangenbaum zu bedeuten, und aus welchem Grund hatte Camille mich derart lange auf eine Antwort warten lassen?

Es waren nur wenige Métro-Stationen Richtung Montmartre, erst in der Linie 4, dann der 2. Der Waggon war so heiß und voll, dass ich verschwitzt aus dem Untergrund stieg und am liebsten das Hemd gewechselt hätte. Camille hingegen schien die Hitze nicht zu bemerken, luftig erwartete sie mich in einem geblümten hellblauen Kleid vor dem Friedhofstor. Sie trug die Haare diesmal offen, vom Mittelscheitel aus fielen sie ihr über die Schultern.

Sie senkte schüchtern den Kopf, als sie mich auf Deutsch begrüßte, das sie perfekt beherrschte. In einem Umschlag hatte sie ein Foto für mich mitgebracht und bat mich, es anzusehen, bevor wir zum Grab gingen. Es war ein Schnappschuss von Thibault und Sourie, ein sonnengebleichtes Bild, das, nahm ich an, irgendwo in ihrer Wohnung, vielleicht über ihrem Schreibtisch oder am Kühlschrank gehangen hatte. Die beiden saßen auf der Terrasse einer Brasserie an einem runden Tisch, achtzehn, neunzehn Jahre alt. Sie alberten mit der Wasserkaraffe herum. Thibault begoss Sourie, ließ ihn im Regen stehen, als vollzöge er ein reinigendes Ritual. Der lachte, jungenhaft, leicht, streckte sein Gesicht dem Wasser entgegen, wie ich es so oft erlebt hatte, seine Hand auf Thibaults Brust, um ihn an sich zu ziehen. Ich wunderte mich, dass Camille mir das Bild gab, und noch mehr darüber, dass sie meine Nummer aufgehoben und angerufen hatte. Auf dem Friedhof von Ålesund war sie mir ausgewichen. Der Orangenbaum? Ach, nichts weiter habe sie damit gemeint, hatte sie damals zu mir gesagt. Sourie habe Orangenbäume einfach gerngehabt, warum mich das interessiere? »Weil es das Foto eines Orangenbaums war, das er jeden Tag auf seinem Telefon vor sich sah, und ich glaube, dass es etwas zu bedeuten hat«, hatte ich geantwortet, worauf sie unbeeindruckt die Schultern gezuckt hatte.

Tessa und ich waren dann zu Souries Eltern gegangen, um uns vorzustellen. Den Ausdruck auf dem Gesicht seiner Mutter kann man sich leicht vorstellen, als Tessa ihr die Hand reichte. Sie hätte nicht perplexer sein können, eine Frau vor sich zu sehen, die nur wenige Jahre jünger als sie selbst war, und daneben mich, einen Mann desselben Alters. Ihren Augen war abzulesen gewesen, dass sie sich an das Gespräch mit ihrem Sohn in Brixen erinnerte. *Was kann denn da kompliziert sein?* Jetzt schossen die Antworten wie von selbst durch ihren Kopf und von da direkt um ihre entschlossenen Mundwinkel, aber sie sagte nichts, bedankte sich, dass wir gekommen und, hier stockte sie kurz, für ihn da gewesen seien. »Köln«, sagte sie, »ich habe nie verstanden, wieso er ausgerechnet in dieser Stadt gelandet ist. Aber er war glücklich dort, und das haben wir sicher auch Ihnen zu verdanken.« Mit beredtem Unterton stellte sie uns sodann ihrem Mann vor, der uns umarmte und sich, falls er erstaunt war, nichts anmerken ließ. Sein Gesicht war nass, es kümmerte ihn nicht, dass Tränen wie aus einem kaputten Wasserhahn über seine Wangen rannen. Sein Bruder, der ohne Familie angereist war, reichte ihm Taschentücher, die er unbenutzt in die Manteltasche stopfte. Dass sie ihren Sohn verloren hätten, bekannte er, sei ein Schmerz von solchem Ausmaß, dass er bezweifle, jemals damit zurechtzukommen. Weiterleben sei zu einer Aufgabe, zu einer stumpfen Abfolge von Abläufen geworden, und das – ich begreife es jetzt, an Polina denkend – gilt vermutlich für alle Eltern, die ein Kind verlieren: Weiterleben kann kaum möglich erscheinen. Es gab nichts zu sagen. Erdrückt von seiner und unserer Trauer, standen wir vor ihm, blickten leer, hangelten uns durch das Gespräch und unsere Erinnerungen. Ich konnte nur bewundern, wie Tessa die Fassung bewahrte, diese emotionale Tour de Force durchstand, während ich alles dafür gegeben hätte, zu wissen, wen Sourie in diesem Moment zitiert, mit welcher Behauptung er aufgetrumpft hätte.

Der Tag seiner Beerdigung in Norwegen war ein kalter, gleißend heller Frühlingstag gewesen. Der Himmel hatte die Konturen der Hügel und Berge gezeichnet, durch die Sourie wenige Tage zuvor gewandert war. Die Bäume waren noch kahl gewesen, nur vereinzelt hatten wir Vögel in den Ästen zwitschern gehört. Und doch hatte es nach Frühling gerochen, hatten Krokusse und Narzissen den Anfang gewagt, tauende Wasserfälle Bewegung ins Eis gebracht, erste Touristenboote im Fjord Richtung Sommer gezeigt. Immerhin, an diesem Gedanken hatte ich mich während der schlichten, unreligiösen Trauerfeier mit etwa dreißig Gästen festgehalten, war er hier gestorben, in dieser Klarheit und Ruhe. In einer Landschaft, die aus mehreren Eiszeiten geboren worden war, deren Fjorde von Gletschern gefurcht und deren Berge vom Eis modelliert worden waren. Er war auf dem Fosseråsa-Wanderweg unterwegs gewesen, im Geirangerfjord, und fast erfüllte es mich mit Dankbarkeit, dass es ihn dort erwischt hatte, an einem Ort, dessen Schönheit jedem den Atem nehmen und das Herz stillstehen lassen konnte. »*Der man ferder over* und *ferje*«, hatte sein Vater in seiner Rede gesagt, »aus diesen Bezeichnungen der Wikinger leitet sich *Fjord* ab, und über die Bedeutung dieser Begriffe muss ich immer wieder nachdenken. Frei übersetzt: *Wohin du reist* und *Fähre*. Es erscheint mir vielsagend, dass Emmanuel an einem Fjord gestorben ist.«

Nach dem Gespräch mit ihm waren wir noch ein wenig auf dem Friedhof geblieben. Tessa sprach sie nicht aus, aber ich konnte sehen, wie ihr Fragen durch den Kopf gingen, die immer bleiben würden. Konjunktive, denen sie das *Wenn* verstrichener Möglichkeiten voranstellte: Wenn ich mich für ihn entschieden hätte, würde er noch leben? Wenn ich mit ihm gesprochen hätte, wäre er nicht nach Norwegen gereist? Wenn wir telefoniert hätten, wäre er nicht wandern gegangen? Sie stand neben mir, so schuldbeladen wie schuldlos, schmerzverzerrt, und betrachtete die Trauergemeinde. Thibaults Mutter Hélène etwa, die sich, als der Sarg in die Erde gelassen wurde, wie versteinert hinter ihrer einstigen Freundin Katrin versteckte, um es nicht mit ansehen zu müssen. Sie war eine blasse, spindeldürre Frau mit kahl geschorenem Kopf, die fahrig umherlief, mit niemandem sprach, nur dann und wann, ängstlich fast, eine Hand auf Katrins Oberarm legte, als könnte ihre Berührung noch größeren Schaden anrichten – die Berührung des *Bruders*, von dem Iris Friedemann gesprochen hatte. Wir unterhielten uns auch kurz mit Tante Elena, die mir auf Anhieb so sympathisch war, dass wir Telefonnummern austauschten und uns versprachen, uns wiederzusehen. Und als Tessa und ich unsere Gläser eine halbe Stunde später auf dem Tisch bei der Trauerhalle abgestellt und uns angeschickt hatten, den Friedhof zu verlassen, war Camille auf mich zugekommen und hatte mir eine Papierserviette und einen Stift hingehalten.

»Sie haben recht. Es hat etwas zu bedeuten. Schreiben Sie

mir Ihre Nummer auf. Wenn ich den Mut dazu finde, werde ich mich bei Ihnen melden, irgendwann.«

Schon als sie fortgegangen war, hatte ich um die fatale Wirkung ihrer Worte gewusst, vorausgesehen, wie sehr sie mich umtreiben und zum Dreh- und Angelpunkt meines Nachdenkens über Sourie werden würden. Ich hätte sie gern festgehalten, auf der Stelle Antworten gefordert, ich war fast verärgert über ihre Geheimniskrämerei. Aber mir war nichts übrig geblieben, als sie gehen zu lassen, wollte ich sie nicht verschrecken.

Und so hatte ich nurmehr einen letzten Blick auf den Platz geworfen, an dem wir Sourie bestattet – *an die Stelle gebracht* – hatten. Welche Stelle? Ich sehe den Nedre Gravlund, diesen besonders schönen Friedhof, in allen Einzelheiten vor mir: den Wald hinter der zweiflügligen Trauerhalle, die Hartriegelbüsche, den braunen Zaun, die kreisrund angelegten Grabreihen, den Rasen, hier und da noch von Schnee bedeckt, die Buchshecken, die Kieswege wie in einem englischen Schlossgarten, den Blick auf die weiß getünchten Berge, den modernen Bau der Fachhochschule links, die grauen Holzhäuser am Fogd Greves Veg rechts und den Parkplatz, auf dem wir unseren Mietwagen abgestellt hatten. Aber ich kann nicht beantworten, an welche *Stelle* wir Sourie gebracht haben.

Ich wusste nicht, welche Absicht Camille verfolgte, warum sie mich zu Thibaults Grab führte, um dort mit mir zu sprechen. Ihre Inszenierung erschien mir dramatisch, obgleich sie keinen überspannten Eindruck machte und schon in Ålesund bedacht und ruhig auf mich gewirkt hatte. Eine Weile liefen wir schweigend nebeneinanderher über den Friedhof von Montmartre. Erst auf gepflasterten Wegen und unter einer hellblauen Stahlbrücke hindurch, auf der sich der Verkehr der Rue Caulaincourt staute. Dann vorbei an den Gräbern von Heinrich Heine, Anatole, Émile Zola, der ins Panthéon verlegt worden war, aber namentlich noch auf dem Grabstein stand. Ich musste mir immer wieder ins Gedächtnis rufen, dass wir uns mitten in Paris befanden. Der Friedhof schien den Lärm der Großstadt aufzulösen, als wäre er von gläsernem Schallschutz umhüllt. Viel zu selten fuhr ein lauer Windhauch durch die Zweige und ließ sie leise rascheln. Camille erläuterte, zeigte hierhin und dorthin wie eine Stadtführerin, bemühte sich, gelassen zu wirken, aber ihre Anspannung flirrte durch die warme Luft. Zielstrebig schritt sie voran und hätte doch, so kam es mir vor, am liebsten kehrtgemacht.

Schließlich bog sie in einen Seitenweg ab, auf dem wir hintereinander durch schmale Grabreihen tapsten, bemüht, keinem Toten zu nahe zu treten. Unser Nacheinander erleichterte meine Fragen.

»Warum haben Sie mir das Foto mitgebracht?«

»Die beiden waren sehr gute Freunde«, antwortete Camille, ohne sich umzudrehen, »ich wollte, dass Sie sich ein Bild davon machen können.«

»Und gibt es einen Grund dafür, dass Sie diese Aufnahme und nicht irgendeine andere gewählt haben?«

»Dieses Foto habe ich am Tag von Thibaults Tod aufgenommen.«

Sie umging ein Grab, ich stapfte ihr nach.

»Ich frage mich auch, wieso Sie sich jetzt gemeldet haben.«

»*Erst jetzt*, meinen Sie?«

»Es war kein Vorwurf. Nur eine Frage, denn die Trauerfeier liegt Monate zurück. Warum jetzt? Und warum *hier*?«

»Weil ich nur hier mit Ihnen sprechen kann. Ich kann es nicht, wenn ich Ihnen in einem Café oder Restaurant gegenübersitze. Und ich konnte es schon gar nicht am Telefon.« Unvermittelt blieb sie stehen und deutete mit der Hand auf den Boden vor sich.

Thibaults Grab bestand aus zwei Stufen schwarzen Granits. Ein strenges Rechteck zwischen ähnlich gestalteten Gräbern. Es gab weder Blumenschmuck noch Kerzen, nur eine Aufschrift: *Thibault Guillet 1996–2015*. Daneben, als hätte er sich zufällig dorthin verirrt, der Orangenbaum, so nah an die Umrandung gesetzt, dass man meinen konnte, Sourie habe ihn mit ins Grab pflanzen wollen. Das Pariser Klima schien ihm nicht gut zu bekommen, aber immerhin, es hingen ein paar traurige Früchte an seinen Ästchen.

»Thibault ist am 13. November beim Attentat auf das Bataclan erschossen worden.« Camille trat noch einen Schritt von mir weg, als bräuchte sie für das, was sie nun sagen wollte, Abstand. Als sie weitersprach, tat sie es schneller. »Er ist von den Terroristen getötet worden. Aber Sourie hatte ihn auf dem Gewissen.«

Ich sah sie fragend an.

»Er hat Thibault wie einen Schutzschild vor sich gezogen. Vor sich *und* vor mich, die ich hinter den beiden stand.«

Ich war mir nicht sicher, ob ich sie richtig verstanden hatte. Camille biss sich auf die Unterlippe, wollte nicht weinen, tat es doch.

Es war zu heiß. Kein Baum, kein Schutz, pralle Sonne. Ich setzte mich auf den Grabstein direkt hinter mir. *Victoire Tezzane*. Es war mir egal, was der davon hielt.

»Er hat *was*?«, fragte ich langsam.

»Im Affekt!« Camille schrie es fast. »Es war … Sie … Er hat nicht nachgedacht, er hat es einfach … getan. Ein Reflex. Panik. Wir waren alle in …«, jetzt weinte sie haltlos, »Todesangst.«

Ich versuchte, mich zu konzentrieren. Natürlich hatte ich die Bilder in den Nachrichten gesehen. Damals. Tagelang nichts anderes gelesen als über die Attentate in Paris. Ich erinnerte mich an die fundamentale Erschütterung, die ich wie Millionen Menschen empfunden hatte, an meinen Zorn über die Niedertracht, Feigheit, Barbarei, diese Sinnlosigkeit.

Camille schlug die Hände vors Gesicht. »Es ist …«, sie klang, als flehte sie um Gnade, »es ist einfach passiert.«

»Einfach passiert«, wiederholte ich und erinnerte mich an die Heldentaten, von denen ich damals gelesen hatte. Von einem Türsteher, der, ich wusste nicht mehr, wie viele, Menschen über eine Dachluke oder ein Fenster gerettet hatte. Von einem Engländer, der sich schützend über seine Freundin geworfen hatte und gestorben war. Von einer Frau, die andere Konzertbesucher unter die Bühne gezogen hatte. Ich hielt Camilles Foto in der Hand. Thibault lachte. Sourie lachte. Freunde auf dem Weg zu einem Konzert. In Begleitung einer jungen Frau. Ein ganz normaler Abend im Leben von Jugendlichen. Gab es einen juristischen Tatbestand für das, wessen Camille ihn anklagte und verteidigte zugleich? Gab es einen versteckten Grund, warum sie mir davon erzählte, irgendetwas, das ich nicht erkannte?

Camille wischte sich über die Augen. »Einfach passiert«, flüsterte sie.

»Haben Sie jemandem davon erzählt?«

»Nie. Weder meinen Eltern noch meiner Therapeutin, meinen Freunden oder der Polizei. Nie.«

»Warum mir?«

»Weil Sie …« Ihre schmalen Augen waren kaum mehr sichtbar, auf ihrer Stirn jetzt doch Schweißperlen. »Weil Sie anders hinsehen. Der Orangenbaum … Sie müssen Sourie sehr gemocht haben. Dass Ihnen das aufgefallen ist, meine ich. Weil Sie sein Freund waren. Seine Mutter hat mir erzählt, was Sie ihm bedeutet haben. Sie waren sein einziger Freund nach Thibault.«

In meinem Kopf lief alles durcheinander, ich konnte nicht denken. »Warum *mir*, Camille?«

»Ich weiß, was ich Ihnen zumute. Ich gebe Ihnen eine Information, nach der Sie nicht verlangt haben, mache Sie zum Mitwisser.« Sie hielt einen Moment inne, versuchte, sich zu fassen. »Aber einmal muss ich es sagen, einmal muss das zu einem Menschen, der es verstehen will, der es *richtig* ansieht, der Sourie geliebt hat und das *Richtige* mit der Wahrheit anfangen kann. Warum jetzt? Weil Sie mich in Ålesund nach dem Orangenbaum gefragt haben … Ich habe lange darüber nachgedacht, glauben Sie mir. Aber da war etwas in Ihrer Frage … Sie wollten Sourie verstehen, das hat mich nicht losgelassen. Und nun sind Sie hier, kaum vierundzwanzig Stunden nach meinem Anruf, weil Sie immer noch versuchen, ihn zu verstehen, nicht wahr?«

Sie hatte recht.

»Wer immer er in Deutschland geworden ist: Vielleicht ist es nur zu verstehen, wenn Sie wissen, was er mit sich geschleppt hat.«

Auch das stimmte.

»Haben Sie beide noch einmal darüber …« Ich suchte nach einer anderen Erklärung, einer verfälschten Erinnerung durch den Schock. Nach ihrem Irrtum.

Camille machte meine Hoffnung zunichte. »Wir konnten einander nicht mehr in die Augen sehen«, antwortete sie. »Wir haben kaum mehr miteinander gesprochen.«

»Wann hat Sourie ihn gepflanzt?«, fragte ich sie mit Blick auf das kümmerliche Gewächs.

»Unmittelbar nach Thibaults Beerdigung.«

»Haben Sie ihn gefragt, warum?«

»Das musste ich nicht.« Zum ersten Mal an diesem Nachmittag wieder ein Hauch von Ironie in ihren Augen. »*Ewige Jugend*. Sourie hatte ein Faible für die griechische Mythologie, und Mythen haben doch eine Funktion. Sie entwerfen einen Helden gegen die Wirklichkeit, bannen Ängste. Was sollte dieser Baum anderes versinnbildlichen als seinen Wunsch nach Unsterblichkeit beider in einem paradiesischen Garten – ewig jung?«

Sie waren nie ein Liebespaar, aber Camille war sehr verliebt in Sourie gewesen. Am 13. November 2015 hatten sie sich erstmals verabredet – zusammen mit Thibault, ohne den Sourie so gut wie nichts unternahm. Sie hatten im Basilic Pizza gegessen und waren gegen acht zum Bataclan gegangen, gut gelaunt, gespannt, glücklich. Camille erinnerte sich minutiös und in jedem Detail an den Abend. Sie konnte sagen, welches *Eagles*-Shirt der Barkeeper getragen und in welcher Nuance von Blau der Kittel der marokkanischen Toilettenfrau gewesen war (veilchenblau). Sie wusste, wer neben und hinter ihnen im Saal gestanden hatte (vier Jungs aus Massy mit Schlangen-Tattoos, zwei Mädchen in Lederhosen und weißen T-Shirts, eines hatte rosa Haare, ein älterer Typ mit Jeansjacke und Bart), und sie konnte die Setlist der Eagles of Death Metal bis zu dem Song herunterbeten, während dem die ersten Schüsse fielen (*Kiss the Devil*). Sie erinnerte sich an Souries Parfüm (*Chanel Bleu*), an ihr Gespräch im Basilic über die Frage, wieso die Band *Metal* im Namen trug, wo sie doch gar nicht Metal spielte (nicht mal Sourie wusste es), und warum Death Metal eigentlich so hieß und welcher Reiz für die Fans in der Brutalität von Musik und Texten lag (Katharsis, hatte Souries gemutmaßt). Sie nannte mir die Anzahl der Biere, die Thibault getrunken hatte (vier), und konnte eine kurze Unterhaltung der drei vor dem Konzert wiedergeben, in der Thibault erklärt hatte, dass er eines Tages in San Francisco oder Köln leben wolle, er habe gehört, dort gehe es toleranter und freundlicher zu als in allen anderen Städten (Thibault war homosexuell). Sie erinnerte sich, wie langsam sie begriffen hatte, was geschah, und wie sich ihre Sinne von ihr gelöst und sie alles um sich herum klar und scharf in Nahaufnahme gesehen hatte. Wie starr Souries Blick geworden und wie schnell plötzlich alles gegangen war. Bruchteile von Sekunden, in denen sie rückwärts zu Boden gegangen waren, alle drei, sie zuunterst, ihr Kopf vom ledernen Bein des Mädchens mit den rosa Haaren abgefangen, das sich nicht mehr rührte, Souries Körper auf ihrem. Mit einer Wucht, dass sie nicht mehr atmen konnte. Das Zittern seines Körpers. Seine Arme um die Brust des Freundes geschlungen. Seine Worte: *Du musst dich tot stellen, Camille, tot.*

Das Böse ist menschengemacht. Es ist keine vom Himmel fallende Grausamkeit, keine aus dem Nichts aufsteigende Boshaftigkeit. Es ist das Produkt menschlicher Gehirne und Herzen, kalkuliert, zielgerichtet, rücksichtslos. Es hat manchmal Gründe, aber sie tragen nie. Es kann klein oder groß sein, monströs gar, aber es findet nie eine Rechtfertigung. Im Zug nach Köln durchquerten meine Gedanken Nordfrankreich und Belgien. Mit Filterkaffee, der nach zu viel Zeit auf der Wärmeplatte schmeckte. Einem Sitznachbarn, der *Le Point* zerpflückte, Seiten herausriss und in seine Tasche steckte, wobei kein System auszumachen war: ein Bild von japanischen Kirschblüten, die Werbung für einen literarischen Salon, ein Porträt des Staatspräsidenten, ein Rezept für Kalbsbäckchen. Das Foto von Sourie und Thibault lag vor mir auf dem Klapptisch. Fliehende Äcker, Höfe, Autobahnen, Tunnel, Kühe, Wälle, Masten, Wälder. Mein Blick kam nicht hinterher. Wann erkennen wir uns als böse, wann als gut? Wann partizipieren wir am Bösen? Wann ermöglichen wir das Gute? Wir treffen eine Wahl, ohne nachzudenken, entscheiden unbewusst, aber unsere Intuition gründet in unserem Leben, sämtlichen Erfahrungen, früheren Abwägungen, all unseren Wertvorstellungen. Ob es eine schlechte oder gute Intuition ist, sagt mehr über uns als jedes psychologische Gutachten. Kratzige Durchsagen des Zugführers unterbrachen den Sprechgesang von Souries Worten, der im Rhythmus der Schienen durch meinen Kopf ratterte: *Wer wir sind, wird nicht dadurch bestimmt, wie wir sind, sondern durch das, was wir tun.*

Was er einmal zu Tessa gesagt hatte, ließ mich nicht los. Das Geheimnis, das Camille mir anvertraut hatte, Souries Geheimnis, hatte sein Leben in ein Vorher und Nachher geteilt. Es gab keinen Grund, ihr nicht zu glauben. Camille hatte Jahre geschwiegen, sie klagte Sourie nicht an, und sie würde es, hatte sie bei unserem Abschied an der Métro-Station betont, auch nie wieder aussprechen. Sourie hatte ihr Leben gerettet. Und sein eigenes, hatte ich in Gedanken hinzugefügt. Hooligans mit Fahnen am Bahnhof Brüssel. Polizisten mit Funkgeräten und Schlagstöcken drum herum wie in einer Choreografie des Chaos. *Schuld.* Ich wollte nicht in dieser Kategorie denken. Welche Anmaßung. Hätte er Camilles *und* Thibaults Leben retten können? Kein Mensch konnte darüber befinden. *Schuld.* Immer ist die Wirklichkeit komplexer als die Theorie. Souries meisterliches Spiel mit dem Tod, seine verführerische Vermessung des Unvorstellbaren, sein Kalibrieren der Wirklichkeit – vor dem Hintergrund von Camilles Schilderung wurde all das zu einem irrlichternden Tanz zwischen Lebenswillen und Todessehnsucht. Vielleicht gab es einen Punkt, an dem Menschen zerbrachen, unwiderruflich etwas verloren, das ihrem Wesen unersetzlich blieb. Aber war er böse? Zweifellos mussten mildernde Umstände, musste der Affekt für ihn gelten. Zweifellos war beides infrage zu stellen. Viele hatten anders reagiert als er. Wie er hatten sie keine Zeit gehabt, ihre Optionen zu erwägen. Doch in ihrem Affekt, in ihrer Intuition hatten sie ihr Leben für das ihrer Freunde gegeben. Ich ersann Alternativen und Auswege unter dem geschwungenen Baldachin des Bahnhofs von Liège-Guillemins, erwog Varianten, fantasierte mich in Souries Gedanken. Aber im Grunde hatte ich es, stellte ich in Aachen mit Blick auf moosbedeckte Bruchsteine fest, mit *Schrödingers Katze* zu tun, dem Gedankenexperiment des Quantenphysikers. Danach gab es nicht nur zwei Möglichkeiten von Zuständen, sondern auch eine zeitweise Überlagerung beider, während derer zwei Wahrheiten zugleich zutrafen. Die Katze und der zerfallende Atomkern in der Kiste. Das Tier wird sterben, so viel ist sicher. Aber solange niemand die Kiste öffnet und den Tod der Katze feststellt, ist sie lebendig und gleichzeitig tot. Vor dieser Paradoxie stand ich, nur war Souries Kiste nicht mehr zu öffnen. Als der Zug in den Kölner Hauptbahnhof einfuhr, war mir klar, dass sich die möglichen Zustände seiner Wahrheit immer überlagern würden.

Früher hat mein Vater oft zu mir gesagt, dass man nie über Menschen urteilen dürfe, von denen man nichts wisse. Er hatte es auf die Gäste des Tobelmanns bezogen, die ich als Kind *doof* oder *komisch* gefunden hatte. Er hingegen hatte gewusst, dass der Doofe gerade einen Schlaganfall überstanden und die Komische ihren Job verloren hatte. Sein Leitsatz hatte mich trotzdem erstaunt, er implizierte, dass man über Menschen urteilen durfte, sofern man etwas über sie wusste.

Aber kann man jenseits unstrittiger Verbrechen und lückenloser Beweise jemals genug wissen, um zu urteilen? Wie viel würde genügen, um angemessen zu urteilen?

Tage später hatte ich Tessa immer noch nicht von der Begegnung mit Camille erzählt. Ich war mir nicht sicher, ob ich es überhaupt tun wollte. Sie rief kaum noch an, schrieb mir selten, war damit beschäftigt, ihr Leben zu sortieren. Die Geschichte mit der Floristin war am Muttertag etwas aus dem Ruder gelaufen, eifersüchtig war sie mit einer Blumenschere im Tartelette auf Hans Blumenberg losgegangen, woraufhin Kunden die Polizei gerufen hatten. In deren Schlepptau war ein Lokalreporter aufgetaucht, der das Durcheinander unter dem Titel *Blumenfee attackiert Törtchenkönig* publik gemacht hatte. Zwar war Hans mit nichts als einem lächerlichen Kratzer und Rosen aus einem anderen Geschäft nach Hause gekommen, aber Tessa hatte in diesem Moment erkannt, dass es in ihrer Ehe eigentlich nichts gab, das sie gern gerettet hätte. Sourie hatte sie verändert. Ihre Perspektive aufs Leben hatte sich durch ihn verändert. Und so hatte sie sich eine Wohnung im Norden der Stadt gesucht, was Hans überzogen fand, setzte ihre Söhne ins ungeschönte Bild, was Hans unsinnig fand, beide dividierten Hausstand und Geld auseinander, was Hans würdelos fand, Tessa zahlte bei seinem Onkel die Schulden für die Heimunterbringung ihrer Eltern ab, was Hans richtig fand, und mit einer Engelsgeduld erklärte die Mediatorin ihm wieder und wieder, dass eine Ehe immer dann zu Ende war, wenn einer von beiden nicht mehr wollte. Tessa war zuversichtlich, dass ihn diese Botschaft eines Tages erreichen würde.

Souries Tante Elena rief auf den Tag genau zwei Wochen nach meiner Parisreise an. Sie sei in Köln und habe etwas, das sie mir gern geben würde. Wenn ich nichts dagegen hätte, würde sie am Abend zum Essen zu mir ins Restaurant kommen. Am Telefon erklärte sie, dass sie schon einige Zeit in der Stadt sei, weil sich Souries Eltern nicht in der Lage gesehen hätten, dessen Wohnung aufzulösen. Nun habe sie alles geregelt, seine Kleidung gespendet, Miet-, Strom- und sonstige Verträge gekündigt, Bücher und Schallplatten in Kisten gepackt, die Möbel übers Internet verkauft. Sie hatte die letzten Spuren seines Lebens in Köln getilgt, und dieser Umstand traf mich unerwartet. Es war ein Freitag Ende Juni, kurz vor elf, ein träger Morgen. Ich stand an der offenen Küchentür, sah über den Hof und die Mülltonnen in einen milchigen Himmel, das schwüle Gewitterwetter die ideale Ergänzung meiner Stimmung. Ich war bei Tessas *Nie mehr* angelangt. Sourie war tot. Elena hatte seine Bücher verpackt. Bücher, aus denen er gelesen und zitiert, aus denen er sich sein Wissen ums Leben erlesen hatte, sein Wissen vom Ende. Er würde nie mehr ins Tobelmann kommen, obwohl ich immer noch das Gefühl hatte, er könnte jeden Moment in der Tür stehen. Er würde nie mehr an seinem Tisch sitzen, nie mehr um ein Handtuch bitten, nie mehr seine neuesten Erkenntnisse mit mir teilen, mich nie mehr nerven, nie mehr in Staunen versetzen. Er war tot.

Ich weiß nicht, wie lange ich dort stand, nichts tat, als meinen flackernden Schmerz zu betrachten. Aber irgendwann schickte mich Ernestine, die Köchin, zum Spazierengehen und befahl im Namen des gesamten Teams, dass ich frühestens am Abend zurückkommen solle – wenn überhaupt. Sie hatten recht. Mit mir war seit Monaten nichts anzufangen. Ich versäumte Besprechungen und vergaß Termine mit Lieferanten, ließ das Telefon klingeln, trug Reservierungen am falschen Tag ein und schnauzte die Aushilfe an, weil sie ein Tablett auf dem Servierwagen abstellte. Hatte ich mich nach Souries Tod schon durch beträchtliche Unaufmerksamkeit hervorgetan, war ich seit meinem Gespräch mit Camille endgültig zum Kotzbrocken geworden. Meine Leute waren auf sich gestellt, schmissen den Laden, eierten um mich herum. Ich steckte Telefon und Portemonnaie in meine Hosentaschen und ging.

Es ist eigenartig, wie unterschiedlich Städte und Straßen wirken, je nachdem, in welcher Gemütsverfassung man sie durchwandert. Seit meiner Kindheit kannte ich den Weg am Rheinufer entlang, jeden Stein, jede Treppe, jeden Brückenpfeiler. An guten Tagen sah ich weder den Dreck noch die architektonischen Sünden der Nachkriegsjahre, meine Aufmerksamkeit richtete sich wie von selbst aufs Wasser und die Wiesen, Sträucher und Schiffe. An schlechten Tagen fiel mir die Geschmacklosigkeit grelloranger Haltestellen, heruntergekommener Hotels und einfältiger Bürobauten ins Auge. Doch an diesem Tag sah ich, als das Gewitter endlich losbrach, alles zugleich. Das Schöne und Hässliche, Offensichtliche und Versteckte, Nachvollziehbare und Unbegreifliche. Alles wurde zu einem Möbiusband mit nur einer Seite und einer Kante, gehörte zusammen, war in Frage und Antwort verbunden. Seit Monaten beschäftigte ich mich mit einem Menschen, den ich kaum drei Jahre gekannt hatte, der mit Einschränkungen mein Freund, ein offenes Buch gewesen und mir zugleich ein Rätsel geblieben war. Der mich dazu genötigt hatte, ständig über den Tod zu sprechen, und gestorben war, um mich an nichts anderes denken zu lassen.

Der in diese Stadt, in die es seinen getöteten Freund gezogen hatte, gekommen war, um zu leben. Und der hier genau zur richtigen Zeit einer Frau begegnet war, um ihre Trauer zu verwandeln. Unter der Südbrücke gewann die Gleichzeitigkeit all dessen Form und Gestalt. Kairos. Ich blieb stehen. Klatschnass. Der Regen donnerte nur so vom Himmel, floss in Bächen die Rinnsteine entlang, und in wenigen Minuten würde die Feuerwehr in alle Richtungen ausrücken müssen. Manche Geschichten legen sich einem in den Weg. Sie fallen einem so unmittelbar vor die Füße, dass man ihnen nicht ausweichen kann.

Demokrits *Fragmente*. Tante Elena legte das Buch auf den Tisch und setzte ihre Lesebrille auf. Nicht für Demokrit, sondern um die Speisekarte zu studieren. Sie sah müde, aber reizend aus. In einem weißen Rock, zu dem sie ein rotes Shirt und rote Sandalen trug, saß sie vor mir, ihre blonden Haare aufgetürmt. Vermutlich gab es einen Namen für die Frisur, den ich nicht kannte. Ihr Zeigefinger fuhr über die Karte, als müsste sie den Weg finden. Sie war hungrig. Eine Woche hatte sie gebraucht, um Souries Leben wegzupacken. Dabei habe sie, gab Elena unumwunden zu, mehr getrunken, als die Minibar ihres Hotels hergegeben habe, und immer wieder darüber nachgedacht, mich um Hilfe zu bitten. Schließlich hatte sie entschieden, dass sie es allein bewerkstelligen musste.

»Er war mein einziger Neffe. Ein bisschen auch mein Sohn«, begründete sie es. »Irgendwie hatte diese Auflösung etwas so Nahes, Intimes, dass ich sie als Privileg empfunden habe. Ich denke, letzten Endes wollte ich das nicht teilen, nicht einmal mit Ihnen.« Sie schob das Buch näher zu mir. »Aber das hier ist für Sie. Sehen Sie mal hinein.«

Ich goss uns Wein ein und stieß mit ihr an. Dann öffnete ich das Buch, das ich Sourie geschenkt hatte. *Von Jean, Köln/ Tobelmann im Oktober*, hatte er mit Bleistift auf die erste Seite geschrieben. Ich blätterte. Hier ein schmaler Strich am Rand (*6. Der Mensch soll aus dieser Regel erkennen, daß er fern ist von der Wirklichkeit*), dort einer (*65. Viel Denken, nicht viel Wissen ist zu pflegen*). Sätze, auf die seine Synapsen aus irgendeinem Grund während des Lesens besonders reagiert hatten. Ich wollte das Buch zuklappen, aber Elena legte ihre Hand zwischen die Seiten. »Schauen Sie weiter.«

Folgsam arbeitete ich mich weiter voran. Bis ziemlich weit nach hinten. Und dann sah ich an einer Stelle im Kapitel *Sprüche* drei Ausrufezeichen und eine sehr dicke Linie unter den Zeilen *203. Menschen, die vor dem Tode fliehen, laufen ihm gerade nach.* Ich las es zweimal, dreimal, sah zu Elena auf.

»Nicht wahr«, sagte sie, »Sie verstehen es wie ich. So, wie er es verstanden hat, richtig?«

»Andersherum«, bestätigte ich.

Sie nickte. »Und andersherum ergibt es genauso viel Sinn. Menschen, die dem Tod nachlaufen, fliehen vor ihm.« Sie klappte an meiner Stelle das Buch zu. »Ich wusste, dass Sie es sofort bemerken würden. Unser Emmanuel … fürwahr, er war dem Tod auf den Fersen …«

»Weil er ihn gefürchtet hat«, vervollständigte ich ihren Satz.

»Weil er ihn mehr als alles gefürchtet hat.« Sie zeigte auf die Karte. »Rote-Bete-Carpaccio mit Walnüssen und Doradenfilets mit Zitronen-Champagnersauce. Gute Wahl? Wollen mal sehen, was Sie hier so draufhaben.«

»Was Ernestine draufhat, meinen Sie. Sie ist die Köchin, und ich verbürge mich für sie: Sie hat eine ganze Menge drauf. Ohne Ernestine wäre ich verloren. Eine gute Wahl, ich nehme dasselbe.«

Es kommt sehr selten vor, dass ich als Gast im Tobelmann sitze, und meist fühle ich mich dabei nicht besonders wohl, aber mit Elena war es anders. In kürzester Zeit hatte sie nicht nur die Menschen an den Nachbartischen, sondern auch das Serviceteam unaufdringlich und so freundlich für sich eingenommen, dass ich bei Letzterem umgehend rehabilitiert war. Wenn ich mit einer Frau wie ihr zu Abend aß, konnte ich bei aller Griesgrämigkeit kein allzu schlechter Mensch sein.

»Erzählen Sie mir von ihm«, bat ich sie.

»Er war grauenvoll.« Sie lachte. »Als Kind war er eine komplette Fehlbesetzung, die Rolle passte nicht zu ihm. Bauklötze? Bilderbücher? Eisenbahnen? Vergessen Sie's! Der Kerl war ein altkluges Scheißerchen, das einen in den Wahnsinn treiben konnte. *In welchem Jahrhundert hätten wir die Geschichte am nachhaltigsten verändern können?* Oder: *Was ist die größte Stärke der Menschen?* Solche Fragen hat er mit sechs oder sieben gestellt. Und da saßen wir dann und guckten blöd und arbeiteten uns an mehr oder weniger klugen Antworten ab. Mit zehn hat er Proust gelesen. Mit zwölf war er bei Adorno und Agamben, da habe ich mir wirklich Sorgen gemacht. Man hätte annehmen können, er wäre hochbegabt, aber nein: Er war einfach nur – anders. Emmanuel war anders.«

»Und sehr krank.«

»Ja und nein.« Elena nahm einen großen Schluck Wein. »Als er auf die Welt kam, ja, das war dramatisch. Es war klar, dass er operiert werden musste und dass es eine lebensgefährliche Operation war. Das war ein Zittern und Bangen, das die Jahre danach blieb. Die Angst hatte sich geradezu in meine Schwester eingefräst. Jede Folgeuntersuchung, jede Kontrolle: eine Tortur für sie. Aber später? Nein. Irgendwann war es vorbei. Dann war Ruhe eingekehrt, und er hat uns gebeten, nicht mehr darüber zu sprechen.«

»Sie sind Psychologin. Was macht es mit einem Kind, wenn es derart krank zur Welt kommt?«

Sie sah mich lange an. »Was möchten Sie wissen, Jean? Also – wirklich wissen?«

»So viel wie möglich.« Nach kurzem Zögern sagte ich es rundheraus. »Ich möchte über ihn schreiben. Genau genommen habe ich erst vor einigen Stunden beschlossen, noch mal zu schreiben, aber ja, das werde ich tun: Ich werde über ihn schreiben.«

»Und was hat Sie vor einigen Stunden dazu bewogen, diese Entscheidung zu fällen?«

»Die Gleichzeitigkeit der Dinge. Diese erstaunliche Gleichzeitigkeit aller Dinge.«

Unsere Vorspeisen wurden gebracht. Elena griff zur Gabel, legte sie wieder ab. »Das hätte ihm gefallen, Jean. Zu wissen, dass er einen angehenden Schriftsteller inspiriert – das hätte ihm gefallen.«

»Ich bin nicht sicher, ob ihm alles gefallen hätte, was ich schreiben möchte.«

Elena nahm ihr Besteck. »Gerade das. Nur dann hätte er die Geschichte interessant gefunden.« Erst nach vier Gabeln Carpaccio sprach sie weiter. »Ein Kind, das krank auf die Welt kommt, durchlebt eine traumatische Früherfahrung. Die Lebensangst wird ihm sozusagen injiziert, und die Lebensbejahung, die die meisten von uns von Beginn an fühlen, ist ihm fremd. Stellen Sie es sich vor wie eine unbewusste Weigerung, das Leben anzunehmen. Es erscheint zu zerbrechlich, was es ja wahrlich auch ist, es scheint nichts zu sein, auf das man bauen kann oder gar ein Recht hat. Im Grunde gibt es zwei Möglichkeiten, wie ein Kind damit umgeht: Es kämpft sich mit großer Kraft ins Leben, oder es verharrt in lebensängstlicher Zurückhaltung. Kämpfen sich Kinder ins Leben, sind Kamikaze-Zustände nicht selten. Sie gehen aufs Ganze, springen aus jedem Flugzeug, rasen auf Mountainbikes über Bergkämme, gehen jedes Risiko ein, weil es, vereinfacht gesagt, nicht darauf ankommt, sie haben nichts zu verlieren. Die anderen schützen ihr Leben, indem sie sich kaum aus ihrem Schneckenhaus trauen, jeden Schritt zweimal abwägen, die Angst zu ihrem Gefährten machen.«

»Beides trifft nicht auf Sourie zu«, erwiderte ich.

»Das sehe ich anders«, antwortete Elena überrascht. »Im Gegenteil: Auf ihn traf beides zu, und das ist ungewöhnlich.«

Die Gleichzeitigkeit der Dinge. Elena musste erst aufessen, bevor sie weitersprechen konnte. Offenbar hatte sie den ganzen Tag lang noch nichts zu sich genommen.

»Er war sehr zurückgezogen und behutsam«, fuhr sie fort. »Aber die Todessehnsucht kannte er gut. Nur hat er sie standhaft kontrolliert. Man hat sie ihm nicht angemerkt. Überwiegend … Einmal ist ihm das nicht mehr gelungen. Hat er Ihnen erzählt, dass er eine Zeit lang in einer Entzugsklinik war?«

»Er hat von einer Klinik gesprochen, ja, er hat sie eine *Simsalabim-Klinik* genannt. Offenbar gab es drum herum viele Kühe.«

Elena verdrehte die Augen. »Er war in Bayern. Vier Monate. Und die Kollegen dort haben sich die Zähne an ihm ausgebissen, das können Sie mir glauben.«

»Alkohol oder Drogen?«

»Alkohol. Der auch eine Droge ist.«

»Wann?«

Sie überlegte. »Ein Dreivierteljahr oder Jahr nach dem Bataclan. Sie wissen, dass er dort war, damals?«

Ich bejahte.

»Es war der totale Absturz, der folgte.«

Sie sprach nicht weiter, während unsere Teller abgeräumt wurden. Ich ergriff die Gelegenheit, eine neue Flasche Wein zu holen und zu öffnen. Exzessives Trinken war auch Elena nicht fremd, aber das wusste ich ja bereits. Ich goss ihr nach.

»Manchem reicht ein Trauma für eine lebenslange Belastung. Emmanuel hatte drei: Seine Früherfahrung mit der Herzkrankheit. Das Attentat in Paris. Den Tod seines besten Freundes. Kann ich also verstehen, dass er sich zu Tode saufen wollte? Ja. Wollte ich es verhindern? Um jeden Preis. Wenn ich manchmal auch geglaubt habe, dass ihm das Leben unvorstellbarer war als der Tod.«

»Unvorstellbar«, wiederholte ich, »das war eines seiner Lieblingswörter.«

»Wirklich?«

»Er fand, es sollte allein dem Tod vorbehalten bleiben. Hat er Ihnen nie seinen Vortrag über das Unvorstellbare gehalten?«

»Wir haben so oft und so viel über seine ureigene Thanatologie gesprochen, dass ich mich nicht mehr an jedes Gespräch erinnere. Bei mir erkundigte er sich meist nach psychologischer Fachliteratur, Handbüchern zur Arbeit mit dem Tod, zur psychotherapeutischen Auseinandersetzung mit dem Tod als Feind oder als Heimkehr. Die psychologische Bedeutung von Extremsport als selbst gewähltem Trigger für Todesangst. Solche Sachen.«

»Was ich nicht verstehe: Er hat Alkohol getrunken. Hier, mit mir. Mit Ihnen in Brixen doch sicher auch? Wie konnte er das, als Alkoholiker?«

»Ganz ehrlich? Ich habe keine Ahnung. Er hatte sich vollkommen und zuverlässig im Griff. Er nahm ein, zwei, höchstens drei Drinks, dann machte er Schluss. Ihm wurde regelrecht schlecht, wenn er mehr trank, körperlich schlecht. Er hatte ein klares Gefühl dafür, wann die Grenze erreicht war. Emmanuel war kein Alkoholiker nach Lehrbuch. Er hat in dieser einen Phase gezielt so viel getrunken, dass es ihn hätte umbringen können, danach hat er einen Schalter im Kopf umgelegt. Wie, das weiß ich nicht. Sagen Sie's mir. Mir gelingt es jedenfalls nicht.«

»Sind Sie Alkoholikerin?«

»Ich trinke manchmal viel, manchmal gar nicht. Also, wochenlang gar nicht. Vielleicht bin ich eine Teilzeitalkoholikerin.«

»Und im Moment sind Sie in Teilzeit.«

»Absolut. Ich habe eine Woche lang das Leben eines talentierten, wunderbaren jungen Menschen in Kisten gepackt. Ein Albtraum.«

»Elena.« Ich überlegte, wie ich es am besten sagen sollte.

»Sie hätten gern eine kostenlose psychotherapeutische Beratung.«

»Nein. Ich hätte gern eine ehrliche Antwort. Können Sie sich vorstellen, dass er etwas Schreckliches nicht nur erlebt, sondern *getan* hat, weswegen er zu trinken begonnen hat?«

Sie zog die Stirn kraus. Unsere Hauptspeise, die Dorade mit Zitronen-Champagnersauce, wurde gebracht, und sie betrachtete schweigend das Servierprozedere. Einen Moment lang fürchtete ich, einen Fehler gemacht, sie verärgert zu haben. Aber Elena sah nicht zornig aus. Sie antwortete lange nicht, sehr lange, rührte auch ihr Besteck nicht an, als der Kellner wieder weg war.

Als sie endlich auf meine Frage reagierte, hatte jedes ihrer Worte einen gewissen Nachdruck. »Sie stellen mir keine Frage, Jean. Sie wissen etwas, das ich nicht weiß. Und was immer es ist, das er getan hat: Ich hoffe, Emmanuel hat es getan, um ein einziges Mal nicht den Tod, sondern das Leben anzulächeln.«

»Er hat das Leben nicht nur angelächelt, er hat es an sich gerissen. Mit Konsequenzen, die ihn nie mehr losgelassen haben. Bleiben Sie trotzdem dabei, dass ich über ihn schreiben sollte?«

»Natürlich! Dann müssen Sie seine Geschichte erst recht aufschreiben.«

Ich war sehr lange nicht im Augustinus gewesen. Es hatte sich seit dem Aufenthalt meiner Großmutter nicht verändert, sogar mein Gefühl war noch dasselbe, als ich durch die Eingangshalle schritt, meinen tropfenden Schirm zusammengeklappt am Hosenbein. Beklommene Erwartung, das Bedürfnis, wieder umzudrehen, die Hoffnung, etwas Unvorhergesehenes werde den Besuch doch noch verhindern. Der Seidenstoff des Schirms kalt und glitschig in meiner Hand. Von einem Tag auf den anderen hatte sich der Sommer verabschiedet. Ende August hatte es einen Temperatursturz gegeben, von dem er sich nicht mehr erholt hatte. Seit Anfang September war Herbst.

Eine junge Frau mit einem bunten Zauberwürfel-Tattoo auf dem Unterarm saß an Souries Platz an der Pforte. Sie las in einem Comic, reichte mir den Besucherbogen und las ihn nicht gegen, als ich ihn ausgefüllt zurückgab. Die Abenteuer von *Bornéo Jo* waren interessanter als meine Kreuze in den Kästchen, mit denen ich versicherte, weder die Grippe noch sonst etwas Hochansteckendes ins Altenheim zu schleppen. Ich bezweifelte, dass sie sich wie Sourie für das interessierte, was sich vor ihr abspielte. Sourie hatte mir vieles *von der Pforte* erzählt. Von einem Mann, der immerzu Aufzug hatte fahren wollen, stundenlang, und schließlich im Aufzug gestorben war, als die Verwaltung gerade beratschlagte, ob seine Familie an den Strom- und Wartungskosten für die übermäßige Liftnutzung beteiligt werden sollte. Von einer nächtlich Umherirrenden, die gespenstergleich in einem weißen Nachtgewand immer pünktlich um 2.30 Uhr in der Lobby aufgetaucht war, barfuß, und bei der niemand zu diagnostizieren gewusst hatte, ob sie schlafwandelte oder wach war. Von einer jungen Frau, die für ihre Mutter die letzte Stromrechnung von zu Hause zur Begleichung bei ihm abgegeben hatte, *bevor sie abkratzt*, und grußlos wieder abgerauscht war. Sourie hatte beobachtet, zugehört und war eingeschritten, wenn es ihm geboten schien. Er war mit dem alten Mann Aufzug gefahren, mit dem Gespenst durchs Haus spaziert und der jungen Frau hinterhergelaufen, die er weinend in ihrem Auto gefunden hatte.

Ich hatte mich telefonisch bei Iris Friedemann angemeldet. Wenn sie überrascht gewesen war, auf Sourie angesprochen zu werden, hatte sie es sich nicht anmerken lassen. Ich solle kommen, wann ich wolle, hatte sie geantwortet, sie habe keine Pläne, wie ich mir vorstellen könne, und ihre Stimme hatte heiser geklungen, als wäre sie erkältet oder hätte lange mit niemandem mehr gesprochen. Es war Sanyas Vorschlag gewesen, dass ich sie besuchen sollte. Genau genommen hatte sie von einem Muss gesprochen, und das hatte mir sogleich eingeleuchtet. Wenn jemand noch etwas über Sourie sagen konnte, dann die alte Dame. Sanya und ich hatten gemeinsam Urlaub gemacht. Zum ersten Mal. Sie hatte nach Venedig gewollt, und nichts, wirklich nichts hatte sie davon abbringen können. Weder mein Hinweis, dass die Stadt im Sommer überfüllt war wie ein Elektrofachgeschäft vor Weihnachten, noch meine Bedenken, ein Kleinkind zwischen sehr viel Wasser und über noch mehr Brücken bugsieren zu müssen, die nicht kinderwagentauglich waren. Sanya hatte nach Venedig gewollt. Und da ich mit jahrelanger Ich-Bezogenheit, männlicher Ignoranz und ererbter Tobelmann-Obsession genug Schaden zugunsten eines Trampolinspringers angerichtet hatte, wie Elena mir in wenigen Minuten verständlich gemacht hatte, war ich ohne weitere Diskussion einverstanden gewesen. Wir mieteten eine Wohnung in Castello, die anders als auf den Internetfotos spärlich eingerichtet war, zehn Gehminuten vom Markusplatz entfernt lag und über eine kleine Dachterrasse verfügte. Jeden Abend saßen wir dort, nachdem wir Polina zu Bett gebracht hatten, ließen den Tag ausklingen und machten Pläne für den kommenden; das Stimmengewirr aus den Straßen unter uns und die Schiffshörner aus der Ferne die Untermalung des Sonnenuntergangs. Vater. Mutter. Kind. Wir waren zur Familie geworden. Über die Umwege, die manche Familien gehen, vielleicht die meisten und sogar die blutsverwandten. Letztlich würfelt der Zufall auch sie zusammen. Bruder oder Schwester könnten andere Personen sein, wären sie einen Monat früher oder ein Jahr später gezeugt worden. Jedes Kind wäre ein anderer Mensch, tauschte man Vater oder Mutter aus. Zu keinem Zeitpunkt seit Sanyas Rückkehr hatte ich darüber nachgedacht, ob es einen Unterschied machen würde, wenn Polina mein leibliches Kind wäre. Es hätte meine Zuneigung für sie nicht verändert. Die endlosen von Sanya, Polinas Vater, von mir erörterten Möglichkeiten der Lebensgestaltung. Die Betrachtungen der Familienkonstellation, die penible Aufteilung von Geld und Zeit, Rollen und Bedeutung. Ich hatte die verfänglichen Obliegenheiten gerne hinter mich gebracht. Ohne Groll. Glücklich, dass Sanya bei mir war, dankbar für Polina, die nun auch mein Kind war und sich, sehr zur Belustigung ihrer Mutter und größten Freude meiner Eltern, am liebsten in der Küche des Tobelmanns aufhielt.

Sanya konnte sich nicht sattsehen an Venedig. Jeden Abend suchte sie nach neuen Sehenswürdigkeiten, durchkämmte den Reiseführer, den sie nach meinem Ermessen längst auswendig kennen musste, machte hier einen Strich und klemmte dort einen Zettel zwischen die Seiten. Sie wollte überallhin, öffnete jede Kirchentür, blieb vor jeder Papeterie stehen. Unsere Tagestouren bedurften sorgfältiger Planung, sonst wären wir an jedem Stein hängen geblieben. Doch an einem Abend legte Sanya den Reiseführer zur Seite und bat mich um die ersten Kapitel meines Manuskripts, die ich ihr nicht frei von Sorge aushändigte. Sie begann umgehend zu lesen, und weil ich sie dabei anstarrte, jede Regung ihres Gesichts zu deuten versuchte, jagte sie mich vor die Tür. Ich ging Eis holen.

Vermutlich ist seit dem kränkelnden Gustav von Aschenbach kein Mensch mehr durch Venedig spaziert, ohne an den Tod zu denken. Es lag dermaßen nahe, dass ich es immer zu vermeiden gesucht hatte. Doch an diesem Abend, ohne Kinderwagen und Reiseführer, verkehrte sich der Vorsatz ins Gegenteil. In den Gassen und Straßen von der Calle del Cafetier Richtung San Giovanni e Paolo und Ospedale befiel mich das Venedig-Virus. Treppen, die ins Nichts führten, verfallene Häuser mit schäbigen Türen, vernagelte Geschäfte mit staubigen Fenstern. Muffige Kellerschächte, bröckelnder Putz, rostige Gitter. Pompeji ausgenommen, gab es keine zweite Stadt, in der der Flügelschlag des Todes mehr Wind machte. Vor mir, mit mir und um mich herum liefen Touristen wie ich, Reisende und Staunende in Gruppen, Familien oder zu zweit, Fotoapparate und Mobiltelefone vor ihren Gesichtern, als wäre die Unmittelbarkeit des bloßen Auges eine Zumutung. Mit einem Brett vor dem Kopf besichtigten sie die Stadt, deren Untergang seit ihrer Entstehung beklagt wurde – was meine Gedanken auf direktem Weg zu Sourie lenkte.

Was ist der Tod für dich, Jean? Es war nicht zu zählen, wie oft er mir diese Frage gestellt und wie viele dämliche Antworten ich ihm darauf gegeben hatte. Ein unliebsames Erfordernis. Der Anfang vom Ende. Die ultimative Conditio sine qua non. Meine Pflicht für die Weltbevölkerung. Eine traurige Sache. Ich hatte sämtliche Banalitäten von mir gegeben, ein ums andere Mal bemüht, die befürchtete Schwere aus unserem Gespräch zu bannen. Es hatte mich zu einem Touristen in seiner Totenstadt gemacht. Ich hatte seine Welt mit einem Brett vor meinem Kopf besichtigt, nicht hingesehen, ihm nie die Antwort gegeben, die er sich gewünscht hatte, *meine*, eine persönliche, eine ernsthafte, und konnte kaum glauben, dass Sourie mich trotzdem nicht aufgegeben hatte. An der Fondamenta Dandolo setzte ich mich ans Wasser. Irgendetwas entging mir, aber ich bekam es nicht zu fassen. Er hatte mich als Freund ausgesucht und trotz meiner Zurückhaltung, Skepsis, Witzeleien behalten. Er hatte Anlass genug und jede Menge Gelegenheiten gehabt, unserer seltsamen Verbindung enttäuscht ein klares oder schleichendes Ende zu bereiten, hätte seltener ins Tobelmann, schließlich gar nicht mehr kommen können. Aber das hatte er nicht getan, und bis zu diesem Abend war ich nie auf die Idee gekommen, das erstaunlich zu finden. Ich hatte mich zu keinem Zeitpunkt gefragt, auf welchem Fundament unsere Freundschaft eigentlich gestanden hatte.

Sanya saß noch auf der Terrasse, als ich mit zwei Bechern Zitroneneis und dieser Überlegung zurückkehrte. Zu ihren Füßen stand ein Glas Wein, sie hatte geduscht, Shorts und Shirt gegen ein kirschrotes Kleid getauscht, als beabsichtigte sie, noch auszugehen. Das Manuskript lag neben ihr auf dem Tisch. Als ich auf die Terrasse trat, streckte sie die Hand nach mir aus.

»Immerhin«, stellte ich zufrieden fest. »Du bist nicht eingeschlafen.«

»Ich hatte vielmehr eine Erleuchtung beim Lesen«, erwiderte sie, und so kam ich gar nicht dazu, ihr meine Frage zu stellen.

»Weißt du, was ich glaube? Sourie *wollte*, dass du eines Tages über ihn schreibst. Es kommt mir so vor, als hätte er gewusst, dass du seiner Geschichte auf den Grund gehen würdest. Als hätte er gewollt, dass du der Unlösbarkeit seiner Fragen eine Erzählung entgegensetzt, die Möglichkeiten des Lebens einkreist.«

Iris Friedemann lag im Bett und sah anders aus, als ich sie mir vorgestellt hatte. Ich hätte nicht sagen können, was genau ich erwartet hatte, jedenfalls keine so klassische, sondern eine eher exzentrische Erscheinung, sofern man irgendwie esoterisch aussehen konnte. Ihr weißes Haar war seitlich gescheitelt und links mit einer Spange brav geklippt, sie trug ein hellblaues Bettjäckchen aus feiner Wolle, wie ich es noch von meiner Oma kannte, darunter das, was ich für ein weißes Nachthemd hielt. Für meinen Besuch hatte sie sich *zurechtgemacht*, so wenigstens hatte es bei meiner Großmutter geheißen, Rouge und einen zartrosa Lippenstift aufgetragen und Perlenohrringe angelegt. Sie sah sehr hübsch aus.

»Herr Tobelmann«, begrüßte sie mich, »seien Sie so freundlich und malen Sie ein paar Striche auf das Plakat dahinten. Sechs, bitte. Sie sehen dann schon.«

Ich nahm den Stift, den sie mir hinhielt, und zeichnete, wie gewünscht, sechs Striche in der Anordnung der vorherigen auf den Asphalt der Plakatstraße aus Kalifornien.

»Sie zählen die Wochen. Sourie hat es mir erzählt«, sagte ich, »und nun haben Sie sechs Wochen lang keinen Strich gemacht?«

»Ich habe mir das Becken gebrochen und komme einfach nicht mehr auf die Beine. Ich vergesse immerzu, die Schwestern um die Striche zu bitten. Aber gerade ist es mir eingefallen.«

Ich schob einen Stuhl an ihr Bett und setzte mich. »Haben Sie Schmerzen?«

»Je nachdem, wie ich liege. Aber lassen Sie uns bloß nicht davon reden, dann werden sie gleich wieder stärker. Außerdem redet jeder nur *darüber* mit mir.« Sie zog ihre Brille auf. »Sie machen keinen Krankenbesuch, Herr Tobelmann. Sie lenken mich ab! Der tote Pförtner führt Sie her, und das finde ich wesentlich interessanter. Es gibt viele Gerüchte. Hat er sich umgebracht?«

»Das war, zugegeben, auch mein erster Gedanke, aber

nein. Er war seit seiner Geburt herzkrank. Trotzdem kam sein Tod völlig unerwartet.«

Sie betrachtete bedächtig ihre Bettwäsche. »Das ergibt Sinn.«

»Sinn?«

»Es passt zu dem, was ich in seiner Hand lesen konnte. Ich habe nicht *seinen*, aber ich habe den Tod gesehen. Er war das Erste, was ich gesehen habe.«

»Zwei Gräber, ich weiß, und damit haben Sie etwas sehr Zutreffendes gesehen. Aber Sie haben ihm gegenüber auch anderes erwähnt: Erstarrung, Anstrengung, Verantwortung.«

Sie stützte sich mit beiden Händen ab, um sich anders zu positionieren. Ich klopfte das Kissen in ihrem Rücken auf und setzte mich wieder hin.

»Deswegen bin ich hier. Können Sie mir noch mehr dazu sagen?«

»Warum? Ermitteln Sie wegen seines Herzleidens?«

»Ich ermittle gar nicht, ich bin kein Polizist. Ich kannte ihn gut. Ich möchte verstehen, was passiert ist.«

»Kann man den Tod verstehen?«

»Vielleicht ein wenig?«

»Da gibt's nichts zu verstehen«, widersprach sie, »es ist simpel.« Sie nahm die Brille wieder ab. »Der Tod ist eine Einladungskarte. Sie bekommen sie zu Ihrer Geburt: die Einladung, eine Zeit lang zu leben. Unten rechts auf dieser Karte steht bei jedem dasselbe: *Um Antwort wird gebeten.*«

»Man sagt zu oder ab?«

»Natürlich. Sie können annehmen oder ablehnen, pünktlich oder zu spät kommen, sich unterhalten oder besaufen, früher abhauen, unbemerkt durch die Hintertür verschwinden oder sich höflich verabschieden. Dem Tod ist das egal.

Er ist Ihr Gastgeber und macht irgendwann das Licht aus. Um auf Ihre Frage zu antworten: Erstarrung ist Ablehnung.«

»Das haben Sie Sourie zu sagen versucht?«

»Ich habe nicht versucht, es ihm zu sagen. Ich habe es ihm gesagt.«

»Aber er war verliebt … Das passt doch nicht zusammen, oder? Liebe dürfte das Gegenteil von Erstarrung sein. Lebensbejahend geradezu.«

Sie zuckte die Schultern. »Wenn Sie es romantisieren möchten. Ich stimme Ihnen zu, dass Liebe das Gefühl vermittelt, lebendig zu sein. Aber Lebensbejahung ist doch weit mehr, meinen Sie nicht? Liebe übertüncht. Sie löst kein einziges Problem und verändert auch nicht Ihre Grundeinstellung zum Leben. Wenn Sie sich nicht damit beschäftigen, ob Sie das Leben eigentlich ablehnen oder annehmen, sich nicht fragen, wer Sie warum sind, können Sie sich tausendmal verlieben, genauso oft lebendig fühlen und landen doch immer in derselben Beziehung. Aber ich bin keine Psychologin, Herr Tobelmann, ich lese nur in Händen.«

»Was allerdings einem Psychologiestudium nahezukommen scheint.«

»Sie müssen mir keinen Honig ums Maul schmieren. Man zählt eins und eins zusammen. Das Wichtigste, was sich daraus ableiten lässt, ist, dass der Mensch irrational und damit alles erklärt ist.«

»Gerade Sourie hätte ich nicht irrational genannt.«

»Philosophen und solche, die sich dafür halten, sind nichts als Kinder, die mit großen Augen auf die Welt schauen. Sie geben ihren Gedankengebilden schrecklich komplizierte Namen, bauen unleserliche Sätze, gehören Denkrichtungen an, was ich immer schon befremdlich fand, aber letztlich umkreisen sie alle nur eine Frage: Worin liegt der Sinn? Ich glaube, unser Pförtner hielt sich für einen Philosophen.«

»Nun, es war, was er studiert hat.«

»Das erklärt einiges. Er sprach von Unvorstellbarem, *ars moriendi*, Widerfahrnis und solchen Sachen, verhielt sich wie ein kleiner Besserwisser«, antwortete sie. »Sie können mir glauben: Wäre mir nicht so langweilig gewesen, hätte ich es abgekürzt und ihm erklärt, dass wir alle – auch er – in der Kosmologie vollkommen unerheblich sind. So aber hat mich interessiert, was ihn *wirklich* zu mir führte, wonach er eigentlich suchte. Wenn Sie mich fragen: Was ich in seiner Hand gesehen habe, hat einen wunden Punkt getroffen, und das hat ihn geärgert.«

»Welchen wunden Punkt?«

»Er hat irgendwann nicht die Verantwortung für sein Leben übernommen, war erstarrt in dieser Haltung und hatte nicht die Absicht, sich das vorhalten zu lassen – so wenig ich Vorhaltungen beabsichtige. Aber wenn jemand kommt und möchte, dass ich ihm aus der Hand lese ... Nun, was soll ich anderes sagen als das, was ich sehe?«

»Das kann ich nachvollziehen. Aber er wollte ja ursprünglich gar nicht, dass Sie ihm aus der Hand lesen.«

»Das stimmt. Zuerst hat er rein wissenschaftliches Interesse vorgegeben. Aber interessanterweise hat er mir seine Hand auch nicht entzogen.« Sie dachte einen Augenblick über ihre eigenen Worte nach. »Ich kann nur mutmaßen, dass er schließlich doch neugierig war. Er hat eben nicht erwartet, dass ich etwas sehe.«

»Welchen Eindruck hatten Sie, nachdem Sie in seiner Hand gelesen hatten?«

»Er hätte es nie zugegeben, aber er war ... irritiert. Ich

dachte: Da sitzt jemand, der um jeden Preis seine Fassade wahren muss – nicht für andere, sondern für sich selbst. Der sich nicht die Erlaubnis gibt, fraglos zu leben, glücklich zu sein, während er zugleich versucht, das Leben beim Schopfe zu packen. Er war uneins, so habe ich das gesehen. Er fühlte sich schuldig, aber ich weiß natürlich nicht, warum. Jedenfalls nicht nur wegen seiner Beziehung zu einer, wie ich annehme, verheirateten Frau. Es lag länger zurück. Der Frau habe ich später ein bewusstseinserweiterndes Ritual für ihn vorgeschlagen. Um die Schatten zu verjagen, die ihn eindeutig umgaben … Sie hat das abgelehnt. Sie war überhaupt sehr ablehnend. Keine offene Person.«

»Trotzdem haben Sie sich von ihr porträtieren lassen.«

»Natürlich! Es hat mich interessiert, was sie aus mir machen würde. Sie kennen sie, nehme ich an. Haben Sie das Bild gesehen?«

»Noch nicht.«

»Machen Sie mal die Schublade auf.« Sie deutete auf den rollbaren Nachttisch.

Der Abzug lag obenauf. Ich nahm ihn heraus. Tessa hatte Iris Friedemann an einem sonnigen Tag im Garten des Heims aufgenommen. Ich wusste nicht, wie, aber es war ihr gelungen, Frau Friedemanns Hände in den Fokus zu rücken. Alles war zu sehen: der Rollstuhl, ihre Schuhe, ihre Gestalt, ihr hellgraues Kleid, ihr Schmuck, ihr Kopf, ihr Gesicht, die ratlose Empörung über die Schikanen des Alters in ihren Augen, blühende Rhododendronbüsche im Hintergrund. Es war alles im Bild, aber der Blick konzentrierte sich sofort und unweigerlich auf die faltigen Hände in Iris Friedemanns Schoß, ihre hervorstechenden Knochen, die verzweigten, wulstigen Adern, die langen, bleichen Fingernägel.

»Erstaunlich, nicht wahr?« Sie beobachtete mich. »Ich weiß nicht, wie sie es angestellt hat, diese Frau, aber sie hat den Blick auf das gelenkt, was mich mein Leben lang beschäftigt hat, was ich nicht loswerden konnte. Gabe oder Fluch … Ich weiß bis heute nicht zu beurteilen, was es für mich war.«

Tessa und ich trafen uns wenig später in der Lobby. Am Vormittag hatte ich ihr geschrieben, dass ich Frau Friedemann im Augustinus besuchen würde. Sie hatte sofort geantwortet, dass sie ebenfalls dort sein würde, um das letzte Porträt für ihre Serie zu machen, Roland Kipps. Sie freue sich, mich zu sehen, einen Kaffee mit mir zu trinken, und vielleicht könne ich ihr vorher bei den Aufnahmen behilflich sein? Ich hatte Zeit. Seit Ernestine allein im Tobelmann regierte, waren meine Tage wieder zu Überraschungen geworden. Ich konnte sie im Restaurant oder anderswo verbringen, ungestört schreiben, Rad fahren, endlich wieder kochen, Zeit aufs Schönste verschwenden, mit Polina Enten füttern, mit Sanya und der Kleinen Ausflüge unternehmen – oder einer alten Freundin spontan bei Fotoaufnahmen helfen.

Tessa erwartete mich in der Eingangshalle. Sie wirkte erholt und war guter Dinge, hatte zwei Wochen Ferien mit ihren Söhnen hinter sich, die offenbar für alle drei wohltuend gewesen waren. Mit einem Wohnmobil waren sie durch sämtliche Nationalparks zwischen Las Vegas und Los Angeles gefahren, durch Schluchten im Grand Canyon gewandert und auf lahmen Touristengäulen durch den Bryce Canyon geritten. Sie hatten zum Sonnenuntergang im Monument Valley gepicknickt und, was das Wichtigste war, so viel Zeit miteinander verbracht wie seit Jahren nicht mehr. Sehr zum Missfallen von Hans, der mit der Floristin im holländischen Regen gesessen hatte und, so hatten es Tessas Söhne zu berichten gewusst, mit Blumen zunehmend weniger anfangen konnte.

»Was macht das Buch, Johannes?« Sie umarmte mich zur Begrüßung.

»Ich war zwei Wochen in Norwegen und habe am Schluss gefeilt. Bin fast fertig. Es fehlen nur noch ein paar Seiten.«

»Dann geht's dir wie mir. Die Ausstellung steht so gut wie.«

»Gratuliere. Wo wirst du ausgestellt?«

»Bei Stern. In vier Monaten.«

»Ich bin beeindruckt. Sehr gute Adresse. Bekomme ich eine Einladung?«

»Kommt darauf an, wie ich in deinem Buch wegkomme.«

»Das erscheint mir fair.«

Sie lachte. »Nein, im Ernst, Johannes, und das ist nicht auf mich bezogen: Werde ich überrascht sein, was dein Buch betrifft?«

Ich sah zu der Pförtnerin mit dem Zauberwürfel-Tattoo hinüber, zu Souries früherem Platz am Tresen, und dachte: Ich weiß es nicht, Tessa. Ich weiß nicht, ob du überrascht sein wirst. Aus der Erinnerung zu schreiben, birgt Tücken. Man sitzt lange Zeit später an einem fremden Ort, allein mit

Bildern, die die Stille zeichnet, zurückgeworfen auf die eigene Wahrnehmung, bemüht, das Richtige zu sehen oder zumindest den richtigen Schluss zu ziehen, beherrscht von der Erwartung, den Dingen gerecht zu werden, dabei nicht mehr zu erdichten, als unbedingt notwendig ist, nicht weitläufiger zu lügen, als es jede Geschichte erfordert, nicht ausgiebiger zu dramatisieren oder zu beschönigen, als gerechtfertigt erscheint, sondern wahrheitsgemäß zu fabulieren. Man ist mit emotionaler Archäologie beschäftigt, mit nichts als der eigenen Intensität konfrontiert, die leise über Hügel und Wälder zieht wie Morgennebel, manchmal unterbrochen vom Schrei der Möwen, eines Seeadlers oder dem Pfeifen des Wasserkochers. Oder von Musik, die an damals erinnert, die zu diesem Damals gehört, das so lange existiert, wie die Gedanken es heraufbeschwören, und das zusammenfällt wie ein Laken von der Wäscheleine, wenn sich die Klammern lösen. Da ist dieses alte englische Sprichwort, dass durch Entfernung der Blick auf die Wirklichkeit verzaubert wird. Aber in Øvre Glomset stellte sich heraus, dass auch das Gegenteil oder beides zutreffen kann. In meinem Fall war es so. Verzauberung und Entzauberung bestimmen meine Entfernung zu Sourie zu gleichen Teilen, machen ihn zu dem Menschen, der meiner Wahrheit am nächsten kommt. Wirst du davon überrascht sein, Tessa? Ich weiß es nicht. Einen Tag vor meiner Abreise bin ich noch einmal zum Friedhof gefahren. Es ist eine schöne Route durch Wälder und Dörfer auf der E 39 am Fjord entlang, und ein paar Male habe ich angehalten und bin ausgestiegen, nur um die schneebedeckten Berge und das silbrige Wasser zu betrachten, das glatt und ruhig wie ein Spiegel ohne Bild lag. Es waren kaum Autos unterwegs, niemand zu sehen, einfach nichts los. Es muss diese Einsamkeit gewesen sein, die Sourie gemocht hat: die Einsilbigkeit der Wälder und Genügsamkeit des Fjords, die weite Landschaft, in der er allein mit seiner Wahrheit hatte sein können. Der Friedhof hat, wie bei seiner Beerdigung, in einem Dornröschenschlaf zwischen Winter und Frühling dagelegen. Natürlich erinnerst du dich in jeder Einzelheit an diesen Tag. Ich bin die große Runde gegangen, weil die Sonne schien, bin an den Grabreihen entlangspaziert, habe mich auf eine Parkbank gesetzt und das Rund betrachtet, in dem sie angelegt sind, diesen Kreis, der symbolisiert, was es mit all dem, was wir Leben nennen, auf sich hat. Nach einer ganzen Weile bin ich zu Souries Grab gegangen. Inzwischen hat es sich gesetzt, wie es heißt, wenn sich die Erde im Lauf der Zeit über einem Sarg festigt, die Bepflanzung Wurzeln schlagen lässt und den Stein zu halten vermag, der über das Wesentliche Auskunft gibt. Namen und Lebenszeit. Es ist so: Meine Geschichte über Sourie ist so wahr, wie es der Blick auf einen Toten nur sein kann. Zusammengesetzt aus Erlebnissen, Erfahrungen, Gesprächen und Erfindungen, aus einer Vielzahl von Bildern, Beobachtungen und Fantasien. Aus Erzählungen anderer, auch aus *deinen* Erzählungen, und einigen wenigen Fakten, die das Leben schafft. Meine Erinnerung hat sie heller und dunkler gefärbt, Details hinzugefügt, die nie da waren, Sätze ausgeschmückt, die nie gesprochen wurden, Eigenschaften entdeckt, die nicht eigen waren. Sie hat das Bild des Menschen zusammengesetzt, den wir verloren haben. Wirst du von diesem Bild überrascht sein, Tessa? Vielleicht eher von der Antwort, die ich gefunden habe, der Antwort auf die Frage, die Sourie uns so viele Male gestellt hat und die ich immer unverzeihlich lapidar behandelt habe. Jetzt kenne ich die Antwort, *meine* Antwort.

Der Tod, mein Freund? Er ist die Entfernung, die wir zum Leben brauchen.

Ich sagte nichts von alldem. Tessa stand vor mir, betrachtete mich geduldig.

»Was für eine Frage«, antwortete ich ihr schließlich. »Ich weiß nicht, ob du überrascht sein wirst.«

»Was für eine ausweichende Antwort«, erwiderte sie.

Ich nahm ihre Kameratasche, und wir betraten den Aufzug, den sie mit den schwierigsten Momenten ihres Lebens assoziieren musste. Dem Tod ihrer Eltern, dem Ende ihrer Ehe. Das Heim, dieser Aufzug … es schien mir nicht der richtige Ort für das Gespräch zu sein, das ich lange vor mir hergeschoben hatte.

Tessa machte es mir leicht: »Du hast auch über den Abend im Bataclan geschrieben, richtig?«, fragte sie ohne Umschweife. »Und das ist die schwierigste Passage, nehme ich an.«

Ich antwortete nicht.

»Das überrascht mich nicht.« Sie sah mich geradeheraus an. Dann nahm sie meine Hand. »Es überrascht mich überhaupt nicht. Mach dir keine Sorgen, Johannes.«

Roland Kipps war ein ehemaliger Kommunalpolitiker, der seit zwei Jahren im Augustinus lebte. Ein Jugendlicher war von hinten mit dem Fahrrad an ihn herangefahren und hatte ihm die Tasche entrissen. Dabei war Kipps so schwer gestürzt, dass er komplizierte Brüche und eine Kopfverletzung davongetragen hatte. Er war blind und saß im Rollstuhl, nach dem Überfall hatte er nicht mehr allein leben können. Er wirkte sehr freundlich, hatte ein breites Gesicht mit einer ausladenden Nase, wenige weiße Haare, eine Narbe auf dem bleichen Kopf und zwei große Ohren, die wackelten, wenn er sprach. Den Pflegern hatte er gesagt, dass er für seinen Fototermin gern ein weißes Hemd und eine dunkelgrüne Strickjacke tragen wollte. Er sah fein aus.

Während Tessa und ich das Licht aufbauten, erklärte sie ihm umsichtig jeden Handgriff, den wir vornahmen. Sie wollte ihn vor dem Fernsehgerät ablichten, das da aus mir unbegreiflichen Gründen in seiner Schrankwand stand, wollte ihn so davor positionieren, dass es wirkte, als wäre sein Gesicht auf dem Bildschirm zu sehen.

»Das war ich früher oft«, kommentierte Kipps ihren Vorschlag. »Auf dem Bildschirm, meine ich. Tempi passati.«

»Ist es Ihnen schwergefallen, in den Ruhestand zu gehen?«, fragte Tessa.

»Sehr. Es war keine einfache Arbeit, aber ich habe sie gern gemacht. Man ist vernetzt, ständig in Kontakt mit anderen, der Terminkalender ist voll, man kann etwas bewirken. Und plötzlich hört das alles auf. Dann sitzen Sie zu Hause, und alle Jubeljahre ruft mal jemand an, fragt um Rat, bittet um Hilfe. Aber die wenigen Strippen, die man noch ziehen könnte, sind nach und nach ebenfalls ausrangiert worden oder weggestorben. Mir kam es so vor, als sammelte ich im Ruhestand nur noch Verluste. Das war meine Hauptbeschäftigung: Verluste sammeln. Und wissen Sie was? Man gewöhnt sich sogar daran, das Herz wird immun. Nicht schön.«

»Das kann ich mir vorstellen«, sagte ich.

»Aber Sie werden doch Freunde haben?« Tessa schob ihn im Rollstuhl in Position.

»Es ist nicht dasselbe, ob Sie eine berufliche oder private Position ausfüllen. Wenn Sie sich zeitlebens mit der beruflichen identifiziert haben, bricht ein Teil von Ihnen weg, er existiert einfach nicht mehr. Sie können das mit Beraterverträgen und solchen Sachen noch ein bisschen hinauszögern, aber letztlich ... letztlich wissen Sie, dass Ihre Zeit vorbei ist.«

»Aber sie ist nicht vorbei«, widersprach Tessa. »Sie sind hier, Sie sind noch da, auch ganz ohne Funktion.«

»Das ist schon richtig, mein Kind«, antwortete er, und aus dem Augenwinkel sah ich Tessa hinter der Kamera über diese Anrede leicht zusammenzucken. »Aber es handelt sich um Zeit-Einteilung, wenn Sie so wollen. So, wie das ganze Leben in Abschnitte geteilt ist, von denen man meist erst im nächsten Abschnitt bemerkt, dass man den vorangegangenen hinter sich gelassen hat. Die Pensionierung ist allerdings ein sehr sichtbarer Einschnitt. Da bekommt man schriftlich, dass die Zeit abgelaufen ist. Dann kam der Überfall und mit ihm meine Behinderungen, wieder ein Einschnitt, und ich zog hierher. Eine Zeit lang habe ich mir gesagt: *Das ist doch kein Leben mehr.* Ich habe diesen Satz wie mein Mantra wiederholt: *Roland, das ist doch kein Leben mehr.* Ein Satz, den man hier übrigens oft hört. *Das ist doch kein Leben mehr.* Angehörige flüstern ihn sich auf dem Flur zu, ich höre sehr gut, und ich verstehe, was sie meinen. Dieses Leben hier scheint an Wert verloren zu haben, ist nicht mehr das, was es war. Es ist der Abschnitt, dem jede Verheißung fehlt. Endstation.« Er hob beide Hände zur Decke. »Irgendwann bin ich mir allerdings selbst auf die Nerven gegangen. Doch, hab ich gedacht, das ist halt das Leben, das ich jetzt noch habe. Ich verlängere es nicht künstlich, ich klammere mich nicht wie verrückt daran, es ist da und will noch nicht weg. Also, was mache ich jetzt damit? Wenn man wie ich gestrickt ist, muss man sich neue Rollen für dieses Leben ausdenken.« Er räusperte sich. »Es gibt ja grundsätzlich zwei Philosophien zur Frage des Alterns. Die eine lautet, dass es sinnvoll und hilfreich ist, sich beizeiten mit dem eigenen Tod auseinanderzusetzen. Alles zu regeln, in Ordnung und zu Papier zu bringen, wie es so schön heißt, um dann beruhigt und entspannt abzuwarten, was noch kommt. Die andere hingegen besagt, dass man den Tod nach Kräften ignorieren muss, immer neue Pläne machen und bloß nichts regeln soll, weil sowieso alles anders kommen wird, als man denkt. Und weil man mit an Sicherheit grenzender Wahrscheinlichkeit sofort stirbt, wenn man alles geregelt hat. Wie eine sich selbst erfüllende Prophezeiung. Das sind, denke ich, die wesentlichen Altersoptionen.«

»Und Sie gehören der zweiten Schule an.«

Er bestätigte es mit einer Kopfbewegung. »Ich trage keine Verantwortung für irgendjemanden. Was ich hätte vererben können, zahle ich jetzt fürs Heim. Ich muss nur für mich entscheiden. Also: Solange ich noch da bin, ignoriere und plane ich. Ich habe hier auf der Etage einen Lesekreis gegründet, veranstalte Filmabende, bei denen ich mir erzählen lasse, was zu sehen ist … Ich habe mir neue Wirkungsfelder geschaffen. Aber es gibt keinen *richtigen* Umgang mit der Sterblichkeit. Es gibt so viele, wie es Menschen gibt, nehme ich an.«

Tessa machte ein Bild nach dem anderen, während er sprach, bedeutete mir mit dem Kopf, das Stativ mit dem Licht hinter ihr herzuziehen.

»Und Sie?«, fragte er Tessa. »Was sind Ihre Wirkungsfelder – abgesehen von der Fotografie? Sind Sie verheiratet? Haben Sie Kinder? Oder sind das zu konventionelle Fragen?«

»Ich habe zwei Söhne. Und ich war verheiratet.«

»Sie waren?«

»Wir haben einander verlassen, das trifft es vermutlich am besten. Es war – lange überfällig.«

»Dann wünsche ich Ihnen, dass Sie ein neues Glück finden, mein Kind.«

»Keine Sorge, das habe ich schon.« Sie warf mir einen langen, wehmütigen Blick zu.

»Kennen Sie eigentlich Frau Friedemann, die auch hier im Haus lebt?«, fragte ich.

Tessa lächelte und verstand sofort.

»Sagt mir nichts«, antwortete er.

»Sie sollten Sie kennenlernen«, stimmte Tessa mir zu. »Eine sehr interessante und – verheißungsvolle Frau. Ihre Ansichten sind Ihren nicht fern.«

Kipps legte den Kopf schräg, Tessa drückte auf den Auslöser.

»Ist sie hübsch?«, fragte er.

Wir antworteten gleichzeitig. »Sehr.«